KB262010

九劈雷雲

구벽뇌운

구벽뇌운 5

미르영 新무협 판타지 소설

초판 1쇄 찍은 날 § 2007년 9월 12일
초판 1쇄 펴낸 날 § 2007년 9월 22일

지은이 § 미르영
펴낸이 § 서경석

편집장 § 문혜영
편집책임 § 이재권
편집 § 장상수 · 최하나
펴낸곳 § 도서출판 청어람
등록번호 § 제1081-1-89호
등록일자 § 1999. 5. 31
어람번호 § 제2-1292호

주소 § 경기도 부천시 원미구 심곡1동 350-1 남성B/D 3F (우) 420-011
전화 § 032-656-4452 팩스 § 032-656-4453
http://www.chungeoram.com
E-mail § eoram99@chollian.net

ⓒ 미르영, 2007

ISBN 978-89-251-0911-4 04810
ISBN 978-89-251-0694-6 (세트)

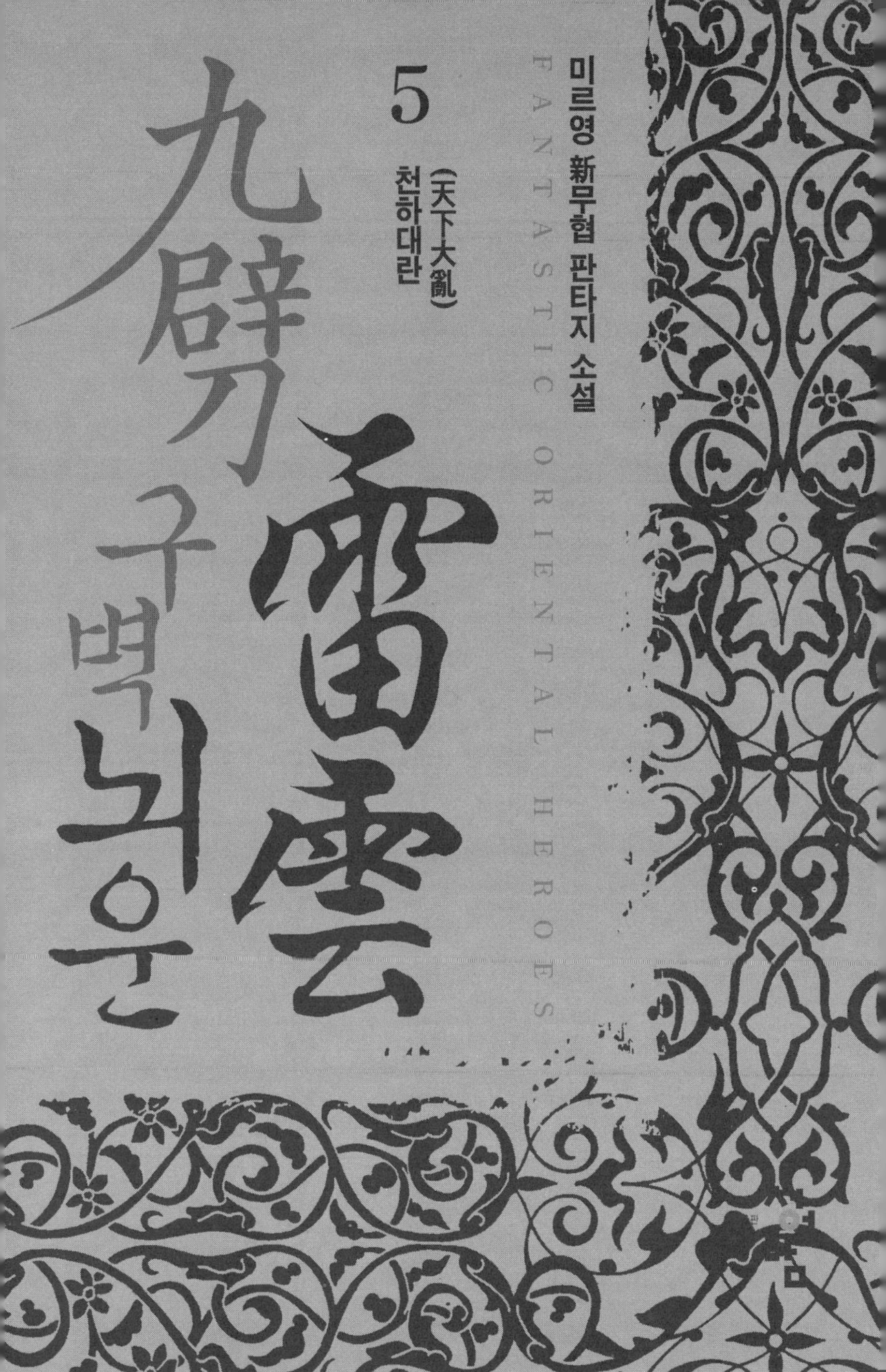
九劈
구벽
雷雲
뇌운
미르영 新무협 판타지 소설
FANTASTIC ORIENTAL HEROES
5
〈天下大亂〉
천하대란

目次

혈영기공(血影氣功)의 서 | 7

第一章 혈영기공(血影氣功)의 비밀! | 17

第二章 적혈잠원대법은 이미 완성되어 있었다 | 63

第三章 창천비각에 얽힌 비사! | 129

第四章 파국으로 치닫는 화산비무대회! | 183

第五章 선택의 기로! | 237

第六章 죽음으로 향하는 사람들! | 303

혈영기공(血影氣功)의 서(序)

우리는 한 마을에서 자라났다. 문숙공(文肅公) 어르신의 문하에서 동문수학하던 우리 두 사람은 동궁시강학사(東宮侍講學士)로 송나라 왕위에 오르신 전하의 사위(嗣位)를 고하고자 떠나시는 스승님을 따라 중원으로 건너왔다.

우리는 송나라에 이르러 지엄하신 스승의 비밀스러운 명을 좇아야만 했다. 스승께서 우리 두 사람에게 명하신 것은 잃어버린 유진을 찾으라는 것이었다.

바로 고구려가 멸망하고 난 뒤 당에 의탁해 서역을 정벌하신 밀운군공(密雲郡公)의 유진을 찾으라는 엄명이셨다. 그로 인해 우리 두 사람의 운명이 바뀌게 될 줄은 당시로서는 알 수가 없었다.

우리는 스승의 명을 좇아 십만대산으로의 머나먼 여정을 시작하지 않을 수 없었다. 그렇게 조승(彫昇)과 나는 공(公)께서 진중에서 참수형을 당하시기 전 십만대산에 들르셨다는 스승의 말씀에 따라 마교가 웅크리고 있던 십만대산으로 간 것이다.

머나먼 여정이었지만 낯설고 물 설은 만리 타향 땅을 지나쳐 우리는 천신만고 끝에 십만대산에 있는 마교에 들 수 있었다.

비록 마교가 중원에서 성세가 드높은 무인 집단이었지만 우리가 스승께 배웠던 무공도 그리 녹록한 것이 아니었기에 마교에 입문하는 것은 생각보다 그리 어렵지가 않았다.

그렇게 마교에 입문해 생활한 지 삼십여 년이 지났을 무렵, 생각지 않게 우리는 그분이 남긴 유진을 찾는 대신 허명만을 얻을 수 있었을 뿐이다.

곳곳이 금지인 마교에서 좀 더 많은 곳을 찾아보고자 노력한 결과, 조승은 교주로 난 광천십마의 한 사람으로 자리매김할 수 있었던 것이다.

그렇게 보잘 것 없는 허명만을 얻은 채 스승의 유지를 받들지 못하고 답답해 하고 있을 무렵의 어느 날이었다. 혹시나 마교의 교주만이 들 수 있는 비고에 밀운군공의 유진이 있을 지도 모른다는 생각에 교구의 위에 올랐던 진우는 무 상의 양피지를 들고 내게 찾아왔다.

훗날 친우에 의해 혈영기공과 암흑투기의 모태가 된 오래된 양피지였다.

친우는 교주에게 대대로 내려오는 비전을 익히던 중 우연히 발견한 것이라고 했다. 친우는 양피지의 내용을 해석할 사람은 나밖에 없다면서 혹시나 그분의 유진이 아닐까 하는 생각에 가져온 것이다.

나름대로 문(文)에 일가견이 있던 나는 마고 이래로 전승되어 오던 우리 민족의 가림토 문자를 알고 있었다.

가림토 문자가 사용되던 것은 이천여 년 전. 난 상상하기도 힘든 오랜전의 문자로 기록되어 있던 두 장의 양피지를 해독하는 데 전력을 기울였다. 가림토 문자로 기록된 양피지를 본 순간, 나 또한 그것이 공께서 남긴 유진일 수 있다는 생각이 들었기 때문이다.

하나 아쉽게도 그것은 그분의 유진이 아니었다. 그것은 고대 환(桓)의 유산이기는 했으나 스승의 명을 좇아 우리가 찾고자 했던 것은 아니었다.

친우는 실망을 금치 못했으나 그래도 난 고대 환의 유산이라는 것에 호기심을 느껴 일 년여 간을 고심하여 완전하게 해석한 끝에 그것을 친우에게 주었다.

하지만 친우는 해석본을 받지 않고 나에게 보관토록 당부했다. 스승이 찾고자 했던 것은 아니지만 고향으로 돌아가 후 손에게 남겨야 할 것이라면서 말이다.

하지만 양피지는 마교에 그대로 보관하고자 했다. 친우는 그것이 우리가 찾는 것이 아님을 알자, 마교에 들어와 얻은 것이 있으니 그만큼 돌려주리라는 생각에서 그것을 교주만이 들 수 있는 비고에 소장시켰다.

이미 천하를 굽어 볼 만한 무공을 얻은 친우였기에 양피지에 기록된 무공의 뛰어남에도 불구하고 비고에 넣은 것이었다.

가림토 문자를 해석할 수 있는 사람은 오직 나뿐이기에 마교의 비고보다 안전한 곳은 없다는 생각으로 난 친우의 의견에 찬성을 했다.

그러던 어느 날.

천하를 살피고자 중원으로 갔던 친우가 실망스러운 표정으로 내게 왔다. 누군가와의 비무에서 승패를 가리지 못했다는 것이었다.

나는 친우의 말을 듣고 놀라지 않을 수 없었다. 중원에는 친우를 대적할 만한 자가 없다는 것을 누구보다 내가 잘 알고 있었기 때문이다. 승패를 가리지 못한 자가 누구인지 물었지만 친우는 끝내 대답을 해주지 않았다.

친우는 자신이 이기지 못했다는 것을 견디기 어려웠는지, 내게 잠시 마교를 맡기고는 자신의 무학을 참오하기 위해 폐관에 들었다. 오직 그를 이기겠다는 생각에서인지 무공 수련에 몰두했던 것이다.

그렇게 십여 년간 친우는 마교의 모든 절예를 집대성하고 집약해 두 가지 무공을 창안했다. 바로 마교의 삼천예 중 두 가지라 불리게 될 암천신마공(暗天神魔功)과 백팔마황기(百八魔皇技)였다.

무공을 완성한 친우는 자신에게 쓰라림을 안긴 자와 다시 한 번 결전을 벌이기 위해 아무도 모르게 다시 중원으로 나섰다.

하지만 반년 만에 돌아온 친우의 얼굴엔 절망의 그림자만이 맴돌고 있었다. 믿을 수 없는 이야기였지만, 이번에는 비긴 것도 아니고 단 십초 만에 무참히 패했다는 것이었다.

친우는 내게 패했다는 사실을 말하고는 그대로 비고에 들었다. 친우를 패배시킨 자와의 대결을 하며 새로운 사실을 알았기 때문이라고 했다.

전날 내가 해석해 주었던 것에서 강해질 수 있는 실마리를 발견했다는 것이다. 친우는 그렇게 내가 해석한 해석본을 들고 비고에 들었고, 정확히 이십 년 만에 나왔다.

그리고 광천십마에게 두 가지의 기공을 익히게 했다. 바로 혈영기공이라 불리는 마공과 암흑투기였다. 나를 제외한 나머지 광천십마는 친우의 시험 대상이었지만, 나는 친우가 내민 무공을 보는 순간 자청해서 무공을 익히게 해달라고 부탁을 했던 것이다. 위험하다는 친우의 만류에도 내가 두 가지 무공을 익히려 한 것은 호기심이 발동했기 때문이었다.

내가 해석을 해주었던 해석본은 친우의 손길이 닿았는지 군데군데 구결이 손질되어 있었다.

손질된 구결을 바탕으로 무공의 일맥을 관통하자 내가 해석해 주었던 것과는 판이하게 변해 버린 것을 안 나는 두 가지 무공을 연구해 보고 싶었던 것이다. 내 고집을 아는지라 친우는 나에게 자신이 손질한 두 가지 무공의 특성을 세밀히 파악해 달라고 부탁했다.

친우가 광천십마에게 익히게 한 혈영기공은 역천의 마공이었다. 기경팔맥이나 십이경락을 이용한 무공이 아니라 피 자체의 힘을 이용한 무서운 마공이었다. 그 위력이 파괴적인 만큼 생성되는 마기는 상상을 불허할 정도였다.

그리고 또 다른 무공인 암흑투기 또한 놀라운 것이었다. 모든 기운을 투기로 감싸 제어하는, 지금까지 나타났던 것과는 전혀 다른 형태의 무공이었던 것이다. 혈영기공도 그렇지만 지금까지 나타난 무공과는 익히는 방법부터 나타나는 위력까지 차원이 다른 무공이었던 것이다.

혈영기공이 불러오는 마기를 확실히 제압할 수 있는 암흑투기가 있었기에 난 혈영기공과 암흑투기의 특성을 파악하며 두 가지 무공을 순조롭게 익힐 수 있었다.

그렇게 암흑투기와 함께 혈영기공을 익히던 어느 날, 나는 무엇인가 잘못되었다는 것을 알 수 있었다. 암흑투기와 혈영기공의 힘이 마경을 넘어 엇비슷해지는 순간, 다른 광천십마와는 달리 이미 마경의 경지를 넘어 극마를 이룬 나조차 혈영기공의 마기를 감당할 수 없다는 것을 알았던 것이다.

처음 암흑투기는 혈영기공의 마기를 무난히 제어했다. 그렇지만 마경의 경지를 넘어서고, 암흑투기가 혈영기공의 마기와 힘이 비슷해지는 순간 갑자기 폭주를 시작한 것이었다.

이성을 차리고 있을 당시 난 친우에게 나를 죽여줄 것을 부탁했다. 몸 안에서 치밀어 오르는 마기의 폭주를 더 이상 감당할 수 없었기 때문이다.

하지만 친우는 차마 내 부탁을 들어줄 수 없었는지 손을 쓰지 않았다. 대신 자신의 기운으로 나의 마기를 억누르려고 했다.

그러나 일이 안 되려고 했는지 내가 그렇게 폭주를 시작한 후 얼마 안 있어 광천십마 또한 폭주를 하기 시작했다. 그들의 폭주를 막으려 했지만 이미 친우가 감당할 수 있는 범위를 넘어서 버렸던 터라 친우는 중대한 결단을 내려야 했다. 광천십마와 내가 벌인 일은 실로 눈뜨고 볼 수 없는 목불인견의 끔찍한 것이었기 때문이다.

마기의 폭주로 피에 미친 광마로 변한 순간, 아끼던 수하들의 삼분의 일이 내 손과 광천십마에 의해 저세상으로 떠나 버렸던 것이다.

내가 정신을 차렸을 때는 온몸이 피로 물들어 있었다. 끔찍하고도 참혹한 현장에서 나 홀로 서 있었던 것이다. 모든 것이 피로 물든 곳에서 나는 친우를 볼 수 있었다. 미안하고 허탈해하는 친우의 모습이 눈에 들어왔던 것이다.

친우의 모습은 정상이 아니었다. 옷은 모두 찢겨 나갔는지 너덜너덜해져 있었고, 창백한 안색으로 각혈을 했는지 입에는 피가 잔뜩 묻어 있었던 것이다.

그리고 친우의 옆에는 광천십마라 불리는 마교의 최고수들이 숨이 끊어진 채 쓰러져 있었다. 나는 친우와 광천십마의 시체를 보는 순간 알 수 있었다. 친우가 나와 광천십마를 막기 위해 사력을 다했음을. 그리고 그것이 나를 살리기 위한 것임을.

다른 광마들은 친우에 의해 모두 죽었지만 난 살 수 있었다. 친우가 부상을 무릅쓰고 날 제압했기에 무공을 잃었지만 목숨만은 부지할 수 있었던 것이다.

친우 또한 나로 인해 극심한 부상을 입었다. 생명을 장담할 수 없을 정도로 큰 부상을 입은 것이다. 친우는 내상을 회복하기 위해 폐관에 들면서 두 가지 무공을 완성해 달라는 부탁을 나에게 했다.

친우는 나에게 자신이 해석한 해석본을 죽이 묘경으로 향하게 했던 것이다. 다시는 보기조차 싫은 혈영기공과 암혹투기였지만, 친우에게 생명과 마음의 빚을 졌기에 부탁을 거절할 수가 없었다.

묘강으로 온 후, 난 내가 익힌 의술을 이용해 혈영기공을 익힐 방법을 찾기 시작했다. 강력한 신체를 이용해 마기를 제어할 수 있는 방법을 찾았던 것이다.

그렇게 이십여 년을 연구한 끝에 난 한 가지 방법을 찾아냈다. 어쩌면 영원히 불가능할지도 모르는 적혈잠원대법이라는 방법을 찾아낼 수 있었던 것이다.

第一章 혈영기공(血影氣功)의 비밀!

九劈雷電

깎아지른 듯한 천장 절벽이 병풍처럼 둘러싼 전인미답의 절벽 위로 안개가 장벽을 이루듯 둘러쳐져 있었다. 예사 안개가 아닌 듯 절벽을 따라 세차게 강풍이 불건만 절벽 위의 안개는 흩어질 줄 모르고 한자리에 계속 머물고 있었다.

천장 절벽 위 안개 속에는 사방이 높은 산으로 둘러싸인 거대한 분지가 존재하고 있었다. 분지의 안쪽, 그곳에는 장엄하기 그지없는 수십 개의 고루 전각이 줄지어 세워져 있었다. 바로 마교의 본산이 위치해 있는 곳이었다.

마교의 중심이라고 할 수 있는 분지 중앙에는 거대한 전각이 자리해 있었고, 가운데 전각을 중심으로 그보다는 약간 작은 전각 세 개가 품자를 이루듯 위치하고 있었다.

바로 마교의 교주가 머물고 있는 만마각(萬魔閣)과 마교의 중심이라는 삼전이었다. 만마각을 중심으로 왼편에 위치한 것이 회륜마전(回輪魔殿), 오른편에는 자성마전(紫星魔殿), 그리고 상부에는 파황마전(破荒魔殿)이 위치해 있는 것이다.

그중 오른편에 위치한 자성마전에는 지금 작은 소란이 일고 있었다.

"그 말이 사실이냐?"

자륜비호에게 그동안의 경과를 들은 자성마전의 주인인 자성검마(紫星劍魔) 사준명(司準瞑)은 분노한 안색으로 가철문을 바라보며 물었다.

자신도 아직까지 믿기지 않는 사실이었지만 가철문은 굳은 안색으로 사준명의 질문에 다시 한 번 대답을 했다.

"사실입니다, 전주. 생강시 다섯 구가 독선고를 비롯한 밀독천 일행에게 당한 것이 틀림없습니다."

"네 눈으로 본 것이 틀림없느냐?"

아무리 생각해도 있을 수 없는 사실에 사준명은 재차 가철문이 직접 확인한 것인지를 물었다.

"직접 본 것은 아니지만 제 생각이 틀리지는 않을 것입니다, 전주."

“네 말이 사실인지 아닌지는 잔독시마께서 판단해 주실 일이지만, 정말 사실이라고 생각하느냐?”

가철문의 흔들리지 않는 대답에 자성검마는 추궁하듯 다시 물었다.

“저도 처음에는 믿을 수가 없었습니다. 하지만 정황으로 보아 그렇게 생각할 수밖에 없습니다.”

계속되는 질문에 자신의 의견을 피력하는 가철문은 답답함을 감출 수가 없었다. 자신이 판단한 것이지만 의심을 가지고 질문하는 사준명의 기세가 심상치 않았던 것이다.

‘으드득! 분명 저 새끼가 미리 수작을 부린 것이 분명하다.’

가철문은 한켠에서 조소 어린 눈빛으로 자신을 바라보는 서광승을 바라보며 이를 갈았다.

‘네놈이 나를 이렇게 궁지로 몰아넣다니… 곤란하게 되기는 했지만 네놈 뜻대로는 안 될 것이다.’

자신의 결백이 밝혀지지 않는 한 의심이 풀리지 않을 것이기에 가철문은 분노를 감출 수밖에 없었다. 자신의 판단을 믿고 있었기에 머지않아 사실이 밝혀질 것이 분명했다.

이미 자성마전으로 들어오기 전 잔독시마에게 자신이 채취한 시료를 건넨 가철문이었다. 잔독시마도 놀라기는 했지만 자신을 의심하지 않는 것을 보면서 스스로의 판단이 맞다고 확신하고 있었던 것이다.

“좋다. 머지않아 밝혀질 일이니 기다려 보도록 하마. 하

나! 만약 너의 말과 사실이 다를 경우 각오를 해야 할 것이
다.”

　살기 어린 목소리였다. 자성검마가 이토록 공공연히 살기
를 뿌린다는 것은 무척이나 분노하고 있다는 뜻이었다.

　“으음… 알겠습니다, 전주.”

　강렬한 살기에 가철문은 신음을 흘리며 힘겹게 대답을 했
다. 이미 마경에 이른 고수의 살기는 날이 선 검이 몸을 파고
드는 것보다 더 무서운 것이었기 때문이다.

　“잔독시마께서 사실을 확인하면, 그때 다시 보도록 하마.”

　사준명이 불편한 기색으로 자리에서 일어났다. 가철문의
말이 사실인지의 여부는 잔독시마의 의견을 기다리기로 하고
는 곧바로 자신의 거처로 돌아갔다. 하지만 가철문의 의견을
믿는 듯한 빛은 어디에도 없었다.

　사준명이 사라지자 가철문을 비웃는 웃음이 대전 안을 울
렸다.

　“후후후! 네놈이 아무리 설명을 해도 전주께서는 믿어주지
않을 것이다. 잔독시마께서 아무런 말이 없으셨다는 것이 의
외이기는 하지만, 그건 아마도 너무도 어이가 없으셔서 그럴
것이다. 그러니 목이나 잘 닦고 기다려라.”

　대전 바닥에 부복해 있는 자신을 향해 조소를 날리는 서광
승의 목소리에 가철문은 자리에서 일어나 그를 노려보았다.

"그런 일은 없을 것이오, 기주!"

자륜비호를 노려보며 가철문이 차갑게 말을 뱉었다.

"이놈이!!"

자륜비호가 노성을 터뜨렸다. 상관에게 대드는 것은 하극상에 속하는 것이었지만 그는 함부로 나설 수가 없었다. 자신의 등골을 훑는 듯한 가철문의 시선에서 무엇인가 억누르는 듯한 기운을 읽은 것이다. 전부터 느끼던 것이었지만, 자신을 압박하는 가철문의 기운에 자륜비호는 불쾌감이 들지 않을 수 없었다. 가철문은 자륜비호를 한동안 노려보다 대전을 나섰다. 그런 가철문을 향해 자륜비호가 다시 한 번 비웃음을 날렸다.

"하하하하! 네놈이 아무리 발버둥 쳐도 이번에는 빠져나갈 수 없을 것이다."

'머지않아 일이 벌어지면 제일 먼저 너부터 내 손으로 직접 없애주마.'

자륜비호의 웃음소리를 들으며 돌아서 나가는 가철문의 눈동자가 시리도록 빛나다가 담담하게 변했다. 무엇인가 감추는 것이 있는 듯한 가철문이었다.

'기다리실 테니 빨리 가봐야겠군.'

전각을 나선 가철문은 빠르게 잔독시마가 머물고 있는 곳으로 향했다. 시료를 건네면서 잔독시마는 전주와의 면담이 끝나면 바로 자신의 거처를 찾으라고 했기 때문이었다.

가철문은 자성마전을 나서 동쪽 끝에 있는 산 쪽으로 빠르게 발걸음을 옮겼다. 광천십마의 일인인 잔독시마 파라소가 머물고 있는 거처가 산자락 아래 있었기 때문이다.

마교의 중추라고 할 수 있는 삼전주의 공식적인 거처는 만마각을 중심으로 이루고 있는 삼전이었다.

하지만 자성마전에 소속된 자들이 머물고 있는 곳은 다른 곳이었다. 분지를 삼분하고 있는 지역 중 동쪽 거주 지역이 바로 자성마전의 진정한 힘이 숨어 있는 곳이었다. 다른 두 전의 진정한 힘도 자성마전과 마찬가지였다. 그들의 진정한 힘도 서쪽과 북쪽에 자리하고 있었다.

잔독시마의 거처는 자성마전의 힘이 모여 있는 곳에서도 제일 심처에 위치해 있는 곳이었다. 아무리 절정고수라 해도 쉽게 드나들 수 없는 여러 가지 관문이 설치되어 있기에 자성마전 내에서도 아무나 드나들 수 있는 곳이 아니었다.

'용담호혈은 저리 가라로군.'

가철문은 잔독시마의 거처 가까이에 이르자 소름이 돋았다. 잔독시마의 거처에 펼쳐져 있는 매복을 알아차렸기 때문이다.

외길을 따라 산자락 끝에 위치한 잔독시마의 거처는 곳곳에 극독으로 이루어진 기관이 설치되어 있을 뿐만 아니라, 요소요소에 절정의 고수들이 은신을 한 채 시기고 있었던 것이다.

'오라 했으니 연락을 해두었겠지.'

가철문은 거침없이 발걸음을 옮겼다. 그의 예상대로 미리 연락이 있었던 것인지, 평시에는 여러 번 검문당했을 상황이지만 잔독시마의 거처로 들어서는 가철문의 발걸음을 막는 이는 아무도 없었다.

한동안 외길을 따라 걷다 잔독시마의 거처가 있는 동굴의 입구에 도착한 가철문의 눈에 사람들이 보였다. 검은빛이 감도는 번들거리는 피부를 가지고 있는 이들이 동굴 입구를 지키고 있었던 것이다.

'저들이 잔독시마께서 자랑하는 흑수인(黑髓人)이로구나.'

골수 속에 극독을 품고 있다가 무공을 펼치는 순간 풀어내 상대를 한순간에 녹여 버리는 것이 흑수인이었다. 흑수인들은 독문의 정화라는 독종독인(毒宗毒人)에 버금가는 독력을 지닌 자들이었다.

그러나 독종독인들과는 달리 골수 속에 독을 품고 있기에 평상시는 아무런 위협이 되지 않았다. 하지만 이들이 독공을 펼치기 시작하면 그 양상이 달라졌다. 아무리 흑수인을 만든 잔독시마라 해도 위협을 느낄 정도의 힘을 가진 이들이었다.

"안에 기별을 넣어주시오."

마지막 입구만은 잔독시마의 허락이 떨어져야 가능하기에

가철문은 자신이 왔음을 잔독시마에게 전해주기를 청했다. 입구를 지키고 있는 흑수인들 중 하나가 말없이 안으로 들어 갔다.

얼마 후 안으로 들어갔다가 나온 흑수인은 잔독시마의 허락이 떨어진 것인지 가철문을 안으로 들어가게 했다.

"들어가시오. 내 뒤를 바짝 따라와야 할 것이오."

가철문은 흑수인의 안내를 받으며 안으로 들어설 수 있었다. 잔독시마의 거처는 지하에 위치하고 있었다. 그가 다루는 독들이 워낙 위험한 것들이라 통제를 위한 목적 때문이었다.

가철문은 흑수인들을 따라 지하 삼십여 장을 내려간 끝에 잔독시마가 연구를 하는 석실 앞에 당도할 수 있었다. 그곳에도 흑수인들이 입구를 지키고 있었는데, 가철문이 당도하자 곧바로 문을 열어주었다.

"으… 으음."

입구가 열리자 메케한 향기가 가철문의 코를 찔렀다. 약향(藥香)과 독향(毒香)이 뒤섞여 폐부를 갉아내는 듯한 지독하기 그지없는 향기였다.

지금 가철문이 들어서려는 안은 사전에 대비하지 않으면 생사를 장담할 수 없을 정도로 위험한 것이 지천으로 깔린 곳이었다. 지금 뿜어져 나오는 향기 또한 마찬가지였다. 자칫 내공을 끌어올리지 않는다면 낭패를 당할 수도 있었다. 가철문은 이미 내력을 운용해 방비를 해두었던 탓에 머뭇거리지 않고 안으로 들어섰다.

"왔나?"

입구로 들어서자 청발(靑髮)을 한 사람이 보였다. 다루는 독들로 인해 머리칼이 파랗게 변해 버린 광천십마 중 하나인 잔독시마(殘毒屍魔) 파라소(爬羅宵)였다.

"예, 어르신."

파라소가 말을 걸자 가철문은 길게 읍하며 대답을 했다. 자성마전의 전주인 사준명을 대할 때와는 마음가짐부터 다른 태도였다. 가철문과 잔독시마 사이에는 뭔가 다른 것이 있어 보였다.

"후후후! 자네가 준 것 말이야. 조사해 보니 흥미롭더군."

웃음을 흘리며 파라소가 신형을 돌렸다. 그의 눈빛에는 모처럼 만에 자신의 흥미를 자극하는 일로 인해 반짝거리고 있었다.

"흥미롭다니, 무슨 말씀이십니까?"

"처음에는 긴가민가했는데, 조사해 보니 자네 말대로 내 아이들이 녹아내린 것이 맞더군."

"이!"

가철문은 자신의 판단이 맞았음을 확인하자 안도의 한숨을 돌렸다. 자성마전에서의 일로 인해 내심 자신의 생각이 틀린 것이 아닌가 의구심이 들어 마음을 졸였던 것이다.

"하지만 말이야. 이상한 것이 한둘이 아니야."

풀리지 않는 의문이 있는 듯 가철문을 바라보는 파라소의 머리가 갸웃거렸다.

"이상한 것이라니요. 그건 어인 말씀이십니까?"

"우선 아이들이 녹아내린 것은 맞는데, 그것이 독으로 인한 것 때문이라는 것이야. 처음에는 아직 미완성이라 독의 균형이 무너졌을 거라 판단했는데 그것이 아닌 것 같거든. 그리고 아이들이 녹아 내린 후 누군가가 독을 중화시켰어. 그것도 한 번이 아니라 두 번에 걸쳐서 말이야."

"역시 예상대로군요."

가철문은 다시 한 번 자신의 생각이 맞았음을 알 수 있었다.

"예상대로라니?"

무엇인가 짐작하고 있는 듯한 가철문의 말에 그의 생각이 궁금한지 파라소가 눈빛을 빛냈다.

"누군가 돕고 있는 자들이 있는 것 같았습니다."

"돕고 있는 자들이라… 역시 교주 측인가?"

"그런 것 같습니다."

"하면, 교주의 부재가 의도적이라는 것이로군."

"돌아오면서 여러 가지로 생각해 봤지만, 아무래도 교주가 잔독시마님의 독에 당하지 않은 것이 분명합니다."

가철문의 말에 파라소는 고개를 가로저으며 강하게 부정을 했나.

"아니야, 그럴 리는 없다. 그것은 이미 내가 직접 확인을 한 것이다. 교주가 중독되기는 했지만 그것은 독이 아니라 다들 잘 모르겠지만, 분명 중독된 것을 확인했다."

잔독시마는 고개를 흔들며 마교주의 중독을 직접 확인했음을 알려주자 가철문은 생각의 방향을 바꿔야 함을 알 수 있었다.

"그러시면?"

"일단, 그 계집이 관련된 일이면 내가 하독(下毒)한 것을 알았다는 이야기인데. 네가 보기에는 어떤 것 같더냐?"

"독선고를 쫓으며 주변을 살폈지만 교주와의 연계는 없어 보였습니다. 자륜비호 몰래 최대한 주의를 기울여 확인했지만 마교는 물론 정파의 인사들과 만난 흔적도 보이지 않았습니다."

"그러니 이상한 일이야. 분명 교주의 입김이 닿은 것 같은 느낌이 드는데 그것을 확인할 길이 없거든. 아무래도 교주는 본교의 권역을 떠난 것 같으니 네가 확인을 해주어야 할 것 같다."

"그럼……."

"그래, 교주는 아무래도 정파 놈들이 있는 곳에 둥지를 튼 것 같으니 네가 확인을 해주어야겠다는 말이다. 그리고 그 계집을 처리하는 것도 같이해야 할 것이고."

"하지만 이번 일로 볼 때 독선고를 상대하기는 쉽지 않을 것 같습니다."

가철문은 자신이 이끌던 생강시가 당민 일행에게 허무하게 당했음을 상기시켰다. 그만큼 당민 일행의 실력이 녹록치 않았던 것이다.

"후후후! 걱정하지 마라. 이번에 완성한 새로운 아이들을 붙여줄 테니. 네가 데리고 갔던 아이들은 아직 완성된 것이 아니지만, 다른 아이들은 이미 완성이 된 상태니까 많은 도움이 될 거다. 그 계집이 어떤 수를 쓴 것인지는 모르겠지만, 이번에 나설 아이들은 그렇게 쉽게 당하지는 않을 것이다."

"성공하셨군요. 감축드립니다."

가철문은 파라소를 향해 포권을 해 보였다.

"후후! 이 사실은 너만 알고 있어라. 자성검마가 알아봐야 좋을 것도 없으니 말이다."

"명심하겠습니다."

"자성검마에게는 생강시를 잃어버린 일로 내가 응분의 대가를 치루게 한다고 전할 터이니, 넌 은밀히 아이들을 이끌고 가서 그 계집을 처리해라. 아무래도 교주가 그 계집의 주위를 맴돌고 있는 것은 해독을 위한 것 같으니, 일단 그 계집을 처리하는 것이 우선일 것이다."

"알겠습니다."

"따라오너라. 아이들을 내어줄 테니."

산목시마는 가철문을 이끌고 생강시를 세련하는 곳으로

향했다. 오직 잔독시마만이 출입할 수 있는 곳이었다. 그가 동행하지 않으면 설사 마교의 교주라 할지라도 생사를 장담할 수 없게 변하는 곳이 바로 생강시를 제련하는 곳이었다.

잔독시마의 실험실에서도 지하 이십여 장을 더 내려간 곳에 위치한 지하 광장에는 모두 백여 구의 생강시들이 관 속에 들어가 가지런히 놓여 있었다.

"저 아이들이다. 전부 희생돼도 좋으니 반드시 그 계집을 사로잡아야 한다. 그리고 교주와의 관계도 확실히 밝혀내야 할 것이다. 아직 확신이 있는 것은 아니지만, 교주의 행보를 볼 때 분명 그들과 관련이 있는 것이 분명하다. 만약 이번에 뿌리를 뽑지 않는다면 두고두고 후환이 될 것이니 반드시 마무리를 지어야 할 것이다."

"알겠습니다."

파라소는 가철문의 대답을 들으며 몇 개의 관을 돌며 주문 같은 것을 외웠다. 생강시를 가철문에게 건네주기 위한 절차였다. 주문을 마치자 관들이 삐걱거리며 열리기 시작했다. 창백한 안색을 제외하고는 보통 사람과 다를 바 없는 강시들이 관에서 일어났다.

"이제부터 이 사람이 너희들의 주인이다."

파라소는 생강시들에게 가철문을 주인으로 인식시킨 후 다시 한 번 당부하는 것을 잊지 않았다.

"만약 생강시도 아무런 소용이 없는 자가 나타난다면 곧바로 철수해라. 생강시를 전부 희생시키더라도 너만은 살아 돌아와 반드시 보고를 해야 한다. 알아들었나?"

"알고 있습니다."

"그럼 가도록 해라."

파라소의 당부에 고개를 끄덕인 가철문은 이십 구의 생강시를 건네받아 비밀 통로를 통해 마교의 본산을 나섰다.

잔독시마에게서 밀명을 받은 가철문은 자신의 신분을 감추기 위해 인피면구를 착용하고 생강시를 이끌었다. 생강시들도 전과는 다르게 얼굴에 화색이 도는 것이 살아 있는 사람과 진배없어 보였기에 따로 변장을 하지 않아도 충분했다.

그들은 마교를 나서자마자 경공을 발휘해 섬서성으로 향했다. 가철문은 독선고의 행선지가 화산파일지도 모른다는 생각을 했기에 그리로 향했던 것이다. 추적자가 찾지 못하게 숨을 때는 사람 사이에 숨는 것이 제일 좋음을 그 또한 짐작하고 있었던 것이다.

그렇게 가철문이 섬서성으로 향한 때는 백무가 처음 봉황도문의 전대문주인 곽무한을 만나던 밤이었다.

*   *   *

당민이 방을 나간 후 백무는 작은 책자에 몰두하기 시작했

다. 서두에 기록된 것을 보면 예사 내용이 아니기 때문이었
다.

　우리는 한 마을에서 자라났다. 문숙공(文肅公) 어르신의 문하
에서 동문수학하던 우리는 동궁시강학사(東宮侍講學士)로 송나
라 왕위에 오르신 전하의 사위(嗣位)를 고하고자 떠나시는 스승
님을 따라 중원으로 건너왔다. 우리는 송나라에 이르러 지엄하
신 스승의 명을 쫓아 머나먼 십만대산으로의 여정을 시작하지
않을 수 없었다. 스승께서는…….

　맨 앞장의 기록은 뜻밖이었다. 금황천마와 귀령독의가 동
방의 고려라는 나라에서 왔다는 이야기로부터 기록이 시작되
고 있었던 것이다.
　백무는 책에서 언급된 문숙공에 대해 누구보다도 잘 알고
있었다. 문숙공은 한 자루 월도로 여진족을 정벌했던 고려의
문관이자 무장이었다. 그의 도법은 신기에 달해 한 번 빛이
일면 열 개의 목이 떨어진다는 일광십참(一光十斬)의 전설이
아직도 요동 일대에 전해지는 사람이었다.
　또한 문에도 일가견이 있어 송나라에서도 그의 능력을 높
이 평가했을 만큼 문무를 겸전했던 고려의 장수라고 백무는
기억하고 있었다. 그의 아버지가 누구보다 존경하고 있던 인
물이라, 아버지에게서 문숙공에 대해 여러 차례 들었기에 잘

알고 있었던 것이다.

그런데 마교의 한 장을 장식했던 귀령독의의 스승이 아버지가 존경해 마지않는 사람이었다는 사실에 백무는 놀라지 않을 수 없었던 것이다.

아무리 읽어보아도 놀라운 이야기였다. 이국(異國)으로 건너와 삼십여 년 만에 교주와 광천십마의 일원이 되었다는 것은 두 사람의 자질이 천고에 보기 드문 것이기 때문이었다.

신분을 숨기기는 했지만 마교에서도 천마 이래 최고로 강할지도 모른다는 금황천마와 그에 비견되는 귀령독의가 고려 출신이라는 사실에 흥미를 느끼지 않을 수 없었던 것이다.

백무는 두 사람의 출신에 대해 알게 된 후 놀라움 속에 다시금 책에 집중했다. 두 사람이 마교에, 그다음부터는 혈영기공와 암흑투기에 관해 언급되고 있었기 때문이다.

한참을 읽어 내려가다 백무는 고대 동이족의 뿌리라는 환(桓)에 대한 언급에 관심이 갔다. 귀령독의가 언급한 환이 혈영기공과 암흑투기의 모태가 되는 것을 남겼다는 사실에 대한 궁금증이 생겼던 것이다.

"혈영기공과 암흑투기가 고대 환이 남긴 유산이라니? 이게 무슨 말이지? 환이라는 단체도 있었나? 그 외에는 별다른 내용이 없는 것 같군."

환에 대해서는 단편적인 이야기만 쓰여 있을 뿐 자세히 언급되어 있지 않아 아쉬움이 들었다.

"하지만 그 먼 옛날에 이런 무공을 남겼다고 하니 놀라운 사람들이다. 그나저나 금황천마란 분이나 귀령독의께서 실망감이 보통이 아니었겠군. 삼십여 년을 찾아 헤매던 것이 아니었으니 말이야."

백무는 다음 내용으로 눈길을 돌렸다. 혈영기공과 암흑투기를 익히게 된 일련의 과정이 기록되어 있었던 것이다. 기록을 읽어가며 백무는 당민에게 들었던 이야기를 떠올릴 수 있었다. 금황천마가 어찌하여 두 가지 무공을 창안했는지, 그리고 귀령독의가 어찌하여 두 가지 무공을 익히고자 했는지 자세히 기록되어 있었던 것이다.

"으음! 그렇게 해서 혈영기공과 암흑투기를 익히게 된 것이로군."

이어지는 글에는 당민이 이야기한 것과 같이 광천십마가 혈영기공과 암흑투기를 익힌 후 광마로 변해가는 과정이 상세히 기술되어 있었다.

"어디! 이 내용은 좀 특이한걸?"

연이어 읽어 내려가다 자신과 관련이 있는 부분이 나오자 백무의 눈빛이 빛났다. 마기의 폭주를 제어하기 위해 적혈잠원대법을 창안한 내용이 나왔던 것이다.

"적혈잠원대법도 그렇지만, 혈영기공과 암흑투기는 완전히 상리를 벗어나는 무공이다."

핏속에 담긴 힘을 이용하는 혈영기공이나 모든 기운을 투기(鬪氣)로 제어하는 암흑투기, 그리고 인간의 근원적인 힘을 끌어내는 적혈잠원대법은 중원의 무공과는 상리를 달리하는 것이었기에 백무는 그 뜻을 파악하느라 정신을 집중했다.

특히 적혈잠원대법의 전개 과정이나 효과에 대한 부분, 그리고 부작용과 관련한 부분에 대해서는 자신의 몸과 비교하여 살피며 세세히 읽어나갔다.

적혈잠원대법은 인간의 피가 제일 많이 몰려 있는 세혈에서부터 운기가 시작되도록 만든 특이한 개정대법이었다. 심장에서 시작되어 전신을 도는 혈류가 역류하며 시작되는 혈영기공의 부작용을 막기 위해서였다.

적혈잠원대법은 근육 속 세혈 속에 잠들어 있는 근원적인 힘을 이끌어내 혈영기공을 익히며 역혈(逆血)이 부르는 마기를 처음부터 발생하지 않도록 하는 방법이었다.

혈영기공을 운공하면 심장에서 시작된 혈류가 역류하기 시작해 마기가 발생하고, 그 마기가 뇌맥을 자극해 수련자를 미쳐 버리게 만든다. 끊임없이 밀려드는 고통과 폭주하는 마기로 인해 뇌맥이 상해 광마가 되어버리는 것이다.

귀령독의가 창안한 적혈잠원대법은 이것을 사전에 차단하는 효과를 가지고 있었다. 혈영기공으로 인해 발생하는 마기를 세혈 속으로 끌어들여 흩어버림으로써 뇌맥으로 향하는 마기를 사전에 차단하고 고통을 줄여 광마로 변해가는 것을 막는 것이었다.

또한 금강불괴에 버금가는 강한 신체와 혈맥을 만들어 급격한 마기의 폭출로 인해 신체가 폭발하여 산화하는 것을 막아주기도 하는 것이었다.

그러나 귀령독의는 암흑투기와 혈영기공을 동시에 익히는 것을 금하고 있었다. 두 가지 기공이 상극을 달리는 것이었기 때문이다.

암흑투기는 마기를 갈무리하여 침잠시키면서 내면에서 강렬한 투기를 발산시키는 것이었고, 혈영기공은 마기를 폭출시키면서 힘을 발산시키는 것이었다.

따로 익히면 상관이 없지만 두 가지를 동시에 익힐 경우 서로 끌어당기는 힘 때문에 어느 정도의 수준에 오를 경우 주화입마 상태에 들어 피에 미친 광인이 될 수 있다는 이야기였다.

"그럼 난 어떤 상태인 것이지? 내공을 쌓을 수는 있는 건가?"

적혈잠원대법의 공능에 대해 읽어가며 백무는 자신의 몸이 지금 어떤 상태인지 알 수가 없었다. 아직 혈영기공을 본격적으로 수련한 것은 아니지만 어쩔 수 없는 이유로 두 가지를 동시에 익힌 것이나 다름없는 상태였다. 자신의 몸은 이미 혈영기공을 익힐 수 있도록 최적화되어 있었던 것이다.

"어쩌면 혈영기공을 익히다가 부작용이 있을지도 모르겠군. 하지만 일단 암흑투기와 혈영기공의 실체는 알아야겠지. 후후!"

귀령독의가 언급한 마기의 폭출이니 하는 부작용 같은 것이 있을지도 모른다는 생각이 들었다. 하지만 그렇다고 포기하고 싶은 생각은 없었다. 백무는 긴 서문을 끝으로 이어지는 혈영기공과 암흑투기의 구결과 주해를 천천히 읽어가기 시작했다.

혈영기공과 암흑투기에 대해 읽어가며 백무는 점점 눈이 커져 가고 있었다. 그것은 두 가지 기공이 전혀 낯설지가 않았기 때문이다.

적혈잠원대법을 완성하며 난 한 가지 의아한 생각이 들었다. 어쩌면 친우가 나를 속였을지도 모른다는 생각이 들었던 것이다. 두 장의 양피지에 적혀 있던 무공을 재해석했다고는 하지만, 어쩌면 아닐 수도 있다는 생각이 들었던 것이다. 어쩌면 친우가 준 구결이 오래전에 완성되었을지도 모른다는 생각이 든 것이다. 내가 그리 생각한 것은 친우가 준 두 가지 구결이 무엇인가에 바탕을 둔 것이 역력해 보였기 때문이다. 혈영기공과 암흑투기를 아우르는 제삼의 무공이 존재할 수도 있다는 생각이 든 것이다. 어쩌면……

귀령독의는 결론 부분에 있어 금황천마가 얻은 두 장의 양피지 외에 이 상극인 두 가지 기공을 아우르는 제삼의 기공이 존재할지도 모른다고 언급하고 있었다. 그것은 암흑투기와 혈영기공이 흐름을 같이하고 있다는 사실 때문이었다.

백무도 구결을 읽어가며 같은 생각을 하고 있었다. 귀령독의의 언급에 백무는 다시 한 번 구결을 세세히 살폈다. 아무리 생각해도 귀령독의의 언급처럼 제삼의 기공이 존재할 수도 있다는 생각이 점점 짙어갔다.

탁!

한 시진에 걸쳐 읽어가던 백무는 책자를 덮었다. 얼굴이 붉게 상기되어 있는 것이 무척이나 흥분한 것 같았다.

"어쩌면 귀령독의님의 언급처럼 제삼의 기공이 존재할지도 모른다. 제삼의 기공이……."

백무는 자신이 읽은 혈영기공과 암흑투기의 구결을 머릿속으로 되뇌며 생각에 잠겨갔다.

두 가지 기공의 구결에서 보어지는 기운의 흐름과 호흡은 백무가 너무도 잘 알고 있는 것이었다. 적혈잠원대법을 거치며 자신이 무의식중에 알아낸 호흡법과 그로 인한 기운의 움직임이 두 가지 기공과 거의 일치하고 있었던 것이다.

고통을 참기 위해 필사적으로 해오던 호흡법, 그것은 본능의 발로였다. 그런데 두 가지 기공의 구결로 자신의 뇌리에 그려지는 기운의 흐름이 지금 자신의 몸에 흐르는 기운과 너무도 닮아 있었던 것이다.

"확인을 해야 한다. 내 생각이 사실이라면, 아버지도 이 두 가지 기공과 분명 관련이 있다."

확인을 해야 했다. 자신이 적혈잠원대법을 시술받으며 고통을 참게 해준 호흡법의 시작이 바로 아버지로부터 끝없이 단련받은 소림오권이라는 것을 확신할 수 있었기 때문이다.

권법이면서 내기를 단련하는 동공인 소림오권. 아니, 오류신권이라 불리는 비전이 어쩌면 두 가지 기공과 맥을 같이할 수도 있다는 생각이 들었던 것이다.

백무는 다시금 책을 펼쳐 들었다. 그가 다시 읽기 시작한 곳은 혈영기공과 암흑투기의 모체가 되는 원전이었다. 세세한 주해가 달려 있었기에 백무는 책자에 기록되어 있는 두 가지 기공의 원전에 대해 참오하기 시작했다. 어려서부터 자신이 익히고 있는 것과의 연관성을 찾기 위해서였다.

또한 주해가 달려 있는 원전을 통해 알고자 하는 것은 연관성을 찾기 위한 것뿐만이 아니었다. 흑백쌍마의 품속에서 백무가 상청경과 함께 얻었던 한 장의 양피지에 쓰여 있던 문자도 원전에 쓰인 글자와 같았기에 혹시나 흑백쌍마가 가지고 있던 양피지가 제삼의 기공이 아닐까 하는 생각이 들었기 때문이나.

한편, 불안한 마음을 가눌 길이 없는 당민은 서둘러 봉황각을 향해 발걸음을 옮기고 있었다.

'동창에 대해 알아본 후 이 길로 봉황도문을 떠난다.'

당민은 이제는 떠날 때가 되었다는 것을 알 수 있었다. 어쩐지 이번 여정이 누군가의 각본대로 움직이는 것 같은 인상을 지울 수가 없었기 때문이다. 봉황도문에서 무엇을 얻었는지 모르겠으나, 가장 큰 문제였던 백무의 몸이 어느 정도 안정을 되찾은 상태였기에 일단 봉황도문을 벗어나는 것이 좋을 것 같았다.

'분명 누군가 있다. 내가 마교에 머문 한 달간 무슨 일인가 벌어진 것이 분명하다. 파황적도기도 그렇고, 자륜마검기도 그렇고, 본산에 있어야 할 그들이 나왔다는 것은 누군가 우리의 행적을 세세히 알려주지 않고서는 있을 수 없는 일이다.'

당민은 지나온 여정 동안 마교에서 나온 자들과 마주쳤다는 사실이 못내 껄끄러웠다. 아직 약속한 시간이 되지는 않았지만 동창의 행적에 대해 알아본 후, 최대한 빨리 서천대서님을 떠나는 것이 좋을 것 같다는 생각이 드는 당민이었다.

서두르는 발걸음만큼이나 당민은 빠르게 봉황각에 도착할 수 있었다.

"들어가도 되겠습니까?"

안에 사람이 있다는 것을 알기에 당민은 주인의 의중을 물었다.

"들어오십시오."

곽정운은 당민을 들어오도록 했다. 당민은 방 안에 들어서서 자리에 앉자마자 자신의 용무에 대해 이야기했다.

"아무래도 동창의 일에 대해 빨리 알아보고 떠나는 것이 좋을 것 같아서 왔습니다. 어찌 소식은 알아보셨는지요?"

"동창의 일에 대해서는 시간이 더 있어야 할 것 같습니다. 그리고 동창의 일이지만 알려드려야 되는 일이 생긴 것 같아 그렇지 않아도 찾아 뵐 생각이었습니다."

곽정운의 안색이 심각했다.

"무슨 일이 생긴 겁니까?"

"심상치 않은 세력들이 지금 서안으로 향하고 있다는 소식입니다."

심상치 않은 세력이 몰려든다는 소식은 자신의 생각이 어느 정도 맞았다는 것을 확신시키는 반증이기에 당민은 자세한 내용을 물었다.

"심상치 않은 세력들이라니요? 어찌 된 일입니까?"

"무림맹의 일원인 개방에서 움직인다는 정보도 있고, 그보다는 암중에서 움직이는 자들이 문제인 것 같습니다. 아마도 창천비각이 나선 것 같습니다."

"창천비각이요?"

"창천비각도 문제지만 마교 쪽에서도 은밀히 움직이고 있
는 자들이 있는 것이 분명합니다."

"으음!"

당민은 신음을 삼켰다. 자신의 예상대로 뭔가 음모가 있는
것이 분명했다. 자신과 백무를 중심으로 천하를 뒤흔들 음모
가 벌어지고 있다는 것을 직감할 수 있었다. 정파에서는 창천
비각이 움직이고, 마교 쪽에서도 움직임이 있다면 정말 심각
한 일이 아닐 수 없었다.

"마교의 움직임이 이상한 것은 그 갈래가 둘이라는 것입니
다."

"갈래가 둘이라니 무슨 말입니까?"

"은밀한 움직임이 둘인데. 그중 하나는 정체가 모호하지만
어느 정도 움직임이 예측 가능하고, 다른 하나는 예측하기 불
가능한 존재라는 사실입니다."

모호한 말에 당민은 자세히 이야기해 줄 것을 바랐다.

"좀 더 자세하게 말씀해 주십시오."

"우선 창천비각과 같이 마교에서도 은밀한 조직이 움직
이고 있다는 것을 알 것입니다. 그들이 이곳 서안을 중심으
로 해서 움직이고 있다는 것이 밝혀졌습니다. 아마도 그들
은 당신 일행을 노리고 있는 것 같아 보였습니다. 그리고 오
늘 아침에 전해온 소식이 있는데, 일단의 사람들이 바로 어
제 마교를 은밀히 떠나 곧장 이곳으로 향하고 있다는 전갈

입니다."

"일단의 사람들이요?"

비밀리에 움직이는 자들은 당민도 어느 정도 짐작하고 있었다. 하지만 마교의 본산에서 사람들이 나오는 것은 달랐다. 자칫하면 중원 무림과의 전면전이 될지도 모르는 상황인데 마교에서 직접 사람이 나와 섬서성으로 향하고 있다는 것이 의외였던 것이다.

"확실히는 모르겠습니다. 하지만 전해온 전갈에 의하면 예사 인물들이 아닌 것 같다고 했습니다. 그들은 거의 한 시진에 백여 리를 주파하고 있다고 하니 절정의 경지를 이미 넘은 자들로 보입니다. 그 정도의 경공이라면 거의 만리추풍객과 맞먹는 속도니까 말입니다. 이십여 명 모두 만리추풍객과 맞먹는 경공을 지니고 있으니, 정말 사람이라고 보기에는 놀라운 능력이라는 것이 소식을 전해온 사람의 판단입니다."

'으음! 생강시다. 최대한 빨리 이곳을 벗어나야 한다.'

당민은 곽정운의 말에서 마교를 나와 섬서성으로 향한 자들이 생강시들임을 직감적으로 알 수 있었다. 그리고 지금 섬서성을 향해 달려오는 생강시들이 자신들이 겪었던 생강시와는 다른 존재임도 알아챘다. 곽정운이 말한 정도라면 완전하게 완성된 생강시가 틀림없었던 것이다.

자신이 알고 싶은 소식에 대해 빨리 알아낸 후 떠나는 것이 좋아 보였다. 당민은 자신이 부탁한 소식에 대해 물었다.

"동창에 대한 소식은 아직인가요?"

"그것은 시간이 걸릴 것 같습니다. 만리비응을 통해 북경에 소식을 전하기는 했으나 그리 쉽게 알아낼 수 있는 소식이 아니니 말입니다. 다만 일차적으로 보내온 소식에 의하면, 당신 일행 중 북풍표가의 형제들을 추살하는 일에 동창이 직접 개입했다는 사실은 확인할 수 있었습니다."

요동에서 불어온 피바람에 동창이 개입했음을 확인하자 당민은 자신의 예상이 모두 사실임을 알 수 있었다. 그리고 자신의 짐작이 맞는지 확인하기 위해 그동안 요동에서 있었던 동창의 행동에 대한 전모를 알 수 있는지의 여부를 물었다.

"역시 그랬었군요. 그럼 요동에서의 일은 언제쯤 알 수 있을까요?"

"한 달 정도는 시간을 더 주서야 할 것입니다. 자금성의 황궁보고에도 들어가 봐야 하니 말입니다."

'이를 어쩐다. 으음……'

하루가 급하다는 생각이 들었다. 시간이 늦어질수록 자신들을 향해 다가오는 음모의 그림자를 피할 수 없다는 생각이 강하게 들었다.

"동창의 소식은 나중에라도 알 수 있는 건가요?"

"물론입니다. 그런데 왜 그러시는 겁니까?"

"이곳에 있는 것이 위험할 것 같아서 말입니다. 자칫 서천 대서림에도 큰 피해가 갈지도 모르기에 오늘내로 이곳을 떠나려고 합니다."

"오늘 떠나신다는 말입니까?"

갑작스럽게 떠난다는 말이 의아스러운 곽정운이었다. 당민 일행이라면 충분히 위기를 돌파할 실력이었다. 비록 약간의 위험이 있기는 하겠지만 소식을 알고 가도 충분해 보였던 것이다.

"그렇습니다. 그러니 동창에 대한 소식은 시간이 좀 지난 뒤에 들어야 할지도 모르겠군요."

"그럼 동창에 대한 일은 어찌할 셈입니까?"

"나중에 제 동생인 무아가 받으러 올 겁니다. 그때까지 유보해 주실 수 있는지요?"

"가능합니다만, 기왕이면 소식을 듣고 가는 것이 좋지 않을 런지요. 늦어봐야 한 달 정도인데 말입니다."

"아닙니다. 저희보다는 이곳에 누를 끼칠까 봐 그렇습니다. 아무래도 마교에서 오는 자들은 저희 때문에 오는 것 같으니 말입니다. 문주님께서는 제 말씀이 의아하시겠지만, 그들은 인간의 범주를 벗어난 자들입니다. 자비심이라고는 손톱만큼도 없는 무자비한 자들입니다. 이곳에서 그놈들과 맞닥뜨리면 저희뿐만 아니라 이곳에서 수학하고 있는 유생들도 큰 희생이 따를 겁니다. 그리고 동창의 소식이야 우리가 준비

되지 않은 이상 아무런 소용도 없으니 훗날 듣는 편이 좋을 것 같습니다."

마교에서 완벽한 생강시들이 추적해 온다면 봉황도문은 멸문지화를 당할 우려도 있었다.

"으… 음! 알았습니다. 그렇다면 그렇게 하시는 것이 나을 수도 있겠군요. 언제든지 소식을 전할 수 있도록 해놓겠습니다. 그렇지만 유 총사가 와야 여산으로 향할 텐데 어디로 가실 생각이십니까?"

"감사합니다. 그분이라면 우리를 손쉽게 찾을 수 있을 것이니 유 총사에게는 여산으로 올 수 있도록 해주십시오. 저희도 나름대로 피신해 있다가 여산으로 가도록 하겠습니다."

"알았습니다. 유 총사에게는 그리 전하도록 하겠습니다."

"그간 고마웠습니다. 은혜는 훗날 갚도록 하지요."

"은혜라니, 나 또한 대가를 받고 하는 일이었습니다. 오히려 제가 고맙다고 말씀을 드려야 합니다. 그나저나 여산으로 가는 동안 별일이나 없었으면 좋겠습니다."

곽정운은 당민 일행이 무사하기를 진심으로 바라는 것 같았다.

"그렇게 되어야 하겠지요. 그럼 전 이만!"

당민은 급한 마음에 곽정운에게 인사를 하는 둥 마는 둥 하고 봉황각을 나섰다. 시기를 놓치지만 않는다면 누군지 모를 음모의 마수에서 벗어날 수 있다는 생각 때문이었다.

"아무리 아버님이 무조건 도우라고 했지만 이번 일은 섣불리 뛰어들 수 있는 일이 아니다. 자칫 본문의 존폐조차 장담할 수 없는 일이 될 터이니……."

곽정운은 급한 것 같은 당민의 모습을 보면서 더 이상 도울 수 없는 것이 안타까웠다. 그도 서안을 향해 몰려들고 있는 자들에 대해 어느 정도 짐작을 하고 있었다. 그들은 봉황도문으로서도 쉽사리 감당할 수 있는 자들이 아니었다. 은혜를 입은 것이나 마찬가지지만 봉황도문이 멸문할지도 모르는 일에 섣불리 나설 수는 없었던 것이다.

당민은 봉황각을 빠져나와 빠르게 객원으로 향했다. 문 앞에서 표가 형제를 만난 후 같이 객원으로 들었다.

"천주님! 무슨 일입니까?"

"아무래도 돌아가는 정황이 심상치 않아서 그러니 바로 이곳을 떠나야 할 것 같아요."

"무슨 말씀이십니까?"

갑자기 떠난다는 말에 일행이 모두 당민을 바라보았다.

"자세한 이야기는 가면서 해줄게요. 그런데 무아는 아직까지 방 안에 있는 것인가요?"

"그렇습니다. 천주님께서 봉황각으로 가신 이후로 방 안을 나서신 적이 없습니다."

"알았어요. 모두들 떠날 준비를 해주세요. 난 무아를 데리고 나올 테니 말이에요."

"알겠습니다, 천주!"

당민의 다급한 표정을 읽은 사람들은 각자 떠날 준비를 하기 위해 방으로 향했다. 몇 가지 안 되지만 각자 가지고 갈 것을 챙기기 위해서였다.

당민은 백무의 방으로 들어섰다. 백무는 방 안에서 자신이 준 책자를 골똘히 보고 있었다. 너무 집중해 보고 있는 탓인지 자신이 들어온지도 모르고 있었다. 책을 읽고 있는 백무를 보며 당민은 가만히 있었다. 백무가 보고 있는 책의 장수가 얼마 남지 않은 까닭이었다.

탁!

생각을 거듭하다 다시 책을 펼쳐 들었던 백무다. 책자에 기록되어 있는 혈영기공과 암흑투기의 원전과 남겨진 구결을 모두 외운 백무는 책을 덮은 후, 그제야 앞에 서 있는 당민을 볼 수 있었다.

"다녀오셨습니까?"

"그래, 책을 다 읽었느냐?"

"그렇습니다. 정말 놀라운 일이로군요, 누님!"

"책 안에 있는 내용은 모두 사실이다. 그러니 의심하지 마라. 그건 그렇고, 책 안의 내용을 모두 외울 수 있느냐?"

"모두 외우고는 있습니다만."

"그럼 이리 주거라."

당민은 백무로부터 책을 건네받은 후 삼매진화를 일으켰다.

화르르!

밀독천과 마교의 비밀을 간직한 책자가 금세 타올랐다. 백무는 당민이 어찌하여 책자를 태우는지 몰랐지만 사정이 있음을 짐작할 수 있었기에 가만히 지켜보았다. 제법 두꺼웠던 책은 금방 재가 되어버렸다.

"너도 읽어서 알겠지만 이 안에 있는 내용은 천하의 비밀이 담겨 있는 것이다. 그러니 이 안에 있던 내용은 오직 너만이 알고 있어라. 누구에게도 이것에 대해서는 발설하면 안 된다는 뜻이다. 이제 유일한 기록이 사라졌으니 혈영기공에 대해 아는 것은 이 세상에 너와 나뿐일 것이다. 나와 헤어지더라도 혈영기공을 익힐 수 있을 테니 잊지 말도록 해야 할 것이다."

당민은 정색을 한 채 혈영기공에 대해 함구할 것을 부탁했다. 백무 또한 혈영기공과 암흑투기가 세간에 알려지게 된다면 엄청난 파장을 몰고 올 것이 분명하기에 고개를 끄덕이며 비밀을 지키기로 했다.

"알겠습니다, 누님."

"이제 봉황도문을 떠나야 한다."

"동창에 대한 일은 어찌하시려고……."

백무는 갑자기 떠난다는 말이 당혹스러웠다. 동창에 대한 소식도 아직 알지 못한 상태였기 때문이다. 흑혈의 겁풍을 일으킨 원흉에 대해서 알지도 모르는데 무작정 떠날 수는 없었기 때문이다.

"무어야, 아무래도 우리가 가는 여정에 음모가 개입되어 있는 것이 분명하다."

"음모요?"

음모가 있다는 소리에 궁금한 듯 백무가 눈빛을 빛냈다.

"그러니까……."

당민은 백무에게 자신이 예상하고 있는 일들에 대해서 모두 이야기해 주었다.

"으… 음, 누님 말씀이 맞는 것 같군요. 그렇다면 일단 이곳을 벗어나 누님이 말씀하신 비고로 향하는 것이 좋을 듯합니다."

당민의 말대로 백무는 그녀의 말대로 누군가 자신들을 이용해 음모를 꾸미고 있다는 생각이 들었다. 그런 생각이 들자 조금 불안해졌다.

가문의 복수는 시작도 안 했는데 자신은 아직 힘을 기르지도 못했기에 자칫 음모에 휩쓸려 복수는 해보지도 못한 채 죽음에 이를 수도 있다는 생각이 들었던 것이다.

"그래, 빨리 나가도록 하자. 이미 삼노와 중호, 인호에게 떠날 준비를 시켜놓았으니 바로 떠나면 될 것이다."

"미리 준비를 해놓으셨군요. 나가시죠, 누님."

당민이 밖으로 나가자 백무도 따라 나갔다. 밖에는 당민의 말처럼 떠날 준비를 끝낸 삼노와 표가 형제가 대기하고 있었다.

"자, 이제 여길 떠나요."

당민을 선두로 일행은 서둘러 서천대서림을 빠져나갔다. 서천대서림으로 들어서는 청죽림이 일행을 배웅했다.

'언젠가는 다시 들를 날이 있겠지.'

백무는 자신에게 뜻밖의 기연을 안겨준 청죽림을 바라보며 아쉬운 마음을 접을 수 없었다. 하지만 떠나야 할 수밖에 없었기에 다음을 기약하며 당민을 따라 조용히 길을 나섰다.

서천대서림을 나선 후 당민은 마방에 들러 말을 구입했다. 시간을 요하기도 했지만, 체력을 안배하기 위해서였다. 길을 돌아 비고로 갈 생각이었기에 어찌 됐든 조금이라도 체력을 아끼는 편이 좋다고 생각한 것이다.

말을 구입한 후 일행은 곧바로 서안을 떠났다. 당민은 일행을 곧장 여산으로 인도하지 않았다. 혹시 있을지도 모르는 추적자들을 염려한 것이다. 암연과 밀광이 주변을 철저히 경계하도록 한 후, 서안의 북쪽인 위남(渭南)으로 방향을 잡고는 전력을 다해 말을 몰게 했다.

위남에 이르자 당민은 자신들의 감각을 벗어나는 추적자를 내비하기 위해 암 노를 뒤쪽에 지우지게 해 빠르게 이동해

갔다. 위남에서부터는 철저하게 흔적을 지워야 했던 것이다.

당민은 위남을 기점으로 동진하며 아래쪽으로 방향을 잡았다. 화음현 인근에 와서는 말에서 내려 빈 말들만 북쪽으로 달리게 하고는 다시 경공을 발휘해 여산을 향해 달렸다.

다행히 표가 형제의 달리는 속도가 거의 경공에 버금가는 것이었는지라 열흘이 되지 않아 일행은 여산 자락에 도착할 수 있었다.

비록 열흘이지만 힘들기 그지없는 여정이었다. 자신들의 행적을 들킬세라 은밀히 움직였기에 일행의 모습은 남루하기 그지없었다.

"이제 도착했으니, 여기서 밤이 되기를 기다린다."

여산 자락, 화청지가 바라다보이는 숲에서 당민은 일행을 멈추게 했다. 그녀가 목적한 당문의 비고가 바로 화청지 안에 있었던 것이다. 숲에 은신한 일행은 사람들의 왕래가 뜸해지기를 기다리며 긴 여정으로 인한 피로를 풀기 시작했다.

백무를 비롯한 일행이 피곤한 가운데 휴식을 취하고 있을 무렵, 여산 자락 한곳에서는 일단의 사람들이 모여 있었다. 남루한 모습의 사람들이었지만 모두들 두 눈에 정광이 흐르는 것이 예사 사람들로 보이지는 않았다. 그들은 바로 개방의 인물들이었다.

그들의 선두에는 화산의 일로 파견을 나온 사천성 분타주 자호개(子壺丐) 황보준(皇甫俊)이 서 있었다. 그는 심유한 눈빛으로 어느 한곳을 바라보고 있었다.

"움직임이 없는 것을 보면 목적지에 다 온 것 같습니다. 이제 그들을 잡아야겠습니다."

자호개는 존대의 목소리로 옆에 서 있는 자에게 일을 시작할 때임을 알렸다.

"그런 것 같군."

자호개의 말을 받은 이는 섬서성 분타주인 철장개(鐵掌丐) 위태수(魏太守)였다. 자호개보다는 개방에 먼저 들어온 선배로, 두 손에서 뿜어지는 장력이 위맹하기로 소문난 절정고수였다. 위태수는 자호개의 요청으로 마교의 추적을 받고 있는 당민 일행의 신병을 확보하기 위해 분타 소속 방도들을 이끌고 여산으로 온 것이다.

"저 위에 있는 자들이 흔적을 지워 추적하기 어려웠지만, 분명 저들의 목적지는 이곳이 분명합니다."

자호개는 당민 일행의 목적지가 여산임을 짐작하고 있었다. 당민의 흔적을 놓친 후 개방에 남아 있는 당문에 대한 오래된 정보를 통해 당문이 여산 인근에서 처음 시작된 가문임을 알아냈던 것이다.

"마교의 추적을 피하고 여기까지 온 것을 보면 예사 인물들은 아닌 것 같은데, 이 정도의 인원을 가지고 되겠소?"

철장개는 많지 않은 인원으로 당민 일행을 제어할 수 있을
지 걱정이 되는 모양이었다.

"걱정하지 마십시오. 창천비각에서도 나서는 모양이니 우
리는 저들이 도주할 경로를 차단하기만 하면 될 겁니다."

자호개가 창천비각을 거론하자 철장개의 눈이 크게 떠졌
다. 그로서도 모르는 내용이었기 때문이다. 처음 들었다는 듯
철장개는 불편한 심사를 감추지 않았다.

"이번 일이 창천비각의 행사였던 것이오?"

"죄송합니다. 워낙 비밀을 요하는 일이었는지라 그럴 수밖
에 없었습니다."

자호개는 철장개에게 미안한 듯 포권으로 사과를 했다.

"일이 중대하다면 그럴 수도 있는 게지."

자호개가 신중하게 일을 처리한다는 것을 잘 알고 있는 철
장개는 좀 전의 불만을 일거에 씻어냈다. 창천비각까지 나서
고 자신에게 비밀을 요할 정도였다면 무척이나 중요한 일임
에 분명했기 때문이다.

"그럼 방도들을 불러 이제부터 저 위에 있는 자들을 잡아
야 하니 타구진을 펼치도록 하시지요."

"알았네."

철장개는 자호개의 말에 따라 방도들에게 지시를 하기 위
해 뒤로 돌아서려 할 때였다.

퍽!

"크… 윽!!"

무엇인가 날아와 부딪치는 소리와 함께 단말마의 비명성이 철장개의 입에서 흘러나왔다.

"위 타주!!"

자호개의 눈이 경악으로 크게 떠졌다. 옆으로 쓰러지는 철장개의 시신을 바라보며 자호개의 눈이 쉴 새 없이 흔들렸다.

철장개의 이마에 모종의 암기가 틀어박혀 있었다.

그것은 암기라고도 할 수 없는 조그마한 비도였다. 그런데 아무런 파공성도 없었다. 갑자기 생겨난 듯 철장개의 이마에 꽂혀 있었던 것이다. 자신조차 느낄 수 없을 정도로 고절하게 암기를 날릴 정도면 상상을 불허하는 고수가 자신들을 노리고 있는 것이 틀림없었다.

육장 하나로 섬서성 일대에 적수가 없다는 철장개가 손 한 번 써보지 못하고 당했다는 것은 자신 또한 상대가 되지 않는다는 것을 뜻했다.

"어서, 타구진을 펼쳐라!!"

철장개의 죽음으로 어리둥절해 하는 방도들을 향해 자호개의 입에서 경호성이 터져 나왔다. 자호개의 목소리에 정신을 차린 개방도들은 타구봉을 들고는 각자의 위치로 이동해 타구진을 형성하기 시작했다.

'오늘은 길보다 흉이 많겠구나.'

타구진이 완성되는 순간, 숲 여기저기에서 복면한 이들이 나타났다. 허허로운 기운을 풍기는 그들은 하나같이 예시롭지 않은 기운을 흘리고 있었다. 나타난 자들에 비해 개방도들의 숫자가 많았지만 자호개는 적의 기세로 보아 결코 유리하지 않은 상황임을 짐작할 수 있었다.

파파팟!

복면인들은 아무런 말도 흘리지 않고 타구진을 형성한 개방도들을 향해 쾌속하게 달려들었다. 검은색으로 덧칠한 듯 형체가 잘 보이지 않지만 그들의 손에는 날카로운 경력을 흘리는 무기들이 들려 있었다.

휘이이익!

푹!

"컥!"

"크윽!"

지금 개방도들이 펼치는 타구진은 소림의 십팔나한진과 맞먹는 경력을 흘리고 있었지만 상대는 아랑곳하지 않았다. 빠르게 달려들고는 쾌속하게 손을 썼다. 그들의 손에 들린 날카로운 무기가 너무도 쉽게 개방도들의 목젖을 꿰뚫었다.

진이 형성하는 힘과 개방도들이 휘두르는 다구봉은 그들에게 조금의 타격도 줄 수가 없었다. 그야말로 일방적인 도살이었다. 쾌속하게 다가와 한 번의 번득임으로 생을 마감시켜 버리는 복면인들의 손속은 무척이나 깨끗하고 빨랐다.

아무리 고수라도 타구진의 약점을 알지 못하는 한 할 수 없는 행동이기에 자호개는 즉각 지시를 내렸다.

"흩어져라!! 놈들은 타구진의 약점을 안다. 흩어져서 삼재진을 형성한 후 놈들을 상대해라."

진을 지휘할 철장개가 빠진 이상 타구진은 원활하게 돌아갈 수 없었다. 적들은 타구진의 주축이 되는 철장개를 먼저 제거함으로써 타구진의 위력을 반감시켰다. 철장개의 부재로 인해 진이 변형되기 전에 발생되는 찰나의 허점을 무섭게 노리는 것임을 자호개는 알 수 있었던 것이다.

자호개의 지시에 개방도들은 빠르게 진을 풀고는 삼재진을 형성하며 복면인들을 상대하기 시작했다.

하지만 예상과는 달리 상황은 전혀 호전되지 않았다. 개인적인 무력이 너무도 차이가 났기 때문이었다.

'이자들이 마교에서 나온 자들인가? 아니다. 절대로 마교에서 나온 자들이 아니다.'

자호개는 당민 일행을 추적해 온 마교도들이 아닌지 의심이 갔지만 복면인들이 사용하는 무공으로 보아 마교의 것이 아니었다. 사천성의 개방을 총괄하는 자로서 마교도에 대해서는 누구보다 잘 알고 있는 자신이었기에 마교도들이 아님을 확신할 수 있었다.

휘이익!

자신을 향해 달려드는 복면인을 본 자호개의 신형이 밀려나듯 뒤로 피했다.

파팟!

하지만 복면인도 만만치 않았다. 연이어 두 걸음을 밟더니 바로 자호개를 따라붙었다. 가운데는 꼬챙이같이 긴 날이 뾰족하니 나와 있고, 그 옆으로 작은 날들이 튀어 나와 있는 무기가 자호개의 천돌혈을 노리며 날아들었다.

티팅!

자호개는 연이어 장을 휘둘러 상대의 무기를 쳐냈다.

"네놈들은 누구냐?"

뒤로 물러나며 자호개가 질문을 던졌다.

"그냥 땅에 누우면 끝날 일!!"

자호개의 물음에 복면인은 짙은 살기와 함께 짧게 대답하며 계속해서 공격했다.

"크악!"

"컥!!"

개방도들이 연이어 쓰러져 갔다. 일의 중요성을 감안해 섬서 분타의 인물들 중 그래도 추려서 데리고 온 자들이었는데도 불구하고 대부분이 삶을 마감한 채 바닥에 누워 있는 모습을 보자 자호개의 눈이 신하게 떨렸다. 이대로 가다가는 전멸을 면치 못할 것이 분명했다.

자호개는 신형을 빼기 위해 미리 보를 밟으며 전권을 이탈하려 했다. 예상외의 자들이 출몰한 이상 용두방주에게 이 사실을 알려야 했기 때문이다.

휘이이익!

간신히 복면인의 손속을 피해 전권을 이탈한 자호개는 뒤도 돌아보지 않고 장내에서 신형을 돌렸다.

퍽!

무엇인가 자호개의 등에 틀어박혔다.

"컥!"

붉은 선혈이 자호개의 입에서 터져 나오며 그의 신형이 바닥에 쓰러졌다. 그의 등에 박힌 것은 철장개를 죽음으로 몰아넣은 비수와 같은 종류는 아니었다. 복면인의 무기가 암기처럼 날아 자호개의 등에 꽂혀든 것이다. 비수보다 큰 무기임에도 불구하고, 이번에도 일체의 기척 없이 자호개를 죽음으로 몰아넣은 것이다.

"후후! 여기가 네놈들의 무덤 자리다. 창천비각은 물론이고, 너희 개방 놈들도 대가를 치르는 것이니 너무 억울해하지는 마라."

"크윽! 그… 그럼."

"화산에서 네놈들이 지난날 벌였던 것에 대한 대가를 치르게 될 것이다."

'으… 음모다. 이… 건!'

마교에서 누군가를 추적하고 있다는 것부터가 음모임이 분명했다. 정체를 알 수 없는 복면인들은 개방의 인물들을 몰살시키고, 뒤이어 창천비각의 인물들마지 제거할 생각이 분명해 보였다.

퍽!

자호개는 더 이상 생각을 이을 수가 없었다. 가슴에 다시 한 번 지지는 듯한 통증이 찾아든 탓이었다. 복면인이 장을 사용해 자호개의 심장을 으스러뜨려 버린 것이다.

"시간이 없다. 빨리 처리해라."

자호개를 해치운 자의 입에서 복면인들을 재촉하는 목소리가 흘러나왔다.

복면인들의 손속이 빨라지기 시작했다. 그들은 빠르게 개방도들을 쓰러뜨려 갔다. 개방도 몇몇이 세의 불리함을 알고 자리를 이탈해 장내를 벗어나려 했지만 그도 쉽지가 않았다.

자리를 벗어나 숲으로 들어선 순간 튕기듯 되돌아왔던 것이다. 돌아온 자치고 살아 있는 자들은 없었다. 모두가 가슴이 으스러진 채 죽어버렸다.

개방도들이 모두 쓰러진 것은 채 이각도 되지 않은 시간이었다. 복면인들은 개방도들을 모두 쓰러뜨린 후 품에서 무엇인가를 꺼내 죽어 있는 개방도들에게 뿌렸다.

치지지지직!

개방도들의 몸이 서서히 녹기 시작했다. 강력한 화골산인 듯 개방도들의 시체가 모두 녹아 흙으로 스며드는 데는 반 각도 걸리지 않았다.

"흔적을 모두 지우고, 주변을 철저히 경계해라."

수장으로 보이는 복면인이 지시를 내리자 몇몇이 남아 격
전의 흔적을 지우기 시작했고, 다른 복면인들은 일제히 숲으
로 숨어들었다. 격전이 일어난 현장이라고는 믿을 수 없을 만
큼 장내는 금방 깨끗해졌다. 흔적을 지우는 일이 끝나자 남아
있던 복면인들도 이내 숲속으로 사라져 갔다.

第二章

적혈잠원대법은 이미 완성되어 있었다

九劈雷雲

모두가 피곤한 가운데 백무는 서천대서림을 떠난 이후 그동안 고심해 오던 것을 다시금 생각하기 시작했다. 그것은 혈영기공과 암흑투기, 그리고 자신이 어려서부터 수련해 오던 소림오권에서 파생된 호흡법이었다.

귀령독의가 남긴 기록은 금황천마와 함께 마교에 들어간 이유와 혈영기공과 암흑투기에 얽힌 이야기들이었다. 두 사람이 마교에 들게 된 사연도 놀라운 것이지만 지금 백무가 관심을 두고 있는 것은 혈영기공과 암흑투기, 그리고 적혈잠원대법이었다.

암흑투기는 사람을 광마로 만들어 버리는 혈영기공의 마

기를 제어하기 위해 정신력으로 마기를 누르는 것이 아니라 혈영기공이 불러오는 폭풍 같은 마기를 골수 속에 가두어두는 특이한 무공이었다.

금황천마는 암흑투기를 이용해 혈영기공을 제어해 보고자 했으나 두 가지 무공의 조합은 철저하게 실패했다. 혈영기공에 의해 발생하는 마기를 간과한 때문이다.

혈영기공에 의해 발생되는 마기는 거의 무한에 가까운 것이었다. 암흑투기를 이용해 골수 속에 마기를 가두어둔다는 것에 한계가 있었던 것이다.

그렇게 마기가 한계를 넘으면 혈영기공의 마기를 더욱 자극해 단순히 혈영기공 하나만을 익힌 것과는 비교가 안 될 정도로 증폭 작용을 일으켜 강력한 마기를 만들었던 것이다.

적혈잠원대법이 만들어진 이유는 암흑투기로도 막을 수 없는 혈영기공이 불러오는 끔찍한 부작용 때문이었다. 혈영기공의 불안정성이 불러오는 입마 현상을 막아내기 위해 적혈잠원대법이 만들어진 것이었다.

귀령독의는 적혈잠원대법을 완성시킨 자라 하더라도 암흑투기와 혈영기공을 동시에 익히는 것을 금하고 있었다. 두 가지 기공이 성질을 달리하는 것이었기 때문이다.

암흑투기는 마기를 갈무리하여 침잠시키면서 내면에서 강렬한 투기를 발산시키는 것이었고, 혈영기공은 마기를 폭출시키면서 힘을 발산시키는 것이었다.

따로 익히면 상관이 없지만 두 가지를 동시에 익힐 경우, 서로 끌어당기는 힘 때문에 어느 정도 수준에 오르면 적혈잠원대법을 이룬 몸이라고 해도 주화입마 상태에 들어 피에 미친 광인이 될 가능성이 있다는 판단 때문이었다.

백무는 귀령독의가 남긴 것에 대해 공감하면서도 한 가지 주목하고 있는 것이 있었다. 바로 마지막에 귀령독의가 지나가듯 언급한 제삼의 기공에 대한 내용이었다.

암흑투기와 혈영기공이 흐름을 같이하고 있다는 사실 때문이었다. 여산까지 돌아오는 여정 동안 혈영기공과 암흑투기의 구결을 생각하다 귀령독의와 같은 결론을 내리고 있었던 것이다.

'어쩌면 귀령독의님의 언급처럼 제삼의 기공이 존재할지도 모른다. 결론은 나머지 한 가지가 있어야 혈영기공과 암흑투기를 동시에 익혀도 탈이 없다는 이야기로군. 그나저나 내 몸이 어떻게 이런 상태가 된 것인지 알 수가 없는 노릇이로구나. 봉황도문에서 얻은 것 때문인가?'

백무는 서안에서 여산까지 빙 돌아오는 동안 적혈잠원대법의 공능으로 변해 버린 자신의 몸을 생각해 왔다. 그러다 내린 결론이 자신의 몸 상태가 많이 변했다는 것이었다. 거의 완벽에 가까울 정도로 변해 있었던 것이다.

자신의 몸은 이미 혈영기공을 익히도록 최적화되어 있었

다. 아직 혈영기공을 본격적으로 수련한 것은 아니지만 어쩔 수 없는 이유로 암흑투기까지 동시에 익힌 것이나 다름없는 상태가 되어 있었던 것이다.

'혈영기공을 익히다가 부작용이 있을지도 모르겠군. 하지만 일단 암흑투기와 혈영기공의 실체는 알아야겠지. 후후!'

귀령독의가 언급한 마기의 폭출이니 하는 부작용 같은 것이 있을지도 모른다는 생각이 들었지만, 그렇다고 포기하고 싶은 생각은 없었다.

따로 운기조식이 필요없는 몸이기에 백무는 앉은 자세로 혈영기공과 암흑투기의 구결을 되뇌며, 골수와 근혈 속에 잠겨 있는 두 가지의 기운을 서서히 인도하기 시작했다.

'이건!!'

두 가지 기공의 구결을 바탕으로 동시에 기운을 인도하던 백무는 기운의 흐름이 자신이 스스로 터득한 호흡법과 같다는 사실을 다시 한 번 확인할 수 있었다.

예상과 같이 적혈잠원대법을 거치며 자신이 무의식중에 알아낸 호흡법과 그로 인한 기운의 움직임이 두 가지 기공과 거의 일치하고 있었던 것이다.

고통을 참기 위해 필사적으로 해오던 호흡법은 백무가 알고서 행한 것이 아니었다. 그야말로 본능의 발로였다.

그런데 두 가지 기공의 구결로 인도하는 기운의 흐름이 지금 자신의 몸에 흐르는 기운과 너무도 닮아 있었던 것이다. 백무는 놀란 마음에 두 기운을 인도하는 것을 그만두었다. 생각해 볼 것이 있어서였다.

'내가 생각한 것이 맞다면 반드시 확인을 해야 한다. 나에게 그토록 모질게 대하신 아버지도 이 두 가지 기공과 관련이 있는 것이 분명하니까.'

잠시 생각을 정리한 백무는 자신이 적혈잠원대법을 시술받으며 고통을 참게 해준 호흡법의 시작이 바로 아버지로부터 끝없이 단련받은 소림오권이라는 것을 알 수 있었다.

백무는 그동안 적혈잠원대법을 이루며 스스로 터득한 호흡법을 이용해 혈영기공과 암흑투기의 운용법을 하나로 묶어가며 연이어 생각해 봤다.

그렇게 한동안 생각 속에 잠겨 있던 백무는 꽤나 괜찮은 성과를 얻을 수 있었다. 자신의 예상대로 세 가지는 긴밀한 연관성을 가지고 있었던 것이다.

매일 해오던 호흡법이기에 어느 정도 요체를 깨달은 백무는 세 가지를 동시에 운용해 보고 싶었다. 동공을 이용한 행공이라 주화입마의 위험은 별반 없었기에 한번 해보려는 것이었다.

'일단 모든 것을 한꺼번에 운용해 보자.'

자신이 알아낸 호흡법과 혈영기공, 그리고 암흑투기를 동시에 운용해 보기로 작정한 백무는 서서히 호흡을 가다듬었다. 골수 속에 숨어 있는 암흑투기와 근혈에 잠재한 잠원이 동시에 튀어 나오며 호흡법을 따라 전신을 맴돌았다.

반발하리라 예상한 것과는 달리 두 가지 기운은 백무의 호흡을 따라 어울리며 전신에 활력을 불어넣기 시작했다. 전신을 맴돌던 두 가지 기운은 서로 화합하며 오묘한 조화를 이루면서 백무의 몸에 강력한 힘을 선사하고 있었다.

백무로서는 처음 느껴보는 기분이었다. 전신을 가득 채운 기운은 마치 무더운 날 차가운 냇물에 몸을 담그듯 전신에 청량감을 선사해 주었다.

"으… 음!"

기운의 흐름에 대해 어느 정도 확인을 끝내자 백무는 자리에서 일어났다. 자신이 어려서부터 배운 소림오권을 이용해 세 가지의 연관성을 다시 한 번 확인해 볼 작정이었던 것이다.

서서히 자세를 잡았다. 소림오권의 기본이 되는 기수식을 취한 후, 암흑투기와 혈영기공을 동시에 일으켰다. 그리고 천천히 자신이 스스로 알아낸 호흡법을 따라 숨을 쉬기 시작했다.

우르릉!

호흡을 따라 두 가지 기운이 천군만마처럼 전신을 달리기 시작했다. 평상시 언제나 숨결 속에 녹아 있던 호흡이었기에 두 가지 기운이 부지불식간에 전신에 흐르기 시작했던 것이다. 전신에 두 가지 기운이 감돌기 시작하자 순식간에 백무의 전신이 붉게 물들었다.

'으음! 저 아이가 수련을 할 모양이로구나. 하긴 답답하기도 하겠지.'

전신이 붉게 물든 백무의 모습에 모두가 놀랐지만 당민을 비롯한 일행은 백무가 수련을 시작한 것임을 알기에 그저 조용히 지켜보았다.

화아악!

'모든 것이 다 내 안에 있는 듯한 느낌이구나.'

모든 것이 달라 보였다. 전신에 느껴지는 감각이 전과는 차원이 달라졌던 것이다. 소림오권을 통해 몸에 밴 호흡과 두 가지 기공이 운용되자 주변의 풍경이 달라 보였다. 마치 개안을 한 것처럼 사물의 본질을 보는 듯한 느낌이 들었던 것이다.

"응?"

주변 십여 장을 살피던 백무는 자연적인 것과는 거리가 먼 이질적인 기운을 느낄 수 있었다. 무척이나 이질적인 것이기는 하지만 전혀 생소한 것은 아니었다.

'이건 전에 한 번 느껴보았던 기운이다.'

백무가 느낀 것은 전에 한 번 느껴본 기운이었다. 흑백쌍마와의 일이 있었던 동굴 앞에서 야영을 할 때 느낀 기운과 같은 것이었다.

있는 듯하면서도 존재하지 않는 모호한 기운이었다. 전에는 흐릿하게 느껴졌던 것이지만 이번에는 전과 달리 확실히 인간이 흘리는 기운이라는 것을 알 수 있었다.

'누군가 우리를 감시하고 있었던 것인가? 그렇다면 누님의 말처럼 이번 행보가 누군가의 음모로 이루어진 것이 분명하다.'

자신들을 계속해서 지켜보고 있었다면 당민의 생각처럼 누군가가 뭔가를 노리고 음모를 꾸미고 있다고 판단했다.

'어떤 놈들인지는 모르지만 대가를 치러줄 것이다.'

혈영기공은 이미 완성되어 있었다. 개안을 하는 순간 자신이 마교인들에게는 두려움의 대상이었던 혈영기공이 일으키는 공포의 강기를 사용할 수 있다는 사실을 본능적으로 알 수 있었다.

적혈잠원대법이 완성되지 않아 마음속 깊숙이 자리하고 있던 불안감은 이제 모두 사라져 버렸다. 자신을 가지고 농락하려는 자들을 용서하고 싶은 마음이 없는 백무였다.

백무의 마음이 변하자 얼굴색이 좀 더 붉게 변하기 시작했다. 피칠을 한 듯 붉게 변한 백무는 자신들을 지켜보고 있는 기운이 있는 곳을 향해 날카로운 시선을 쏟아냈다.

“누구냐?”

수련을 하던 백무의 느닷없는 외침에 모두의 시선이 쏠렸다. 모두가 어리둥절한 표정으로 백무가 바라보는 곳을 보고 있었다.

당민을 비롯한 삼노의 경지는 이미 화경을 넘어선 지 오래였다. 그런 그들의 감각에는 아무것도 잡히지 않고 있었다. 그런데 어째서 백무가 살기를 풀풀 풍기며 아무것도 없는 곳을 바라보고 있는 것인지 의아할 뿐이었다.

“무아야, 왜 그러느냐?”

“나와라! 빨리 나오지 않으면 내 손속이 무정타 원망을 해도 소용이 없을 것이다.”

백무는 당민의 질문에도 답변을 하지 않은 채 대적을 만난 듯 오직 한곳만을 바라보고 있었다. 당민은 백무의 시선을 따라 기감을 집중했다.

‘이 아이가 어째서 이러는 것이지?

백무가 노려보고 있는 곳은 잡목이 우거진 곳이었다. 사람이 있다면 반드시 기척을 낼 만한 곳이었다. 하지만 아무것도 없었기에 당민은 고개를 갸웃거렸다.

“저건!!”

“누구냐?”

잡목이 우거진 곳을 노려보는 백무의 몸에서 강력한 힘이 흐르기 시작했다. 그것은 당민과 삼노를 순간적으로 긴장시킬 만큼 대단한 것이었다.

스스슷!

백무의 말과 살기에 반응이라도 하듯 한 사람이 구름에 가린 달이 나타나듯 장내에 나타났다. 검은색의 장포에 검은 복면을 하고 있는 자였다.

그의 눈은 무척이나 심유한 빛을 뿜어내고 있었다. 경공이 상당한 경지에 이른 듯 그는 잡목 위의 가지를 밟고 백무와 당민 일행을 바라보고 있었다.

스팟!!

복면인이 나타나자 백무의 신형이 튀어 나가듯 앞으로 쏘아 졌다. 커다란 도끼를 휘두르듯 백무의 다리가 복면인을 향해 날았다. 탄공신이 펼쳐진 것이다.

팡!

번개 같은 일격이었으나 복면인의 방어도 만만치 않았다. 별로 힘들어하는 기색 없이 백무의 일격을 막아냈다. 백무의 공격은 단발로 끝나지 않았다. 폭풍 속에서 휘도는 풍차처럼 연이어 휘도는 백무의 발끝은 복면인의 요혈을 노리며 치고 들어갔다.

퍼퍼퍽!

하지만 복면인의 실력도 만만치 않은 듯 백무의 공세를 일일이 막아내고 있었다.

파팟!

파파파팡!

복면인이 자신의 공세를 어렵지 않게 막아내자 백무의 움직임이 다시금 달라졌다. 잘 벼려놓은 칼날 같은 기세가 복면인을 향해 폭풍처럼 몰아쳤다. 조금 전과는 완연히 달라진 움직임이었다. 피처럼 붉어진 백무의 몸은 한마디로 번개를 방불케 했던 것이다.

"대단하구나! 모습이 전혀 보이지가 않는다."

"그렇습니다, 형님! 하지만 백 소협의 공격을 막아내고 있는 저자도 만만치 않은 자 같습니다."

표가 형제는 복면인을 향해 공격해 가는 백무의 모습을 제대로 볼 수 없었다. 너무도 빠른 움직임에 마치 붉은 번개가 사방으로 내려쳐지는 듯한 모습만이 흐릿하게 보일 뿐이었기 때문이다.

"젠장할!!"

사천은 백무의 모습을 볼 수 없다는 사실이 불만스러웠다. 이때만큼 독술만을 익혀온 자신이 원망스러운 적이 없었다. 당민과 밀광, 그리고 암연이 백무의 공세를 알아보고 경악하는 표정을 보면서 더욱 안타까웠다.

'어찌 저럴 수가!'

'소천주의 성취가 저 정도일 줄이야.'

사천의 생각처럼 당민을 비롯한 밀광과 암 노는 어느 정도 백무의 신형을 볼 수 있었다. 그들이 보기에도 확연히 달라진 백무의 모습은 놀랍기 그지없었다. 곤과 비무를 했을 때와는 완전히 차원이 달라진 움직임이었던 것이다.

아무리 천재라 하더라도 이렇게 단 시간 내에 실력이 늘 수는 없었다. 곤과 비무할 때의 움직임이 이류고수 수준이라면, 지금 백무가 보여주는 움직임은 절정고수를 상회하는 것이었다.

절정고수의 반열에 오른 지 한참이 지난 세 사람의 눈으로도 백무의 모습을 간신히 쫓고 있었던 것이다.

휘이익!

콰… 콰쾅!

공방이 지속되고, 얼마 지나지 않아 터져 나오는 타격음이 달라졌다. 복면인이 자신의 움직임에 기를 실은 탓이었다. 처음에는 방어에만 치중하던 것과는 달리 그도 백무를 향해 날카로운 공격을 시작한 것이었다.

그의 손과 발에는 희미한 모습의 기운이 맺혀 있었다. 그것은 강기가 분명했다.

"안 되겠군."

위험함을 느낀 밀광이 복면인을 향해 가려 했다.

"아니!! 소천주께서……."

밀광은 걸음을 멈추지 않을 수 없었다. 백무의 손발에도 희미하지만 붉은색의 강기가 맺히고 있었던 것이나. 그것은 늘

라움을 넘어서 경악이었다. 밀광은 좀 더 지켜보기로 했다. 지금 백무의 실력이라면 충분히 감당할 수 있을 것 같았기 때문이다.

"저자는?"

당민의 입에서 놀란 음성이 튀어나왔다. 적의 공격 동작이 눈에 익었던 것이다. 당민은 복면인과 백무의 접전이 시작되는 순간부터 계속해서 그의 움직임을 관찰하고 있었다.

그러다가 누구인지를 파악해 냈던 것이다. 당민의 눈에는 믿을 수 없다는 표정이 가득했다. 두 사람의 공방을 지켜보던 당민의 기세가 일변했다.

"천주! 아시는 자입니까?"

공력을 끌어올리고 있는 당민을 보며 밀광은 나타난 자의 정체를 물었다.

"그런 것 같아요. 이곳에 저 사람이 나타날 줄은… 의외로군요. 보아하니 지금은 나보다 무아에게 볼일이 있는 것 같군요."

당민은 복면인이 자신보다는 백무에게 볼일이 있는 것을 알았다. 심각하게 변해 있는 당민의 표정을 보며 밀광은 뭔가 있다는 것을 직감할 수 있었다.

파파팡!

휘이익!

강기를 담아 연달아 삼권을 뻗어내며 백무의 공격을 물리친 복면인이 신형을 뒤로 물리며 전권을 이탈했다.

"제법이로군."

신분을 감추려는 듯 가성이 섞인 목소리가 흘러나왔다. 복면인은 자신에게 뒤지지 않고 공방을 벌인 백무에게 감탄하고 있었다.

스스슷!

말을 끝내기 무섭게 복면인의 신형이 사라졌다.

파팟!

백무는 복면인의 신형이 시야에서 사라졌지만 기운이 움직이는 것을 확실히 알 수 있었다. 자신의 감각을 믿고 신형을 날리며 권격을 내지른 후 그대로 양다리를 사방으로 휘돌렸다.

턱!

뭔가 백무의 발에 걸리는 소리가 들렸다. 백무의 공격이 성공한 것이다. 백무는 공격을 그치지 않았다. 보이지 않는 자를 따라가며 연이어 탄공신과 소림오권을 펼쳐 댔다.

두 가지 무공을 연이어 펼치는 백무의 공격은 흡사 홀로 연무하는 사람처럼 보였다. 뛰고, 날고, 공격하고, 사방을 거침없이 휩쓸었다.

파파팡!

그러던 어느 순간 거친 타격음이 사방을 울려댔다. 어느새 사라진 복면인을 향해 백무가 정확히 타격을 가하고 있었던 것이다.

파팡!

파팟!

휘이익!

한동안 공격을 계속하던 백무가 뜀을 뛰듯 뒤로 빠르게 물러났다. 뒤로 물러선 백무는 자세를 풀지 않고 한곳을 바라보며 멈추어 섰다.

스스스!

백무가 바라보던 곳에서 복면인의 신형이 다시 나타났다. 복면을 통해 보이는 그의 눈빛은 많이 흔들리고 있었다.

'놀라운 성취로구나. 그 짧은 시간에 저 정도 성취를 이루어 내다니! 보고가 잘못된 것이 아니로군. 자칫 잘못하면 계획에 차질이 생길지도 모를 뻔했군. 하지만 나름대로 안배를 해두었으니 다행이로구나.'

복면인은 백무의 성취를 놀라워하며 이제는 백무에 대한 시험을 끝낼 때가 되었음을 알 수 있었다.

"이제는 그만 하자."

복면인의 입에서 싸움을 그만두자는 목소리가 흘러나왔다. 백무도 그의 말에 자세를 풀었다. 사실 백무는 복면인과 공방을 나누면서 그가 누구인지를 단번에 알 수 있었다. 복면인은 행방이 묘연하다고 알려졌던 한규민이었던 것이다.

“복면을 벗으시지요.”

“이런, 알아챘나?”

“모를 수가 없지요.”

“오랜만이군. 그동안 자네가 이렇게까지 변할 줄은 몰랐네. 하긴, 변할 만도 한 시간이었지.”

자신의 정체를 알고 있는 마당에 감춘다는 것이 소용없다는 것을 안 것인지 한규민은 뒤집어썼던 복면을 천천히 벗었다.

“오랜만입니다. 그런데 여긴 어쩐 일이십니까?”

백무의 음성이 싸늘했다. 한규민에게 인사를 하긴 했지만 그렇다고 반가울 수만은 없었다. 이처럼 은밀히 나타난 한규민의 모습에서 전날 자신과 맺은 인연이 결코 우연이 아니라는 생각이 들었던 것이다.

“피하라고 이야기해 주려고 찾아왔네. 이곳에 있다가는 자네도 그렇고, 다른 사람들도 위험하니 말이네. 그러니 어서 이곳을 벗어나도록 하게.”

“위험하다니 무슨 말씀입니까?”

“그만 해라.”

위험하다는 한규민의 말에 어떤 일이 벌어진 것인지 알아보려는 백무의 질문을 당민이 제지하고 나섰다.

“하지만 누님!”

“됐다, 그만 헤리. 기지!”

당민은 발걸음을 돌렸다. 굳은 얼굴로 여산 자락을 타고 화
청지로 향하는 당민의 발걸음을 보며 백무는 의문을 접은 채
그 뒤를 따랐다.

'어째서지? 추궁을 해도 시원치 않을 상황이건만, 분명 한
대인과 누님의 사이에는 모종의 관계가 있는 것이 분명하
다.'

백무는 두 사람 사이에 모종의 관계가 있음을 짐작할 수 있
었다. 무척이나 굳은 얼굴로 여산 자락을 내려가는 당민이었
다.

'아직은 누님이나 한 대인에게 사연을 물어볼 때가 아닌
것 같구나.'

아무리 자신이 물어보았자 한규민이나 당민에게서 제대로
된 대답을 들을 수는 없을 것 같았다. 그랬기에 백무는 궁금
함을 접은 채 당민의 뒤를 따랐다.

일행은 두 사람의 분위기만큼이나 굳은 안색으로 화청지
로 향했다. 한규민이 길을 열어서 그런지, 아니면 밤이 늦어
서 그런지 화청지로 향하는 길에는 인적이 하나도 없었다. 반
시진 동안 여산 자락을 타고 내려와 화청지에 이른 당민은 거
침없이 안으로 들어섰다.

화청지 안에도 사람의 흔적이라고는 찾아볼 수 없었다. 안
으로 들어선 당민은 이미 와본 적이 있는 듯 전각들을 가로

질러 허름해 보이는 전각으로 향했다. 당민이 당도한 전각은 드나든 사람이 없었던 듯 문지방에는 먼지가 잔뜩 끼어 있었다.

"이곳이다. 들어가자."

당민의 말에 일행이 들어선 전각 안에는 아무것도 없었다. 사방 일 장이 넘어 보이는 석판이 덩그러니 놓여 있었다. 처음 화청지를 조성할 당시 온천이 나온 시원지로 커다란 돌로 널을 만들어 덮어놓은 것이었다.

"이 안에서 기다리면 유 대협이 올 것이다."

당민은 말을 마침과 동시에 커다란 판석 위로 올라갔다. 그리고는 천장을 향해 몇 가닥 지풍을 쏘았다. 시원지를 덮고 있는 석판을 움직이는 기관을 연 것이다.

그르릉!

판석이 사선으로 움직이며 사람이 드나들 만한 자그마한 공간이 나타났다. 당민은 지체없이 안으로 뛰어들었다. 백무를 비롯한 다른 이들도 당민의 뒤를 따라 안으로 뛰어들었다.

그르릉!

사람들이 안으로 모두 들어서자 다시금 기관이 닫혔다.

치지지직!

기관이 닫히자 칠흑 같은 어둠속에서 밀광이 화섭자를 꺼내 불을 붙었디. 핀석 이래로 내려온 일행은 히미한 붉긴 속에서 물기 하나 없는 우물 아래로 한쪽으로 비스듬히 동굴이 뚫려 있는 것을 볼 수 있었다.

당민은 동굴로 발걸음을 옮겼다. 반 각 정도 동굴을 따라 안으로 들어서자 희미한 빛이 보였다. 동굴 천장에 박혀 있는 야명주가 어둠을 밝히고 있었던 것이다. 화섭자가 꺼지고 야명주의 빛을 의지해 일행은 계속해서 동굴 안으로 걸어갔다. 한참을 걸어가던 당민은 발걸음을 멈추었다. 지금까지 하나로 이어지던 동굴이 이제는 두 갈래로 갈라져 있었기 때문이다.

“누님, 이제는 말씀해 주시지요? 어째서 한 대인이 그곳에 나타난 것인지 말입니다.”

백무는 당민이 멈추어 서자 한규민이 나타난 연유를 물었다.

“마교와 거래를 했다.”

거래라는 당민의 말에 백무의 얼굴에 곤혹스러운 빛이 비쳤다. 하지만 당민을 믿고 있었기에 다시금 표정을 돌리고는 거래가 무엇인지 물었다.

“거래라니요?”

“널 살리기 위해서였다. 그렇게만 알아라. 그리고 너와 표가 형제는 이곳에서 유 대협을 기다려라. 그가 본가의 비고를 열어 줄 것이다. 네가 알고 있는 모든 무공을 완성하기 전까지는 절대 이곳에서 나오지 마라. 어쩌면 지금부터 무림에는 상상을 불허하는 피바람이 불지도 모르니까 말이다. 아직은 너로서는 감당하기 어려운 피바람이 될 것이다. 그러니 지금은 기다려야 할 때다.”

“누님, 이곳에 함께 계시는 것이 아니었습니까?”

당민의 말에서 그녀가 자신과 함께 비고에 들지 않을 것이라는 것을 안 백무는 그 사연을 물었다. 피바람이 불 것이라는 이야기 또한 심상치 않았기 때문이다.

“그들과의 약속이 이행된 이상, 지금부터 삼노와 함께 저들이 무엇을 꾸미고 있는지 알아볼 생각이다. 넌 이곳에서 수련을 마친 후, 곤이 말한 곳으로 오너라. 그 후에 내가 알고 있는 모든 것을 말해주마.”

“으… 음.”

당민의 대답에 백무가 신음을 삼켰다. 백무의 실망한 듯한 표정을 바라보며 당민이 말을 이었다.

“모든 것이 확실하지 않은 이상 아직은 때가 아니다. 그러니 참고 기다려라.”

백무는 답답한 마음에 당민을 불렀다.

“하지만 누님…….”

“그럼 난 이만 가마.”

백무의 말을 끊은 당민은 무심하게 발걸음을 돌렸다. 삼노도 말없이 당민을 따라나섰다.

“누님!”

연유조차 말하지 않고 발걸음을 돌려 나가는 당민을 불렀지만 그녀는 발걸음을 멈추지 않았다.

"소천주, 천주께서 아직은 때가 아니라고 했으니 참고 기다리십시오. 조만간 아시게 될 겁니다."

멍하니 당민을 바라보는 백무의 귓가로 밀광의 전음이 들려왔다. 밀광의 전음으로 보아 자신이 아무리 졸라도 대답을 들을 수 없음이 분명했다.

당민의 신형은 금방 자취를 감추었다. 얼마 지나지 않아 기관이 돌아가는 소리가 들리는 것으로 보아 전각 밖으로 나간 것이 분명했다.

"도대체 무슨 일이신지……."

기이한 일들의 연속이었다. 난데없이 나타난 한규민도 그렇고, 전과는 달리 굳은 표정으로 아무 말도 해주지 않는 당민까지 백무의 머리는 혼란스러울 뿐이었다.

백무가 자신도 모르게 벌어지는 일들에 대해 혼란해하는 동안 당민은 전각을 빠져나와 한곳으로 향하기 시작했다. 그곳은 방금 전 한규민을 만났던 여산의 산자락이었다.

당민이 이곳으로 다시 온 이유는 백무와의 공방이 끝난 후 자신의 귀로 파고든 한규민의 전음 때문이었다. 백무를 비고로 데려다주고 자신을 만나러 오라는 전음이었다.

그의 전음처럼 당민은 자신을 기다리고 있는 한규민을 볼 수 있었다.

‘저자였다니······.’

당민은 복면을 한 한규민의 정체를 안 후 그가 자신과 암천 신마와의 약속을 집행하는 자라는 사실에 놀랐었다. 백무를 가문의 비고로 데려가는 동안에도 계속해서 생각에 생각을 거듭했다. 분명 자신과 백무의 만남도 의도된 것이 틀림없다는 것이 그녀의 결론이었다.

“그 아인 피한 것이오?”

당민이 다가서자 한규민은 백무의 안위를 물었다.

“당분간 그 누구도 그 아이를 건드릴 수는 없을 거예요. 그나저나 당신이 이번 일을 주관하는 자였다니, 놀랍군요.”

“후후후! 잘 된 것 같소. 그나저나 예상외의 성취였소. 만년설련실이 효과가 있었던 모양이오.”

“덕분에.”

당민의 대답을 들은 한규민의 눈빛이 빛났다. 겉으로는 나타나지 않았지만 당민은 안도의 숨을 쉬었다.

‘무아에게 먹이지 않은 것이 정말 다행이로구나.’

당민은 백무가 만년설련실을 복용하지 않았다는 사실을 감추었다. 한규민의 의도로 보아 만년설련실에 모종의 음모가 숨겨져 있는 듯하니 내심 백무가 만년설련실을 복용하지 않은 것이 천만다행이라는 생각이 들었다.

‘분명 뭔가 감추고 있다. 하지만 나도 그렇게 호락호락한

사람은 아니다.'

당민은 자신의 대답에 흡족해하는 한규민을 바라보았다. 무슨 음모를 감추고 있는 것인지 모르지만, 어째서 자신을 이곳으로 향하도록 했는지 알아봐야 했다.

"창천비각에 대한 일은 잘 끝났나 보군요?"

"당신 덕분에 놈들이 걸려들었소. 이번 일은 고마웠소."

"그럼 이제 약속이 끝난 것 아닌가요?"

당민은 암천신마와의 약속을 상기시켰다. 자신과 백무의 강호행을 통해 창천비각의 인물들을 끌어내는 것이 암천신마와의 약속이었던 것이다. 이제 창천비각의 인물들을 마교에서 모두 파악한 이상 약속이 끝난 것이었다.

"물론 당신 덕분에 놈들을 끌어낼 수 있었으니 약속은 끝난 것이오."

약속이 끝났다면 더 이상 자신들을 쫓을 이유가 없었다. 그럴 만한 이유가 있다면 백무가 혈영기공을 익히고 있다는 것뿐이었다.

그럼 백무를 몰래 지켜보면 될 것이었다. 이처럼 정체를 밝히고 자신을 이곳으로 오게 했다면, 뭔가 다른 이유가 있을 것이 분명했다. 당민은 사실을 확인하지 않을 수 없었다.

"그런데 왜 나타난 건가요? 미끼의 상태를 확인하고 싶었던 건가요? 그리고 약속이 끝났으면 됐지, 어째서 나를 이곳으로 다시 오라고 전음을 보낸 건가요?”

“후후! 백무의 상태를 확인하고자 하는 것은 맞소. 그 아이가 익히고 있는 것은 누가 뭐래도 본교의 삼천예 중 하나니까. 아무도 익히지 못했던 것을 그 아이가 익혀냈다면 본교로서도 관심을 가지지 않을 수 없으니까.”

“어떻게 할 생각인가요?”

혈영기공을 회수하고자 하는 의도일 수도 있었다. 그렇다는 것은 백무를 제거하고자 하는 뜻일 수도 있었다. 이유를 묻는 당민은 내력을 끌어올리고 있었다. 백무에게 위해를 가하려고 한다면 두고 보지 않을 생각인 것이다.

“후후후, 너무 긴장하지 마시오. 백무를 제거할 생각이 없으니 말이오. 지난번에 교주께서 당신에게 준 만년설련실에는 모종의 안배가 되어 있소.”

한규민은 만년설련실에 모종의 안배가 감추어져 있음을 숨기지 않았다. 뭔가 원하는 것이 있다는 소리였다.

“그게 무슨 말이지?”

이미 짐작은 하고 있었지만 한규민의 말에 당민은 시릴 듯한 살기를 뿜어냈다. 백무가 만년설련실을 복용하지 않은 것을 들키지 않기 위해서다.

“아아! 걱정하지 마시오. 그리 위험한 것은 아니니 말이오.”

반말 투로 바뀐 당민의 태도에도 한규민은 미소를 잃지 않았다.

“위험하지 않다니, 그게 무슨 말이냐?”

“만년설련실에 들어 있는 것은 잔독시마가 만든 독이오. 하지만 사람을 죽이는 것이 아니라 혈영기공의 기반을 없애는 것이라 생명에는 지장이 없소. 하지만 본인이 가지고 있는 해약을 복용하지 못하면 위험할 수 있는 독이기도 하오.”

“으음, 암천신마가 약속을 어긴 것이로군.”

“이건 교주와 상관이 없는 일이오. 교주와 약속됐던 일이 끝났지만 한 가지 더 부탁을 해야 할 것 같아서 그럴 수밖에 없었소. 예정에 없던 변수가 있어서 말이오. 하지만 이번 부탁을 끝으로 모든 것이 끝날 것이오. 그러니 웬만하면 들어주길 바라겠소. 노파심에서 말하는 것이지만, 거기에는 백무의 안전도 포함 되어 있으니 말이오.”

말이 안전이지 협박하는 것이나 다름없었다. 백무가 만년설련실을 복용하지 않아 거절해도 상관은 없지만 당민은 암천신마가 무엇을 원하는지 알아볼 필요가 있었기에 한규민의 제의를 수락하기로 했다

“으음, 좋아. 이왕 시작한 일이니 끝을 보도록 하지. 하지만 만약 무아에게 무슨 일이 생긴다면, 아무리 마교에서 하는 일이라도 각오는 해둬야 할거야.”

시퍼렇게 눈을 빛내며 당민은 한규민에게 경고를 했다. 그

녀에게도 그만한 힘은 있었던 것이다. 바로 삼노를 통해 구축해 놓은 밀독천의 진정한 힘이었다.

"후후! 좋소. 무아의 안전은 보장하겠소. 일이 끝나는 대로 해약을 보내도록 하겠소."

"부탁이 무엇이지?"

한규민의 대답에 당민은 자신이 해야 할 일을 물었다.

"당초 창천비각의 삼영 중 하나만 나설 줄 알았는데 또 다른 자가 나타나서 말이오. 당신이 그자를 상대해 주었으면 하오. 우리에겐 그만한 고수를 상대할 여력이 없어서 말이오."

어느 정도 짐작은 하고 있는 일이었다. 의술 이외의 일에 자신을 원하는 일이라면 창천비각의 고수를 상대하는 것임을 당민도 짐작하고 있었던 것이다.

'역시, 마교에서 어느 정도는 나에 대해 파악하고 있었구나.'

창천비각의 삼영 중 하나라면 무시하지 못할 고수가 분명했다. 그런 고수를 상대하도록 부탁을 한다는 것은 암천신마가 만든 비조천람에서 자신의 실력에 대해 거의 근사치에 가깝게 파악하고 있는 것을 의미했다.

"알았다. 그렇게 하도록 하지. 대신 교주에게 전하도록, 이번 일은 반드시 대가를 치러줄 것이라고 말이야."

싸늘한 목소리와 함께 살기가 한규민을 향해 몰아쳤다.

"알았소. 힐 수민 있디면 그렇게 히시오. 나 또한 그에 대

해서는 상관하지 않을 테니 말이오. 그리고 당신이 상대할 자
는……."

한규민이 말소리가 갑자기 끊겼다. 전음을 시전한 것이다.
한규민의 전음을 듣는 당민의 안색이 심각하게 굳어졌다.

"좋아, 어차피 시작된 일이니 확실하게 처리해 주도록 하
지."

전음이 끝난 것인지 당민은 싸늘한 표정을 지으며 한규민
을 노려보았다. 한규민이 상대하라고 하는 자는 그녀로서도
승패를 가늠할 수 없는 자였기 때문이다.

"후후후! 힘들기는 하겠지만 네 분이면 충분히 가능할 거
요. 그럼 난 이만 가보도록 하겠소."

스스스!

말을 마침과 동시에 한규민의 신형이 장내에서 사라졌다.
한규민이 사라진 후 당민은 앞으로의 일을 가늠해 보았다. 자
신이 상대할 자가 죽는다면 무림에 일 파장이 너무도 거셌기
때문이었다.

"어쩔 수 없겠지. 내가 아니더라도 어차피 그물 속에 든 물
고기 신세일 테니……."

암천신마가 이번 일을 꾸미기 시작한 것은 한두 해 전이 아
니었다. 십여 년에 걸쳐 치밀하게 준비해 온 일임을 알고 있
는 당민으로서는 일단 한규민의 말대로 하는 것이 좋겠다는
생각이 들었다.

"자, 가요, 삼노."

"알겠습니다, 천주."

당민은 삼노를 이끌고 화산이 있는 방향으로 향했다. 당민
과 마찬가지로 삼노도 무척이나 굳은 안색으로 그녀의 뒤를
따랐다.

"천주! 우리가 상대해야 할 자가 누굽니까?"

화산으로 향하며 밀광은 당민이 상대해야 할 자에 대해 물
었다.

"만검개천(萬劍開天) 남궁호(南宮浩)예요."

"아니! 남궁호라면?"

무척이나 놀란 듯 밀광의 입이 벌어졌다.

"맞아요. 남궁세가의 가주죠."

"그자를 제거한다면 여파가 만만치 않을 겁니다. 당문을
다시 세우는 것이 물거품이 되는 것은 물론, 자칫 마교와 중
원무림 간의 전면전이 벌어질 가능성이 높으니 말입니다."

"알아요. 십천에 든 자이니 제거하는 데 어려움이 있겠지
만, 이번에는 그들의 의도대로 따라주는 수밖에요. 그리고 아
직 정확히 우리의 의도를 알아차린 것 같지는 않지만 위험할
지 모르니 대비를 해야 할 거예요."

만검개천을 함부로 제거할 수 없다는 것은 한규민도 잘 알
고 있을 터였다. 그럼에도 제거해 달라고 하는 것은 자신이

계획하고 있는 일에 대해 어느 정도 의심을 품고 있다는 반증
과 다름없었다.

"어떤 식으로 대비를 해야 합니까?"

위험에 대비를 해야 한다는 말에 사천이 입을 열었다.

"사 노의 역할이 중요해요. 무형사는 몇이나 데리고 왔나
요?"

"그자에게 붙은 아이 빼고, 아직 열 정도는 됩니다."

"좋아요. 사 노는 그 아이들을 밀 노에게 인계하고, 암연과
함께 빠져서 무아를 보호하세요. 밀 노와 나는 어떻게 해서든
지 그들이 친 그물을 빠져나갈 테니까요."

"그럼!"

"아마도 화산파를 기점으로 피의 폭풍이 시작될 겁니다.
그래야 모든 것이 밝혀질 테니까요."

"으음!"

"만약 밀 노와 제가 나타나지 않는다면, 암중으로 무아를
보호하고 있다가 수련을 모두 마치고 나오면 모든 것을 이야
기해 주세요."

"전부 말입니까?"

"그래요, 전부! 창천비각과 비조천람, 그리고 천소궁에 대
해 모두 말이에요. 무아가 나오면 무형사를 쫓는 방법을 알려
주세요. 무형사를 쫓다 보면 지난번의 일들은 모두 밝혀질 거
예요. 나를 추적하기 위해 나타나는 자들은 분명 그 일과 직

접 관계된 자들이 분명할 테니까요."

"알겠습니다, 천주."

모든 사실을 백무에게 알려주라는 말에서 삼노는 이번 일에 당민이 목숨을 걸고 있다는 것을 알 수 있었다.

이번 일의 성패는 백무를 얼마나 보호하느냐에 달렸다는 것을 알기에 두 사람의 얼굴은 굳어 있었다. 굳은 안색으로 사천을 안아든 암연의 신형이 안개처럼 사라져 갔다.

당민 일행이 해가 솟아오르는 여명 속에 화산으로 발걸음을 옮기고 있을 무렵, 여산 인근의 한 장원에서는 은밀한 보고가 이루어지고 있었다.

쾅!

"그게 말이 되는 소린가?"

탁자를 내려치는 노겸의 손이 떨고 있었다. 지난 밤 여산 자락에서 벌어진 참사를 전해받은 탓이다.

"자호개와 철장개, 그리고 개방도들이 모두 죽은 채로 발견되었습니다. 아직 흉수의 정체는 밝혀지지 않았지만 개방도들의 죽음에 상당수의 인원이 투입된 것으로 보입니다."

"흉수의 정체가 아직 밝혀지지 않았다고?"

"아마도 비조 측에서 움직인 것 같지만, 그것이 확실하지가 않습니다. 저희 측이 파악하고 있는 자들이 움직인 흔적이 없기에……."

“다른 자들이 더 있다는 소리로군. 당가의 마지막 후인은?”

“화산으로 향하고 있다는 소식입니다.”

“놈들의 행로는 밝혀졌나?”

“비조들과 다른 한 무리가 당가의 후인을 쫓고 있습니다. 비조 측에서는 보호가 주목적인 것 같으나, 다른 한쪽은 척살인 것 같습니다.”

“으음! 큰일이로군. 삼영이 잘해주어야 할 텐데…….”

“삼영의 능력이라면 당가의 후인을 확보하기는 어렵지 않을 것입니다.”

“아니야. 어려울지도 몰라. 자호개와 철장개가 그리 쉽게 당했다면 놈들의 전력은 그리 만만한 것이 아닐 것이네.”

“그럼 어떻게 해야 합니까?”

“각에서도 이번 일을 예의 주시하고 있네. 마침 이영의 임무가 끝나 이번 일에 투입되었다는 전갈이네.”

“그렇다면 아무 염려할 것이 없지 않습니까?”

“아니야. 이번 일이 어쩐지 심상치가 않아, 심상치가…….”

노겸은 가슴속에 차오르는 불안감을 지울 수가 없었다. 이번 일에 아무래도 다른 음모가 개입되어 있는 것 같은 생각이 자꾸 들었다.

“지금부터 전력을 기울인다. 요원들을 모두 가동하고, 당가의 마지막 후인을 중심으로 벌어지는 모든 것을 감시한다.

이영이 당가의 후인을 확보하면 최대한 신속히 이곳을 뜬
다.”

생각을 정리한 노겸은 명령을 내렸다. 당가의 후인이 화산
으로 향하는 이상, 화산 인근에서 모든 것이 결판날 것이라는
생각에 창천비각이 전면으로 나서도록 한 것이다.

“그리고 지금까지 파악한 사실들을 알리게 전서구를 띄워
라. 등급은 특급이다.”

“알겠습니다.”

노겸의 지시에 수하로 보이는 자가 일의 전말을 기록하고
는 이내 전서구를 띄웠다.

파다닥!

하늘을 향해 날갯짓을 하는 전서구가 빠르게 방향을 잡고
는 날아가기 시작했다. 전서구가 향한 방향은 화산파가 있는
곳이었다.

전서구가 방향을 잡고 날아가는 걸 본 후, 노겸을 비롯한
일행들은 장원을 떠나 각자 맡은 바를 알아보기 위해 사방으
로 흩어져 나갔다.

피파팟!

전서구가 장원을 떠나 화산을 향해 날고 있을 때, 전서구를
쫓아 달리는 인물이 있었다. 빠르게 날고 있는 전서구를 쫓을
만큼 그의 경공은 쾌속하기 그지없었다.

하지만 전서구 또한 자신을 쫓고 있는 존재를 발견했다. 미물이지만 자신을 향해 흘리는 사내의 살기를 감지한 것이다. 전서구가 창공을 향해 더욱 높이 비상했다.

하지만 전서구도 미처 짐작하지 못하고 있는 것이 있었다. 자신보다 높은 상공에서 한 마리의 해동청(海東靑)이 자신을 감시하며 날고 있음을.

사내는 전서구가 자신의 시야에서 사라졌음에도 쫓는 것을 멈추지 않았다. 이미 전서구가 가는 곳이 어디인지 알고 있었기 때문이다. 이번 길은 다만 자신이 예상하고 있는 것이 맞는지 확인하는 수순에 지나지 않았던 것이다.

한나절을 넘게 달리던 사내의 눈에 멀리 화산이 들어왔다. 목적지가 가까운 듯 낮게 날고 있는 전서구 또한 시야에 잡혔다. 사내는 멈추어 서서 품에서 무엇인가를 꺼내 들었다. 그것은 작은 호각이었다.

사내가 호각을 물고 힘껏 불었다. 하지만 호각에서는 아무런 소리가 나지 않았다. 사람의 귀로는 들을 수 없는 음역대의 소리가 흘러나오게 만든 호각이었기 때문이다.

하지만 높은 상공에서 날고 있는 해동청은 그 소리를 들은 듯했다. 휘젓던 날개를 활짝 펴더니 허공을 한 바퀴 선회하고는 전서구를 향해 꽂히듯 떨어져 내리기 시작했다.

전서구 또한 자신을 향해 다가오는 위기를 직감한 듯 이리저리 방향을 틀었다.

콱!

하지만 전서구의 대응보다 해동청의 움직임이 더욱 빨랐
다. 날카로운 발톱이 검날처럼 선명한 해동청의 발끝에 회피
동작으로 위험을 피하려던 전서구의 몸통이 움켜쥐어진 것이
다.

몇 개의 깃털이 허공에 흩날렸다. 자신의 죽음을 직감한 듯
전서구의 눈이 데굴거렸다.

주인의 명령을 충실히 이행한 해동청은 옅은 날갯짓으로
우아하게 활주하며 주인에게로 다가왔다.

툭!

주인에게 다가온 해동청은 자신이 잡은 목표를 주인 앞에
떨구었다. 그리고는 하늘 높이 치솟아올라 창공을 선회하며
주변을 감시하기 시작했다.

사내는 이미 숨이 끊어진 전서구의 발목에서 전통을 끌러
내고는 안에 있는 서찰을 꺼내 들었다. 서찰 안에는 기이한
문자와 암호들이 나열되어 있었다.

도무지 내용을 알 수 없는 기호들이었지만 사내는 안의 내
용을 짐작하는 듯했다. 사내는 서찰을 움켜쥐었다.

부스스!

사내의 손에서 서찰이 가루가 되어 흘러내렸다. 사내는 화
산 방향을 물끄러미 응시하더니, 이내 몸을 돌려 자신이 온
길을 따라 여산 쪽으로 달리기 시작했다.

같은 시각, 비고의 입구에서 유창원을 기다리던 백무는 가만히 있을 수가 없었다. 한규민이 나타난 일은 아무리 생각해도 심상치가 않았다.

'이대로 있을 수는 없다.'

어떤 일인지 알아봐야겠다는 생각이 들었다. 비고를 나서는 당민의 기색으로 보아 뭔가 위험한 느낌을 지울 수 없었기 때문이다.

"죄송합니다. 두 분은 이곳에서 유 대협을 기다리십시오. 전 아무래도 누님이 걱정이 되어 여기에 있을 수가 없을 것 같습니다."

"하지만 백 소협!"

백무의 말에 표중호가 우려를 표시했다. 돌아가는 사태로 보아 위험할 수도 있기 때문이다.

"걱정하지 마십시오. 이제는 제 한 몸은 충분히 지킬 수 있으니 말입니다."

만류를 했지만 표중호는 백무의 눈빛을 보며 그의 결심이 바뀌지 않음을 알 수 있었다. 한규민을 상대하던 모습을 보면 위험한 상황이 오더라도 충분히 자신을 지킬 수 있어 보였다.

'말린다고 들을 상황이 아닌 것 같다. 이제는 모든 것이 밝혀지고 있는 이상, 백 소협도 이 상황을 아는 것이 좋겠지. 정 위험하다면 우리가 나서면 되니까.'

표중호는 더 이상 말리지 않기로 했다. 백무가 위험에 빠진다면 자신과 동생이 나서면 되기 때문이다.

"알겠습니다. 돌아가는 사태로 보아 심상치 않은 일들이 벌어지는 것 같으니, 감당 못할 적이 나타나면 우선은 피하십시오."

"알겠습니다."

표중호를 안심시킨 백무는 화청지의 지하에 있는 비고를 빠져나왔다. 들어올 때와는 다르게 단순한 기관이 설치되어 있었기에 비고를 빠져나오는 것은 그리 어렵지 않았다.

그르릉!

탁!

기관이 열렸다가 닫히는 소리를 통해 백무가 완전히 비고를 빠져나간 것을 확인하자 표인호는 자신의 형을 향해 물었다.

"형님, 우리도 이제 나설 때가 되지 않았습니까?"

"그래야겠지. 이번 일은 아마도 그 일에 관계된 것 같으니 말이다."

"그런데 형님, 어떤 놈들이 그분들을 암습하는 일을 주도했을까요?"

"모르지. 우선 창천비각과 천소궁의 이궁주와 삼궁주가 세 분을 암습한 것과 관련되어 있는 것은 분명하다. 하지만 비주천람에 대해서는 아직 확실하지가 않다. 비조천람의 전신이라고 할 수 있는 암천신마님의 친위대가 관련이 있는 것은 분명하지만 말이야. 이번에 반드시 어떤 놈들인지 확인을 해야 할 텐데 걱정이로구나."

표중호는 동생의 말에 자신이 지금까지 판단하고 있는 것을 이야기해 주었다.

"걱정하지 마십시오. 놈들은 당 누님과 백 소협의 강호행이 좋은 기회라고 생각할 것이니 반드시 꼬리를 드러낼 것입니다. 그리고 그분들이라면 이번에 놈들의 꼬리를 확실히 파악할 수 있을 겁니다."

오랫동안 준비해 온 일이기에 분명 성공할 것이라는 동생의 장담에 표중호가 미소를 흘렸다.

"후후후, 그래야겠지."

"그런데 백 소협의 상태는 어떻습니까?"

백무가 비고를 나서는 것을 허락한 형의 생각을 알 수 없어 묻는 말이었다. 아직까지는 위험할 수도 있기에 백무를 보호해야 하는 입장인 그로서는 걱정이 들지 않을 수 없었던 것이다.

"후후, 너도 아까 보았지 않느냐?"

표중호는 여산 자락에서 있었던 한규민과 백무의 공방을 상기시켰다.

"으음! 그럼 제가 본 것이 확실한 것이군요."

표인호는 형의 말에서 자신이 본 것이 진정 사실이었음을 확인할 수 있었다.

"그래, 백 소협의 혈영기공은 이미 완성되었다. 놈들이 백 소협을 통해 확인하려는 계획이 이제는 물거품이 된 것이지. 그리고 뜻밖에도 백 소협은 그자가 가지고 있는 허무공도 어느 정도 배운 것 같았다. 비록 멈추기는 했지만 끝에 가서는 그자와 비슷한 움직임을 보였으니까."

"후후! 아마도 놈들은 백 소협에게 천오밀류(天晤密流)가 이미 이어졌음을 몰랐을 겁니다. 알았다면 그런 대결을 벌일 생각도 못했겠지요."

"그렇겠지. 매자천의 삼대신공 중 가장 중요한 것이 바로 천오밀류니까."

"천음문에서는 어떻게 움직일까요? 아까 그자의 움직임을 보면 아무리 봐도 천음문의 당대 문주인 것 같던데요."

"글쎄, 아직은 모르지. 그자가 천음문의 당대 주인이 확실한 것도 아니고, 만약 그자가 당대의 주인이라 하더라도 아마 행동하는 쪽일 거다. 천음문은 언제나 두 명의 문주를 두는 문파니까. 천음문이나 우리나 숨어 사는 그림자들이지만, 그들은 숨어서 지시를 내리는 자의 의지를 따르겠지. 우리가 놈들을 잡으려면 숨어 있는 자의 정체를 확실히 파악해야 한다. 그렇지 않으면 이번 일은 모두 물거품이 될 수도 있으니까."

"그렇겠군요. 그자의 행방을 파악하지 못한다면 당하는 것은 우리가 될 테니 말입니다."

"그나저나 걱정이다. 백 소협이 당 누님을 생각하는 정이 남다르니 말이다. 당 누님도 석년의 일에 관계된 것이 분명한데 말이다."

"글쎄요. 하지만 누님도 피해자니 그리 걱정하지 않으셔도 될 겁니다. 누님께서 백 소협을 생각하는 것도 단순해 보이지는 않았으니 말입니다."

"그래야겠지. 그렇지 않다면 그보다 더 큰일은 없을 테니까. 그럼 이제 우리도 슬슬 떠날 준비를 하자."

"알겠습니다, 형님!"

대화를 마친 후 표중호가 가부좌를 튼 채 자리에 앉았다. 표인호는 그의 뒤에 서서 표중호의 백회혈에 손을 얹었다.

"이제 시작하겠습니다, 형님."

"그래, 나도 준비가 됐으니 시작해라."

표중호의 말에 표인호는 백회혈을 중심으로 각 혈도들을 기이하게 주무르기 시작했다. 그에 따라 머리에 있는 혈맥들이 기이하게 꿈틀거렸다.

스으윽!

반 각 정도 혈도를 주무르자 표중호의 백회혈에서는 흰 광채를 머금은 가느다란 실 같은 것이 빠져나왔다. 빠져나온 실의 길이는 대략 석 자 정도 되는 것이었다. 그에 따라 표중호의 몸도 연신 꿈틀거리기 시작했다.

표중호의 실이 완전히 빠져나오자 이번에는 표인호가 가부좌를 틀고 앉았다. 이번에도 표중호에 의해 마찬가지의 행동이 이어졌다. 표인호의 백회혈에서도 가느다란 실이 빠져나왔다.

"후후후! 오랜만에 금제를 벗어버리니 홀가분하구나."

"그렇군요. 백 소협이 완성된 이상, 이제 다시는 금제를 할 일은 없을 겁니다."

"그렇겠지. 이제 그만 나가도록 하자. 놈들의 면면을 확인해야 하니 말이다."

표가 형제 또한 서둘러 비고를 나섰다. 그들의 몸놀림은 결코 외공만을 익힌 자의 모습이 아니었다. 마치 바람과 같이 움직이는 그들의 신형은 비고를 빠져나와 빠르게 백무를 쫓고 있었다.

*　　　*　　　*

비고를 빠져나온 백무는 당민의 흔적을 쫓아 달리기 시작했다. 온몸 구석구석 펴져 있는 잠원의 힘이 백무의 전신을 치달리며 힘을 더해갔다. 미세한 파공음조차 들리지 않도록 유려하게 움직이는 백무의 모습은 한줄기 붉은 광선이었다.

'누님이 향하신 곳은 분명 화산파가 있는 곳이다.'

당민이 간 곳은 화음현 쪽이 분명했다. 자신만이 느낄 수 있는 당민의 체취가 그쪽 방향을 향하고 있었던 것이다. 백무는 초조한 마음에 주위 경관을 돌아볼 여유도 없이 무조건 달리고 있었다. 자신을 비고에 놓아두고 가던 당민의 뒷모습에서 느껴지던 기운이 죽음을 염두에 둔 자의 것임을 느끼고 있었기 때문이다.

반 시진을 넘게 치달리던 백무는 발걸음을 멈추어 섰다. 자신이 당민을 추적해 올 수 있었던 근원이 끊어졌기 때문이다. 간간이 맡을 수 있었던 당민의 체취가 사라진 것이다.

"이거! 난감하군."

희미한 흔적도 하나 남아 있지 않았다. 분명 밀광이 손을 쓴 것이 틀림없었다. 원래부터 미세하게 남아 있던 체취였건만 밀광 정도의 고수가 흔적을 지웠다면 찾을 길은 요원할 것이 분명했다.

"화음현 쪽으로 간 것은 분명한데… 무작정 그쪽으로 갈 수도 없고……."

지금 화산 인근은 작은 무림이라고 불러도 손색이 없을 지경이었다. 각 문파의 고수들이 봉문을 푼 화산을 축하하기 위해 몰려들었을 것이 분명했다.

당민이 하려고 하는 일이 무엇인지는 모르겠지만, 무림과 척을 지는 것임이 분명했기에 백무는 잠시 망설이지 않을 수 없었다.

꿈틀!

백무가 잠시 고민하는 사이 품안에서 무엇인가 움직였다. 품안에 있던 상자가 움찔거렸던 것이다. 흑백쌍마의 공격으로 정신을 잃었던 홍아가 이제야 정신을 차린 것이 분명했다.

백무는 품에서 홍아를 넣어놓았던 상자를 꺼내 들었다. 상자를 열자 마치 한숨 잘 잔 듯 입을 벌리며 하품을 하는 홍아를 볼 수 있었다.

"이제 괜찮은 것이냐?"

백무의 질문에 홍아는 괜찮다는 듯 고개를 끄덕였다. 백무는 곧 홍아의 몸을 살피기 시작했다. 홍아는 자신의 몸 상태를 살피려는 백무의 손길을 거부하지 않았다.

"네 덕분에 내가 무사할 수 있었다. 고맙다, 정말."

백무는 홍아의 몸에 이상이 없자 지난날 흑백쌍마로부터 자신을 지키려 했던 홍아에게 고마움을 표시했다. 홍아 또한 백무가 무사한 것을 본 때문인지 기쁜 빛이 역력했다.

"홍아야, 부탁이 있는데 들어주겠니?"

백무는 홍아라면 혹시나 당민의 행방을 찾을 수 있지 않을까 해서 부탁을 하기로 했다. 무슨 일이냐는 듯 홍아가 연신 고개를 끄덕였다.

"누님을 찾는 일이란다. 너도 알거다. 밀독천의 현 문주이신 내 누님을 말이다. 난 누님을 지금 빨리 찾아야 하는데 여기서 누님의 행방이 끊어졌구나. 아직 이곳에는 누님의 체취가 남아 있으니 찾을 수 있겠니?"

홍아는 백무의 말을 알아들었다는 듯 고개를 아래위로 흔들었다.

"정말이냐?"

혹시나 하는 생각에 부탁한 것이었다. 그런데 홍아가 당민을 추적할 수 있다고 하자 백무는 기쁜 표정을 감추지 않았다. 홍아가 당민의 흔적을 찾을 수 없다면 무조건 화산으로 갈 생각이었던 것이다.

파르르…….

홍아가 날아올랐다. 그리고는 주변을 선회하며 당민의 체취를 찾기 시작했고, 곧 허공에서 낯익은 체취를 느낄 수 있었다. 그것은 밀광의 체취였다. 그리고 맡아지는 또 하나의 체취, 그것은 오래전에 홍아가 맡아본 것이었다.

홍아는 자신이 맡은 체취가 이어지는 곳을 향해 어서 쫓아오라는 듯 몸을 한차례 흔들고는 빠른 속도로 날아가기 시작했다. 백무도 놓칠세라 빠르게 홍아의 뒤를 쫓기 시작했다.

'홍아가 전보다 기력이 넘치는 것 같다. 무슨 일이 있었나?'

묘강을 떠나 사천으로 들어설 때보다 빠른 속도로 나는 홍아를 보자 안심이 되었다. 홍아가 흑백쌍마의 공격을 받아 한동안 정신을 잃고 있었던 터라 내심 걱정이 되었던 것이다.

하지만 지금 보니 전보다 훨씬 기력이 넘치고, 몸의 색깔도 더 붉어진 것 같았다. 마치 한줄기 붉은 번개를 보는 것 같은 움직임에 백무의 달리는 속도로 점차 빨라지고 있었다.

휘이익!

백무가 홍아를 앞세우고 달린 지 얼마 되지 않을 무렵, 표가 형제는 백무가 잠시 자리를 멈춘 곳에 당도할 수 있었다.

"형님, 더 빨라진 것 같습니다. 이거 백 소협을 쫓기가 만만치 않겠는데요."

"그래, 흔적이 끊어진 것 같은데 이렇게 속도가 빨라졌다면 무엇인가 단서를 찾은 것이 분명하다. 서둘러야겠다."

두 사람은 백무의 속도가 빨라진 것을 확인하고는 이내 자리를 박찼다. 자칫 놓칠 우려가 있었기 때문이다.

다시 달리기 시작한 그들의 표정은 무척이나 놀라고 있었다. 지금까지의 속력도 절정고수를 능가하는 것이건만 이보다 더욱 빨라지고 있는 백무의 속도 때문이었다.

두 사람은 쉴 사이도 없이 달렸다. 그렇게 한 번도 쉬지 않고 화음현까지 달려가야 했다. 두 사람이 달리는 속도도 만만치가 않았다. 거의 백무에 버금가는 속도였다.

정체를 감추었던 표가 형제가 자신들을 금제했던 족쇄를 풀고 뒤를 쫓고 있다는 것을 모르는 백무는 오직 홍아만을 바라보고 달렸다. 그러다가 홍아가 속도를 줄이자 서서히 달리는 속도를 줄였다. 멀리 마을이 보이기 시작했던 것이다.

홍아는 마을 외곽을 비껴 얕은 둔덕이 있는 곳을 향해 날기 시작했다. 둔덕을 넘어 소나무가 우거진 숲 외곽을 따라 날던 홍아가 허공에 멈추어 섰다.

"찾은 모양이로구나."

홍아가 당민을 찾은 것이 분명해 보였다. 백무는 홍아의 곁으로 빠르게 다가갔다. 멀리 홍아가 바라보고 있는 곳에서 당민의 모습을 발견했다. 당민은 밀광과 함께 누군가와 마주 선 채 상대방을 보고 있었다. 두 사람 사이에는 말할 수 없는 긴장감이 팽팽하게 맞서고 있었다.

"일단 숨어서 지켜봐야겠구나. 누님이 무엇인가 감추고 있는 것이 분명한 이상, 나도 어찌 된 일인지 알아야 하니까. 그리고 시험을 해볼 것도 있고……."

지금까지 자신을 이끌어온 당민이 무엇 때문에 그랬는지 알아볼 필요가 있었다.

또한 백무가 몸을 감추기로 한 것은 한 가지 시험을 해보고 싶었던 것이 있기 때문이기도 했다. 그것은 한규민과의 대결에서 얻은 한 가지 단서로, 흑백쌍마에게서 얻은 양피지의 구결을 풀어낼 수 있었기 때문이다.

"좋아, 될지는 모르겠지만 한 대인이 했던 대로 한번 해볼까. 신형이 사라질 당시 계속 같은 혈도로만 내력을 돌리고 있었으니, 그대로 따라하면 몸을 숨기는 것도 그리 어렵지는 않을 것이다. 분명 한 대인이 돌리던 기운의 움직임이 양피지에 있던 구결과 같은 것이었으니까.”

백무는 서서히 잠원을 움직이기 시작했다. 일반적인 혈도를 가지고 있지 않은 상태인 백무로서는 한규민과 같은 형태로 기운을 움직일 수 없었지만 피의 흐름을 통해 근혈에서 솟아오르는 잠원을 사용할 수 있기에 비슷하게는 흉내를 낼 수 있었다.

스스스!

장내에서 백무의 신형이 사라졌다가 나타나기를 반복하고 있었다. 한규민이 보여주었던 은형술이 잘 되지 않았던 것이다.

'꽤 어렵군. 적혈잠원대법으로 인해 혈도가 사라져 버렸으니……'

여산 인근에서 한규민이 보여주었던 기의 흐름을 모두 기억하고 있었기에 그대로 따라했지만 잘 되지가 않았다. 그렇다고 포기할 백무가 아니었다.

'좋아, 위험할지도 모르지만 한번 해보는 거다.'

백무는 처음부터 잘될 것이라는 생각은 하지 않고 있었다. 하지만 한 가지 믿는 것이 있었다. 그것은 흑백쌍마가 가지고 있던 양피지에서 얻은 구결이었다.

혈영기공과 암흑투기의 원전을 통해 흑백쌍마에게서 얻은 양피지를 해석한 구결과 어딘지 모르게 자신이 스스로 익힌 호흡법은 비슷한 맥락을 가지고 있다는 것이었다.

거기다 한규민이 신형을 감추었을 때 보여준 기운의 흐름이 구결과 일치한다는 것을 알았기에 위험을 감수하고 자신만의 호흡을 하려 하는 것이다.

스스스!

백무의 신형이 소리없이 장내에서 사라져 버렸다. 훔쳐 배운 뒤 처음 시전한 것치고는 무척이나 훌륭한 성과였다.

'호흡을 시작하자마자 바로 되다니 의외로 쉽군. 되지 않을 줄 알았는데 말이야. 기운의 움직임이 혈영기공이나 암흑투기와 비슷한 맥락이라서 그런 것 같은데, 한 대인이 익힌 것도 혈영기공과 같은 류의 무공인가?'

한규민이 익힌 은형술이 어쩌면 혈영기공이나 암흑투기와 맥락을 같이하고 있을지도 모른다는 생각이 들었다.

'그나저나 신기하군. 마치 공기처럼 신형이 사라지다니… 혈영기공이나 암흑투기는 강렬한 기운을 흘리는 것인데 이렇듯 자연스럽게 대기에 녹아드는 것을 보면 정말 신비한 기공이다.'

호흡을 시작하자 생각보다 무척이나 쉽게 신형을 감추게 되자 신기한 듯 자신의 몸을 바라보았다. 자신이 시전한 것이지만 스스로도 자신의 모습을 볼 수 없는 것이 백무로서는 무척이나 놀라웠던 것이다. 거기다 모습뿐만 아니라 가지고 있는 기운조차 모두 대기 속에 묻어버리는 놀라운 공능에 감탄을 금할 수 없었다.

하지만 백무는 몰랐다. 한규민이 보여주었던 은형술이 얼마나 익히기 어려운 절기인지는 알지 못했던 것이다. 이토록 쉽게 한규민의 은형술을 완벽하게 흉내 낼 수 있었던 것이 자신이 찾아낸 호흡법과 무척이나 밀접한 관계가 있다는 것을 알 수가 없었던 것이다. 호흡법과 혈영기공, 그리고 암흑투기와 신형을 사라지게 하는 신비의 은형술이 모두 한 문파에서 비롯된 것임을.

'일단 가까이 다가가 무슨 대화를 나누는지 들어봐야겠군.'

완벽하게 신형을 감추게 되자 백무는 거리낌 없이 당민이 있는 곳으로 신형을 움직였다. 한규민이 시전했을 때도 당민은 물론 삼노조차 그의 존재를 눈치 채지 못했기 때문이다.

마치 허깨비마냥 다가갔지만 백무의 생각처럼 장내에 있는 사람 그 누구도 자신의 존재를 알아차리지 못하고 있었다. 신형은 물론 백무가 흘리는 모든 기운이 자연의 기운 속으로 숨어버렸기 때문이다.

당민의 앞에 서 있는 사내의 입에서 싸늘한 음성이 흘러나왔다.

"어째서 남궁세가가 머물고 있는 곳에 하독을 하고 달아난 것인가?"

만검개천(萬劍開天) 남궁초(南宮浩)는 지금 분노하고 있었다. 화산파의 봉문이 풀리는 것을 축하하기 위해 오랜만에 세가를 나서 직접 화산을 찾은 그였다.

비록 사기 중 말석이지만 십천의 일원인 그는 화산파의 배려로 화음현 외곽에 위치한 장원에 가솔들과 함께 여장을 풀고 있는 중이었다.

그런데 난데없이 독 기운이 장원으로 날아들었고, 가솔들이 모두 쓰러져 버린 것이다. 대노한 남궁호는 독을 사용한 자의 흔적을 쫓아 이렇게 당민과 마주 선 것이었다.

자신을 유인하기 위한 것임을 알았지만 지닌 바 실력에 대한 믿음이 있었기에 당민을 쫓아 이곳까지 온 것이었다.

"호호호, 남궁세가의 가솔들은 모두 무사할 것이니 걱정하지 마라. 한 시진이 지나면 저절로 해독되는 독을 썼으니 말이다. 당신을 불러내기 위해서 약간 손을 쓴 것뿐이다."

"날 불러내기 위해서라? 역시 그랬었군. 그나저나 어떻게 이곳에 온 것이냐?"

남궁호는 의혹을 감추지 않았다. 자신의 앞에 선 당민의 정체를 잘 알기 때문이다. 당민은 지금 이곳에 있어서는 안 되는 존재였다. 여산 인근에 있다는 보고를 받은 것이 어제였는데 자신을 만나기 위해 갑자기 이곳에 나타났다는 자체가 그에게는 의혹이 아닐 수 없었다.

"창천비각의 이영께서 여산에 있어야 할 내가 이곳에 있는 것이 의외인 모양이로군."

“…….”

싸늘히 굳어지는 그의 안색. 남궁호는 한순간 대꾸할 수가 없었다. 이미 자신의 정체를 알고 있다는 사실이 놀랍기 그지없었기 때문이다. 그 누구도 모르는 자신의 실체를 파악하고 있는 당민을 보며 자신을 비롯한 창천비각의 인물들이 함정에 빠졌다는 것을 알 수 있었다.

“이거 한 방 먹은 거 같군. 마교에서 주도한 일인가?”

자신들에게 이렇듯 역으로 덫을 놓을 자들은 마교밖에는 없을 것이기에 남궁호는 단도직입적으로 물었다.

“잘 아는 것 같군.”

“어쩐지 이상하다는 생각이 들었었지. 너무 쉽게 그것들의 행방이 밝혀졌다고 생각했는데, 이번 일이 창천비각을 노리는 것이었다니.”

남궁호는 처음 혈영기공에 대한 소식을 들었을 때 자신들이 찾고자 하는 무공의 행방이 너무 쉽게 노출되었다는 생각을 가졌었다.

오대세가를 규합하는 임무 때문에 이번 일에 관여하지는 않았지만 예상외로 쉽게 오대세가를 하나로 만들 수 있었던 터라 자신의 궁금증을 풀기 위해 이번 일에 끼어든 그였다.

천하제일의 무공이라고 할 수 있는 혈영기공을 얻는 것도 중요했지만 자신의 의혹이 맞는 것인지 확인해 볼 심산이었던 것이다. 예상대로 음모임이 드러나자 그는 빠르게 향후에 일어날 일들을 예측해 보았다. 마교에서 꾸민 덫을 어떻게 빠져나갈 것인지를 궁리한 것이었다. 하지만 그의 궁리는 더 이상 이어지지 않았다. 이어지는 당민의 말 때문이었다.

"정확히는 창천비각이 아니다. 힘을 올바로 쓰지 않는 자들을 솎아내기 위한 일이지. 오직 자기 자신밖에 모르는 당신 같은 자들을 말이다."

당민의 말에 여유롭던 남궁호의 얼굴이 순간 경색되었다.

'이미 모든 것을 알고 있는 모양이로군. 당가의 혈겁에 창천비각이 깊숙이 개입되었다는 것을.'

남궁호는 당민의 말에서 그녀가 자신들에 대해 어느 정도 알고 있다는 확신을 가질 수 있었다.

"다 알고 있었던 것인가?"

"물론. 동창을 이용해 당가를 멸문으로 이끌었던 것도 너희들이라는 사실 또한 알고 있다."

"후후후! 역시, 그것까지 알고 있었던가? 당가의 어린아이가 큰 사고를 쳤군. 하지만 그거야 상관없겠지. 이제부터 뒤집으면 그만이니까."

자신의 실력에 자부심을 가지고 있는 듯 남궁호의 말투는 무척이나 여유로웠다.

"그런다고 달라질까? 이미 당신들의 존재는 완전하게 포착되었다. 일단 당신부터 이 세상에서 사라지는 것이지."

"후후후! 그럼 더 이상 대화를 나눌 필요가 없겠군. 나를 불러냈다면 그만큼 자신이 있을 터. 그럼 둘이 덤빌 텐가, 아니면 혼자 덤빌 텐가?"

"당신을 상대하는 것은 나 혼자다. 내 손으로 직접 원수를 갚아야 하니까. 그리고 밀 노의 독공은 당신에게는 아무런 소용도 없을 테니."

"후후후! 이미 알고 있었군. 저자가 은밀히 하독한 것을 이미 해독했다는 것을 말이야. 이거 방심을 유도하려고 했는데 헛수고를 한 모양이로군."

당민의 말에 남궁호가 손을 가로저었다. 자신이 나타난 순간 밀광이 극독을 은밀히 하독했다는 것을 그 또한 알고 있었고, 자신이 가지고 있는 신물을 이용해 해독해 놓고 있었던 것이다.

아무런 내색을 하지 않은 것은 두 사람의 합공에 대비해 중독된 것처럼 속여 방심을 유도해 보려는 생각 때문이었는데, 이미 당민이 그것을 알고 있었던 것이다.

자신의 생각을 간파당했기에 일이 어려워지기는 했지만, 당민과 밀광을 충분히 제거할 수 있다고 생각했기에 남궁호는 그리 걱정하지 않았다.

"후후! 그럼 슬슬 시작해 볼까?"

가지고 있는 내력을 모두 끌어 모으는 듯 남궁호의 장포가 급격하게 부풀어 오르기 시작했다. 자신들의 정체와 목적을 알아차린 이가 있는 이상, 빠르게 당민을 처리하고 판세를 뒤집어야 했기 때문에 십성의 내력을 끌어올렸던 것이다.

스르릉!

내력을 끌어 모은 듯 남궁호의 손에 의해 흰빛의 검신을 가진 고색창연한 검이 모습을 드러냈다. 그리고 남궁세가 최고의 검법이자, 고금을 통틀어 가장 강할지도 모른다는 삼대 검법의 하나인 제왕검형을 펼치기 위한 기수식이 곧장 이어졌다.

마주 선 당민은 전신이 따끔거리는 감각을 느낄 수 있었다. 기수식만 펼쳤는데도 불구하고 현 무림의 십천 중 일인인 남궁호의 기세는 무척이나 위압적이었던 것이다. 만인을 억누르는 제왕의 위엄이 그에게서 퍼져 나와 자신을 압박하고 있었다.

"으음! 그동안 진실한 실력을 감추고 있었군."

당민은 남궁호의 검세에서 그동안 그가 본 모습을 감추어 왔다는 것을 알 수 있었다. 그의 검력에서 느껴지는 기세는 결코 사기의 말석이나 차지할 수준이 아니었다.

십천 중 수좌를 차지하고 있는 암천신마에 버금가는 기세가 그의 몸에서 흘러나오고 있었던 것이다.

우우웅!

진한 검명과 함께 푸르른 검강이 남궁호의 검에 맺혔다. 검이 서서히 내려지고 검극이 당민을 겨누었다.

"큭!"

검에서 뻗어 나오는 기세가 집중되자 신음과 함께 당민의 안색이 창백해졌다. 남궁호의 검력이 기세를 이용해 사람을 죽인다는 의형살인에 근접한 경지였기 때문이다.

'어렵게 됐다.'

남궁호에게는 밀독천이 자랑하는 독술도 아무런 소용이 없었다. 남궁호를 유인하며 어느 정도 예상한 결과였지만, 어느 정도의 피해는 줄 것이라고 생각했었다. 일 푼의 공력이라도 감소시키기를 바랐는데 어떤 방법을 사용한 것인지 밀광의 독을 완벽하게 무력화시킨 것이다.

'저자! 어느 정도 예상은 하고 있었지만 이 정도일 줄이야.'

한규민에게 남궁호의 진실한 정체를 안 순간, 당민은 그가 실력을 감추고 있다는 것을 어느 정도 짐작하고 있었다. 그러나 그 범주가 자신의 예상을 초월하고 있었기에 안색을 굳힐 수밖에 없었다. 어느 정도의 부상을 각오하고 왔지만 밀광의 독도 소용없는 이상 이제는 죽음까지도 생각해야 하는 지경에 이른 것이다.

'하지만 저자는 아직까지 자신의 내력을 십이성 끌어올린 것이 아니다. 그렇다면 나에게도 기회는 있다. 내가 사용할 수 있는 독도 통하지 않을 것이 분명하지만, 저자가 아직까지 방심하고 있으니 기회는 오직 한 번뿐이다.'

밀광이 사용한 독이 소용없다면 자신이 가지고 있는 독술
또한 통용되지 않을 것이 분명했다. 이제 남은 것은 자신이
감추고 있는 비장의 한 수가 통용되기만을 바랄 뿐이었다.

남궁호와 마찬가지로 내력을 끌어올린 당민의 기세도 만
만치가 않았다. 하지만 남궁호에 비해서는 약간의 손색이 있
었다.

두 사람이 뿌리는 무형지기가 장내에 얽혀들었다. 적에 대
한 강렬한 살기를 동반한 두 가지 기운이 장내를 감싸자 모든
것이 숨을 죽였다. 이제는 서로 간에 죽음을 향한 본격적인
생사결이 시작되었던 것이다.

남궁호는 자신을 향해 날아오는 당민의 기운을 검기를 이
용한 검력으로 막았다. 당민도 남궁호의 검기를 견디기 위한
호신강기를 두른 한편, 한 손에는 분홍빛이 감도는 채대를 감
아 들었다.

'어떻게 하지?

두 사람이 기세를 끌어올리는 것을 바라보던 백무는 손에
땀을 쥐지 않을 수 없었다. 자신이 나서야 하는지 판단이 서
지 않았던 것이다.

다행인 것은 당민의 기세가 남궁호에 뒤지지 않는다는 것
이었다. 내면 깊숙이 침잠되어 차갑게 흐르는 당민의 기운을

남궁호가 눈치 채지 못하고 있었다.

자신이 보기에도 남궁호는 감히 범접하기 어려운 고수가 분명했다. 그런 고수를 상대하며 기운을 감춘다는 것은 당민이 무엇인가를 노리고 있다는 것을 뜻했다.

뭔가를 준비하고 있다는 사실로 인해 자신이 나설 경우 당민이 노리는 바가 실패할 수도 있다는 생각이 백무를 주저하게 만들었던 것이다.

또한 비고에서 머물며 수련을 하라는 당민의 당부를 저버리고 의혹을 풀기 위해 따라나선 자신을, 혹여 당민이 원망할 것이 걱정되었던 탓도 있었다.

'누님의 기운이 저자에게 뒤지지 않으니 일단은 지켜보기로 하자. 누님께서 위험해지면, 그때 나서도 늦지 않을 테니까. 하지만……'

당민이 쉽게 질 것 같지 않았기에 백무는 좀 더 지켜보기로 했다. 하지만 점점 더 거세지는 남궁호의 기세에 초조한 마음을 감출 수는 없었다.

파파팟!

사위를 억누르는 기운이 검끝을 통해서 뿜어져 나왔다. 검력이 번져 나가 기운을 따라 땅이 파헤쳐지고 있었다. 모든 것을 압박하는 기운은 몸을 갈가리 찢어놓을 듯 팔방을 잠식하며 당민을 압박하기 시작했다.

스팟!

남궁호가 내력을 잔뜩 집어넣은 것인지 그의 검이 일순 푸르게 빛나기 시작했다. 검강이었다. 남궁호는 빠른 결말을 보기 위해 내력 소모가 크기는 하지만 걸리는 모든 것을 갈라버린다는 검강을 발휘한 것이다.

휘리릭!

검신이 진동함에 따라 푸르스름한 검강이 흔들리며 당민의 요혈을 파고들었다. 공간을 접는 듯한 남궁호의 검세는 피할 여지를 남겨두지 않은 매서운 공격이었다.

사삭.

사방에서 덮쳐드는 검강에 당민의 신형이 예상외로 남궁호의 정면으로 파고들었다.

파파팍!

호신강기를 둘러치고 있었는지 남궁호의 검력이 빗겨 나갔다.

캉!

당민은 자신의 팔에 담긴 채대를 이용해 검강이 맺힌 남궁호의 검을 막자 당민의 손에 부딪친 남궁호의 검이 옆으로 비껴 나갔다. 검강을 무리하게 막은 탓인지 내상을 입은 듯 당민의 안색이 창백하게 변해갔다.

'강기를 형성해 내다니……'

자신의 검을 당민이 막아내자 남궁호의 눈에 이채가 서렸다. 당민의 손에 감긴 채대를 따라 완전하지는 않지만 강기가 맺혀 있었던 것이다.

챠르르!

남궁호는 공격을 멈추지 않았다. 다시금 검세를 이어 나가며 당민을 압박해 가기 시작했다.

"챠앗!"

내상을 입었지만 당민은 기합성과 함께 자신을 향해 공격해 오는 남궁호를 향해 파고드는 것을 멈추지 않았다.

'동귀어진을 할 생각이로군.'

호신강기를 둘러치고, 거기다 채대로 감싼 손을 이용해 검강을 막으며 정면승부를 벌이려는 당민의 모습에 남궁호는 당황한 듯했다.

무엇이든지 부수어 버리는 특성을 가진 것이 검강이지만, 어쩐 일인지 당민의 호신강기를 뚫을 수 없었기 때문이다. 이대로 가다가는 자칫 당민의 의도대로 동귀어진할 수도 있었기에 욕설을 내뱉으며 자리를 피할 수밖에 없었다.

"제기랄!!"

휘이익!

당민이 다가선 만큼 남궁호의 신형이 빠르게 뒤로 물러났다. 내상을 감수하면서 달려드는 당민의 투기에 적잖이 질리지 않을 수 없었다.

'옛날부터 당가의 독기는 알아줬지만, 이렇게 저돌적일 줄이야. 하지만 이미 내상을 입었으니 얼마간 회피하며 내력이

떨어지기를 기다리자.'

남궁호는 분명 당민에게 비장의 한 수가 있을 것이라 생각했다. 무엇인가 손에 꼭 쥐고 있는 모습이 거리가 가까워진 순간 뿌려댈 것이 분명해 보였다.

폭우이화침 같은 당문에서 전해 내려오는 절대금용의 암기가 지척에서 터져 버린다면, 아무리 십천에 이른 자신이라도 그 여파를 감당하기 힘들기에 남궁호는 자리를 피할 수밖에 없었던 것이다.

파팟!

휘리릭!

가진 바 힘과는 반대가 되어버린 쫓는 자와 쫓기는 자의 움직임은 전광석화를 방불케 했다. 방원 십여 장 안에서 당민과 남궁호는 쫓고 쫓기며 처절한 공방을 벌여 나갔다.

쾅!

한동안 신법을 이용해 장내를 맴돌던 두 사람이 격돌했다. 채대를 감은 당민의 손과 검이 부딪치자 큰 폭음이 울려 퍼졌다.

"크… 으!!"

충격의 여파인지 당민의 입에서 신음이 흘러나왔다. 강력한 내기의 충돌 시 당민이 손해를 본 것이다. 호신강기는 이미 파괴되었는지 채대에 맴돌던 희뿌연 강기는 어느새 사라지고 없었다.

‘으… 음!’

격돌의 여파로 충격을 얻은 탓인지 남궁호가 우려했던 당민의 손이 펴졌다. 의식하고 있던 손이 펴지자 남궁호는 움찔했지만 당민의 손 안에는 그의 우려와는 달리 아무것도 있지 않다는 것을 알 수 있었다.

‘지금까지 허장성세였군. 당문은 오래전에 완벽하게 멸문했다. 그러니 절대금용 암기 같은 것을 가지고 있을 리가 없지.’

남궁호는 의심이 가던 당민의 손에 암기가 없음을 확인하고는 이내 공세를 강화하기 시작했다. 이제는 더 이상 꺼리낄 것이 없기 때문이었다.

슈슈슉!

남궁호의 검이 당민의 목을 노리고 들어왔다. 호신강기가 뚫리고 막 당민의 목으로 검이 박혀들 찰나, 당민은 신형을 옆으로 비끼고는 채대를 감은 왼손을 검을 향해 휘둘렀다.

팅!!

“엇!”

무척이나 놀란 듯 남궁호의 입에서 탄성이 터져나왔다. 어느 정도 호신강기가 파훼됐기에 분명 손이 잘려지리라 예상을 했건만 검강이 맺힌 검이 당민의 왼손에 감긴 채대에 튕겨나갔던 것이다. 예상치 못한 결과에 남궁호의 신형이 일순 주춤거렸다.

파팟!

남궁호가 잠시 움찔하는 사이에 당민의 신형이 지금까지 공방을 벌였던 속도와는 현저히 다른 빠른 속도로 남궁호의 가슴으로 파고들었다.

파르르르!

당민의 손에 감긴 채대가 풀려나며 남궁호의 시야를 가렸다.

타타탕!

나선형으로 회전하며 풀려 나오고 있는 채대를 향해 남궁호가 검강이 맺힌 검을 휘둘렀다. 검의 움직임에 따라 검과 채대가 부딪치는 소리가 맹렬하게 들려왔다.

'안 되겠군.'

자신의 검에 맞고도 채대가 속도를 멈추지 않는 것을 보며 남궁호는 신형을 뒤로 물렀다.

그것은 남궁호의 크나큰 실수였다. 당민의 공격은 오른손이 아닌 채대가 감겨져 있던 왼손이었던 것이다. 뒤로 물러나려는 남궁호를 따라 당민의 신형이 쾌속하게 나아갔다. 그녀의 왼손에서는 채대가 계속해서 풀려나고 있이 남궁호의 시야를 어지럽게 했다.

"엇!!"

남궁호는 채대가 풀려난 안쪽에서 하얗게 빛나는 당민의 손이 자신을 쫓아오는 것을 보았다. 가공할 만한 수공이었다.

일수에 사방을 점하듯 도저히 피할 방법이 없어 보였다.

예상치 못한 당민의 공격에 남궁호는 호신강기를 끌어올리며 당민의 공격을 막아 나갔다. 최선의 공격이 최상의 방어일 수 있었기 때문이다.

하지만 당민의 손은 남궁호가 펼친 호신강기를 무참히 박살 내 버리고는 그의 가슴을 빠르고 깊게 파고들었다.

푹!

"컥!!"

하얗게 변한 당민의 손이 가슴속을 헤집자 남궁호의 입에서 단말마의 비명이 흘러나왔다. 비틀거리며 물러서는 남궁호의 가슴은 뻥 뚫려 있었고, 그 주변에는 하얗게 서리가 내려앉아 있었다. 가슴에 휑하니 구멍이 뚫렸지만 혈관마저 얼어붙은 듯 피 한 방울 보이지 않았다. 극한의 음한공이 보여주는 현상이었다.

"크윽! 천… 음소수(天陰素手)!!"

남궁호의 눈은 경악으로 물들어 있었다. 자신의 가슴에 틀어박힌 하얀 손의 정체를 남궁호 또한 익히 아는 듯했다.

"어… 어떻게……."

흐릿해지는 시야 사이로 당민의 모습이 보였다. 창백할 정도로 하얀 얼굴과 희디흰 두 손. 절대로 당민이 가질 수 없는 것이 바로 천음소수였다. 익힐 자가 없어 오랜 세월 마교의 깊은 곳에 보관되어 있었던 것이기 때문이다.

창천비각에서도 존재 유무에 대해 회의적인 시각을 가지고 있었던 천음소수였다. 그런데 놀랍게도 당민이 그것을 익히고 있었던 것이다.

"네놈들이 저지른 잔혹함에 하늘도 무심하지 않았는지 내게 천음소수를 주시더군. 잘 가라."

싸늘하게 식은 당민의 음성이 남궁호의 고막을 자극했다.

"크… 으으!"

당민의 말이 끝남과 동시에 남궁호의 가슴으로부터 하얀 서리가 몸 전체로 번지기 시작했다. 삼 갑자에 달했던 내공이 흩어지며 천음소수의 기운이 남궁호를 얼리기 시작한 것이다. 천음소수의 힘이 얼마나 강력한 것인지 증명이라도 하듯 남궁호의 몸은 순식간에 얼어붙었다.

쩌정!!

촤르르르!

얼어붙은 남궁호의 몸에 잔금이 가며 갈라지더니 산산이 부서져 바닥으로 흩어졌다. 십천의 일원으로서 무림의 하늘 중 하나라고 일컬어지던 이의 죽음치고는 너무도 허무한 죽음이었다.

주르르!

남궁호의 죽음을 바라보던 당민의 입가로 한줄기 핏물이 흘러내렸다. 무리하게 호신강기를 운용하며 제왕검형이 형성해 내는 검강의 기운을 막은 탓으로 내상을 입은 것이다.

"천주!!"

신형을 비틀거리며 쓰러지려 하자 밀광은 급히 나서며 당민을 부축했다.

"밀 노, 괘… 괜찮아요."

괜찮다는 말을 들었지만 밀광은 당민의 상세가 심각하다는 것을 알 수 있었다.

"어서 빨리 내상을 치료하셔야 할 것 같습니다. 일단 운기조식을 하시는 것이 어떻습니까?"

창백한 안색에 힘들어하는 모습에 밀광은 운기조식을 권유 했다.

"아… 니에요. 그보다는 어서 이 자리를 피해야 해요. 분명 남궁세가나 화산에서 사람들을 보냈을 테니 말이에요."

당민은 자신들을 추적해 올 자들을 우려하고 있었다.

"그렇겠군요. 알겠습니다. 일단 제 등에 업히십시오."

"미… 미안해요, 밀 노."

"별말씀을요."

밀광은 당민을 등에 업고는 신형을 띄웠다. 그리고는 격전의 현장을 빠져나가 여산 쪽으로 방향을 잡고는 경공을 시전하기 시작했다.

第三章 창천비각에 얽힌 비사!

九劈雷雲

파_{팟!}

밀광이 당민을 업고 자리를 이탈하자 백무도 뒤따라 달리기 시작했다. 홍아가 허공으로 날아올라 백무를 인도해 갔다.

'젠장!'

백무는 두 사람의 공방을 지켜보다 나서지도 못하고 당민이 떠나는 모습을 지켜볼 수밖에 없었던 자신을 자책했다.

'누님께서 많이 다치지 않았으면 좋으련만······.'

급한 마음과 같이 백무의 달리는 속도가 빨라졌다. 자신이 미리 나서지 않아 당민이 심각한 내상을 입은 것 같아 마음에 걸렸던 것이다.

파파팟!

'웬 놈들이지?

빠르게 당민을 쫓던 백무는 얼마 지나지 않아 이상한 기척을 느낄 수 있었다. 누군가 당민의 뒤를 은밀히 쫓고 있음을 알 수 있었던 것이다.

'한 대인과 관련이 있는 자들이다.'

처음에는 십천의 일인인 남궁호를 당민이 제거했기에 남궁세가의 인물들이 쫓는 것인 줄 알았으나 그것이 아니었다. 흑백쌍마와의 일이 있은 후 야영을 하며 자신이 느꼈던 기운은 물론 한규민에게서 느껴졌던 기운과 흡사한 기운을 가진 자들이 뒤를 쫓고 있었던 것이다.

이제는 자신도 한규민과 같은 방법으로 신형을 감출 수 있기에 따라오는 자들의 정체를 확실히 알 수 있었다.

'분명 이번 일은 한 대인의 부탁으로 이루어진 일일 것이다. 그런데 저들이 왜 누님의 뒤를 쫓는 것이지? 혹시!'

백무의 뇌리에 살인멸구란 단어가 떠올랐다. 십천의 하나가 죽었다는 사실은 무림에 미칠 파장이 컸다. 온 무림이 경동할 일인 것이다.

그런데도 그런 일을 아무렇지 않게 사주했다면, 이번 일은 보통의 사안이 아닐 것이 분명했다. 뭔가 거대한 목적을 가지고 벌어지는 일이 틀림없었다. 무엇인가 비밀이 있다면 감추고자 할 것이 틀림없었다.

‘일단 누님을 만나 어찌 된 일인지 알아봐야겠다. 한 대인
이 어째서 이런 일을 벌인 것인지 말이다.’

당민을 만나 자초지종을 듣는 것이 좋겠다고 판단한 백무
는 신형을 감춘 채 전속력으로 달렸다. 한규민의 방식대로 신
형을 감추었는데도 불구하고 달리는 속도는 전혀 줄지를 않
았다.

‘저기에 계시는군.’

얼마 지나지 않아 당민을 업고 가는 밀광을 볼 수 있었다.
밀광이 보이자 백무는 신형을 감추지 않고 달리기 시작했다.
밀광과의 쓸데없는 충돌을 피하기 위해서였다.

파파팟!

한규민이 시전했던 은형술을 풀어버리자 가공할 속도에
의해 바닥이 파헤쳐졌다.

“이런!”

지축을 울리는 소리에 밀광이 뒤를 돌아보았다. 자신을 추
적하는 자들이 누구인지 확인하기 위해서였다. 자신의 눈에
보이는 이기 백무임을 확인한 밀광은 신형을 멈추었다.

“아니! 비고에 계셔야 할 소천주께서 어찌 이곳에 계시는
겁니까?”

밀광은 백무가 자신들의 뒤를 따라왔다는 사실에 가슴이
철렁이는 것을 어쩔 수가 없었다. 이번 일은 백무에게는 비밀

로 하고 진행된 일이었기 때문이다.

"그보다 누님의 상태는 어떻습니까?"

밀광의 등 뒤에 업힌 당민은 이미 정신을 잃은 듯 축 늘어져 있었다. 남궁호와의 대결로 인한 내상이 심각한 수준이었던 것이다.

"일단 악화되지 않도록 혈도를 짚어놨습니다만, 내상이 무척 심각합니다."

상황이 안 좋기에 밀광은 말을 하면서도 얼굴을 찌푸렸다.

"일단 자리를 빨리 피해야 할 것 같습니다. 누군가 두 분을 쫓고 있는 것 같으니 말입니다."

백무가 우선 자리를 피하자고 말하자 밀광은 의문을 표시했다. 밀광으로서는 백무의 말이 의외가 아닐 수 없었다. 자신이 확인한 바로는 자신을 쫓는 자들이 없었기 때문이다.

"누군가 쫓다니요?"

"저도 모르겠습니다. 누구인지는 모르겠지만 상당한 실력을 갖춘 자들이었습니다. 일단 피하는 것이……."

수상한 기척을 느낀 백무는 밀광에게 말을 하다 말고 신형을 돌려 세웠다. 예상보다 빠르게 당민의 뒤를 쫓는 자들이 가까이에 도착했기 때문이다. 허허로운 듯한 기운을 흘리는 자들이 어느새 주변을 포위하고 있었다.

"누님을 왜 쫓는 기지?"

“…….”

백무는 당민을 쫓는 자들에 대해 화가 났다. 분노만큼이나 싸늘한 살기가 백무의 목소리에 묻어나고 있었다. 하지만 백무의 물음에도 포위한 자들은 아무런 대답이 없었다.

‘그자가 천주를 죽이려고 하는군.’

밀광은 우려하던 존재들이 나타났음을 알 수 있었다. 자신조차 느낄 수 없을 정도로 신형을 감출 줄 아는 자들은 당민에게 부탁을 한 한규민이 속한 집단밖에는 없었다. 비조라 불리는 자들이 나타난 것이다.

모습을 감춘 자들의 살기가 짙어졌다. 자신들의 존재가 들킨 것을 알았다는 듯 기척이 드러나는 데도 불구하고 살기를 감추지 않았다. 공격이 임박했다는 뜻이다.

“그렇게 나온다는 말이지.”

백무의 몸이 빠른 속도로 붉게 달아올랐다. 적들이 당민을 죽이려는 이상 결코 용서할 수가 없었던 것이다.

스스스!

피 칠한 듯한 모습으로 변한 백무의 신형이 장내에서 순식간에 사라져 버렸다.

‘소천주께서 어찌!’

바로 눈앞에서 백무의 신형이 사라졌지만 백무의 기척을 전혀 느낄 수 없었다. 밀광의 놀람만큼이나 포위하고 있던 자들도 예상외의 상황인지 술렁이는 기운이 느껴졌다.

퍽!

"큭!"

퍼퍼퍽!

"윽!"

"으윽!"

"억!"

분명 격전이 벌어지고 있는 것이 분명했지만 싸우는 모습은 보이지 않고 연이어 비명이 터지기 시작했다. 절정의 반열에 이른 밀광이었지만 백무가 벌이는 싸움은 그로서도 무척이나 괴기스러웠다.

부딪치는 공방이 존재를 알려주지 않았다면 모습과 기척을 전혀 알아차릴 수 없는 싸움이었다. 만약 소리없이 다가와 자신의 목숨을 노린다면 속절없이 내놔야 하는 자들의 싸움이었기에 밀광의 등골에는 식은땀이 흘렀다.

한동안 싸움이 지속되었다. 백무가 상대하고 있는 자들도 만만한 자들이 아닌 듯 연이어지는 소리를 통해 처절한 싸움이 지속되고 있다는 것을 알 수 있었다.

'제발 무사하셔야 할 텐데…….'

모습을 감춘 백무가 포위하고 있는 적을 상대로 우위에 서서 공격하고 있는 것으로 보였지만, 어떻게 된 상황인지 알 수 없는 밀광은 애가 달 수밖에 없었다.

“크억!”

“윽!”

비명 소리는 한동안 지속되었다. 비명 소리는 숲에서 나기도 했고, 땅속에서 들려오기도 했다. 백무가 완전히 우위를 점한 듯 보였다. 그렇게 들려오던 비명 소리가 잠잠해진 것은 일각이 지나지 않아서였다.

스스슷!

비명 소리가 끝나고 난 후 백무의 모습이 다시 나타났다. 처절한 싸움이었음에도 흐트러진 구석 하나 없이 나타난 백무였다.

비명 소리만 아니라면 움직임을 파악할 수 없을 정도로 은밀하게 숨어 있는 자들을 처리한 백무를 바라보며 밀광은 경악해 마지않았다.

자신이 나섰다 하더라도 숨어 있는 자들 중 하나를 처리하는 것도 힘들었을 것임이 분명했다. 그런데 그들을 순식간에 해치운 것이다.

밀광이 놀란 이유는 또 있었다. 백무가 자신도 알아차릴 수 없을 정도로 신형을 감출 수 있다는 사실이었다. 밀광이 알기로 백무는 방금 보여준 은형술과 같은 무공을 배운 바가 없었기 때문이다.

“소… 소천주님, 어떻게 그렇게 하신 겁니까?”

“별로 어렵지 않은 거였습니다. 여산에서 한 대인이 기운을 움직인 방식대로 했더니 지금처럼 되더군요. 그보다는 일단 이곳을 떠나 여산으로 가야겠습니다. 우리가 숨어 있을 만한 곳은 그곳밖에는 없으니까요."

빨리 자리를 피해야 한다는 백무의 말에 밀광이 놀란 정신을 차릴 수 있었다. 밀광도 백무의 말처럼 여산에 있는 비고가 지금으로서는 가장 안전한 곳이 될 것 같기에 고개를 끄덕였다.

"알겠습니다. 소천주의 말씀대로 비고로 피하는 것이 좋을 것 같군요. 하지만 그전에 어디 안전한 곳에서 임시로나마 천주를 치료하는 것이 좋을 것 같습니다."

"그러도록 하지요. 누님의 안위가 우선이니까요. 전 뒤를 따르면서 흔적을 지우도록 하겠습니다."

백무의 말에 밀광이 경공을 시전했다. 밀광이 앞장을 서자 백무는 흔적을 지우며 뒤를 따랐다. 우선 안전한 장소를 찾아 상처를 돌봐야 하기에 두 사람의 달리는 속도는 무척이나 빨랐다.

장내를 벗어난 밀광은 여산 쪽으로 행보를 서둘렀다. 깊은 산세가 이어지는 곳이라 동굴이라도 발견하면 당민을 치료할 생각으로 주위를 살피며 경공을 시전했던 것이다.

백무는 밀광을 호위하며 그 뒤를 따랐다. 백무의 몸은 아직도 붉어진 채로였다. 아직은 안심이 되지 않는 듯 몸 안에 맴돌고 있는 힘을 풀지 않았던 것이다.

백무와 밀광이 안전한 곳을 찾고 있을 무렵, 당민이 남궁호와 격전을 벌였던 장소에는 화산의 인물들이 도착해 있었다. 남궁호가 당민을 쫓으며 흔적을 남긴 까닭에 남궁세가의 연락을 접하고 곧장 쫓아왔던 것이다.

화산파의 선두에 선 자는 장문인인 태을검(太乙劍) 목형준(木亨俊)이었다. 그 외에 몇몇 장로들도 눈에 띄었다.

화산의 장문인이 직접 나선 것은 남궁호 때문이었다. 이번에 화산으로 온 자 중 가장 중요한 손님이기도 했지만, 남들이 모르는 연분을 맺은 사람이었던 것이다.

'쉽게 당할 사람이 아닌데, 저건 또 무엇이란 말인가?

핏물로 보이는 자국과 그 옆에 덩그러니 주인을 잃고 떨어져 있는 검을 바라보는 목형준의 눈에는 짙은 의혹이 번지고 있다.

바닥에 나뒹굴고 있는 검은 남궁세가의 가주를 상징하는 제황금검으로, 주인의 손에서 한 번도 떠나지 않았던 것이 바닥에 떨어져 있었다.

목형준은 남궁호가 누군가에게 당했다는 생각은 전혀 하지 않고 있었다. 이 시대 최강자라는 십천의 일인을 누군가 해할 수 있다고는 생각하지 못했기 때문이다.

그런 남궁호의 검이 바닥에 떨어져 있다는 것도 문제지만, 그의 의혹을 더욱 부풀리고 있는 것은 검이 떨어져 있는 흙바닥이었다. 핏물에 젖은 듯 질척거리는 주변 바닥은 마치 화골산에 누군가 녹아 내린 흔적 같아 보였던 것이다.

'분명 화골산은 아니다. 그렇다면 독기의 흔적이라도 있을 것이니……'

화골산의 독기는 한 시진 정도면 완전히 사라진다. 그래도 미량의 독기는 남아 있기 마련이었다. 하지만 흙바닥에서는 그런 미량의 독기도 남아 있지 않았다. 독으로 인한 것은 아니라는 뜻이었다.

'이 자리에서 녹아 사라진 자는 누구라는 말인가?'

흔적은 남아 있었지만 정확한 상황을 알 수 없었기에 목형준은 답답한 마음을 감출 수 없었다. 그의 생각으로는 도무지 어떻게 된 사건인지 알 수 없었던 것이다.

'일단은 제자들이 주변을 샅샅이 뒤지고 있으니 뭔가 단서가 나오겠지……'

목형준은 상황을 조금 더 지켜보기로 했다. 여산 방향으로 이어진 흔적을 발견했기에 장로들과 화산의 제자들로 하여금 뒤를 쫓도록 한 뒤였다.

목형준은 바닥에 떨어져 있는 남궁호의 검을 쥐어 들었다.

투툭!

"응!"

그와 함께 뭔가가 바닥에 떨어져 내렸다. 그것은 사람의 손가락이었다. 하얀색의 반지가 끼어져 있는 손가락. 뿌리 쪽에 녹아든 흔적이 역력해 보이는 손가락을 본 목형준은 다급히 허리를 굽혔다.

"이럴 수가!"

목형준의 입에서 경악성이 터져 나왔다. 그의 목소리에는 믿을 수 없다는 빛이 역력히 비쳤다. 뿌리 쪽이 녹아내린 손가락에 끼어져 있는 반지는 그도 잘 알고 있는 것이었다. 한옥으로 만들어져 이 시대를 살아가던 위대한 무인의 손에 끼어져 있던 것이 틀림없었다.

"만검개천이 당했다는 소리인가?"

남궁호의 반지를 바라보던 그는 바닥을 홍건히 적시고 있는 핏물의 주인이 바로 남궁호라는 것을 알 수 있었다. 제황금검과 한옥 반지가 그것을 증명해 주고 있었다.

목형준은 품에서 작은 상자를 하나 꺼내 들었다. 화산의 영단을 보관하는 한옥 상자였다. 그는 조심스럽게 안의 내용물을 꺼낸 후 남궁호의 손가락을 상자에 집어넣었다.

그의 안색은 침중하기 그지없었다. 남궁호를 이렇게 만든 무공이 머리에 떠올랐기 때문이었다.

'이제 결국 피외 전쟁이 시작되는 것인가?'

목형준은 고개를 흔들었다. 자신이 생각하고 있는 것이 맞는다면, 이것은 무림을 흔들 중대한 사건이었기 때문이다. 마교의 비전 중 하나가 십천의 하나인 만검개천을 살해했다면 두고 볼 것도 없이 마교와의 전면전이 벌어질 것이기 때문이었다.

‘분명 마교의 비전 중 하나라는 천음소수공이 아니라면 이런 현상이 벌어질 리 없다. 하지만……’

목형준의 눈빛이 의혹으로 물들어 있었다. 그가 의혹에 빠진 것은 천음소수가 이제는 아무도 익힌 이가 없는, 잊혀진 무공이라는 것 때문이었다.

비록 봉문하고 있었지만 마교의 세력권과 인접해 있는 관계로 목형준은 마교에 대한 정보를 상당히 많이 알고 있었다. 그가 알기로 당금 마교에서 천음소수공을 익힌 이는 아무도 없었다.

삼천예에 비견되는 마교 최강의 절예 중 하나가 바로 천음소수공이었다. 세상의 모든 것을 얼려 버리고, 사람이라면 그 기운에 당하는 순간 얼음처럼 굳어졌다가 한 줌 핏물로 변해 버린다는 극악한 마공이 바로 천음소수공이었다.

하지만 천음소수공은 이미 이백여 년 전 세상에서 자취를 감춘 것이었다. 마지막 전수자였던 청음마(靑陰魔)가 정파 고수들의 합공 속에 죽은 까닭이었다.

‘으음… 봉문을 하기 전이었던가? 무림에 청음마의 비급이 떠돈다는 이야기가 돈 적이 있기는 했지만……’

청음마의 비급 때문에 혈겁이 있었다는 사실은 알고 있었지만, 화산파 또한 봉문이라는 큰 비극이 있었기에 그에 대해 자세히 알고 있지 못했다. 목형준 또한 그에 대해서는 전대 장문인이 남긴 기록을 통해 약간이나마 알고 있는 정도였다.

그렇지만 마교에 있던 청음마의 비급이 강호에 나돌았다는 것은 남궁호의 죽음이 마교와 관련이 없을 수도 있다는 이야기였다.

'섣불리 판단할 일이 아니로구나.'

이번 사건은 자칫 중원 무림의 멸망이라는 결과를 불러올지도 몰랐기에 목형준은 신중히 판단하기로 했다.

'일단 본산으로 돌아간 후 그 당시의 일에 대해서 알아봐야겠구나. 그리고 만약 마교에서 만검개천을 죽였다면 그의 진정한 신분을 알았다는 것을 뜻할 수도 있으니, 어쩌면 회합을 소집해야 할지도 모를 일이다.'

그에게는 남궁호의 죽음으로 인해 벌어질지도 모르는 마교와의 전면전보다는 마교가 만검개천의 진정한 신분을 알았느냐가 더 중요한 문제였다.

목형준은 남궁호가 죽은 자리에서 한참을 고민에 빠졌다. 앞으로 전개될 정세를 고심하는 것이다. 봉문을 푸는 때에 맞추어 마교와의 전면전이라는 무림의 환란도 문제였고, 화산의 부활을 위해 적극적으로 참여한 창천비가의 일 또한 문제였다.

자칫 두 가지 일로 인해 화산파에 위험이 생길 조짐이 보였기에 고심에 고심을 거듭하며 이번 상황을 파악하려 무척이나 애쓰는 모습이었다.

“돌아오는군.”

반 시진을 넘게 고민에 빠져 있던 목형준은 여산 방향으로 흔적을 쫓았던 사람들이 돌아오는 기척을 느낄 수 있었다.

십여 명의 사람들이 빠른 속도로 장내에 다가왔다.

“다녀왔습니다, 장문인!”

맨 앞에 서서 달려오며 목형준에게 인사를 건넨 사람은 화산파의 장로 중 하나인 산매검(傘梅劍) 조혁상이었다. 목형준은 그의 표정이 예사롭지 않은 것을 보며 눈빛을 빛냈다.

“오사제, 그래, 추적한 것은 어찌 되었나?”

“제 설명을 들으시는 것보다는 같이 가셔서 보시는 것이 좋을 것 같습니다.”

산매검은 곤혹스러운 표정으로 목형준의 동행을 재촉했다.

“무슨 일인가?”

“저로서는 도저히 판단을 내릴 수 없는 사안인지라…….”

“도대체 무슨 일이기에 그러는가?”

말끝을 흐리는 산매검을 목형준이 다그쳤다.

“이곳에서 오십여 리 떨어져 있는 곳에 많은 사람들이 죽어 있습니다.”

“사람들이?”

“예, 그린데…….”

산매검은 말끝을 흐렸다. 목형준은 그가 말 못할 사정이 있음을 알 수 있었다.

"그들이 누구이기에 그러는 것인가?"

"저어, 그것이… 죽어 있는 자들이 전부 구파일방의 일대제자들입니다, 장문인."

"그, 그게 사실인가?"

믿을 수가 없는 사실이었다. 구파일방의 일대제자들이 무슨 일이기에 이런 한적한 곳에 죽어 있는지 모를 일이었다. 목형준은 상황이 심상치 않다는 것을 느낄 수 있었다. 예상치 않은 일이 연이어 벌어지기에 목형준은 정신을 차릴 수 없었다.

"안 되겠네. 얼른 가보세."

목형준은 서둘렀다. 남궁호의 죽음에 이어 구파일방의 기둥이라는 일대제자들이 의문의 죽임을 당했다면 이건 보통 큰일이 아닐 수 없었다.

목형준을 비롯해 화산파에서 나온 이들은 산매검을 따라 나섰다. 그리고 남궁호기 죽은 곳으로 추정되는 장소에서 오십여 리 떨어진 곳에 무엇인가를 삼엄히 지키고 있는 제자들을 볼 수 있었다.

파팟!

경공을 멈추고 장내에 선 목형준은 빠르게 바닥에 쓰러져 있는 자들을 향해 다가갔다. 산매검 또한 그 뒤를 따랐다. 죽은 자들은 모두가 평범하기 그지없는 장포를 입고 있었다. 그리고 주변에 떨어져 있는 무기 또한 모두 평범한 장검이었다.

"장문인, 저희가 이들을 발견했을 때는 모두가 복면을 하고 있었습니다. 처음에는 누구인지 몰랐으나 복면을 벗기니 바로 저들이었습니다."

"모두가 이번에 축하 사절로 온 자들이로군."

목형준도 쓰러져 있는 이들의 얼굴을 알고 있었다. 화산의 봉문 해제를 축하하는 사절로 온 이들로, 화산파에서 예방을 받은 바 있었기 때문이다.

"사인은 뭔가?"

"장문인께서 한번 살펴보십시오. 저로서는 도저히……."

산매검도 사인을 알아내지 못했다는 소리에 목형준은 쓰러져 있는 자들을 살폈다.

특별한 외상은 보이지 않았다. 그렇지만 모두 두 눈을 부릅뜨고 죽은 것을 보면 짧은 시간에 극심한 충격을 받은 것이 분명했다.

'나로서도 이들이 어떤 무공에 의해 죽었는지 도저히 알 수가 없구나.'

찌이익!

목형준은 상세를 자세히 살피기 위해 쓰러져 있는 소림 일대제자의 옷을 찢었다.

"으음……!"

소림 제자의 가슴에는 주먹 자국이 하나 나 있었다. 시뻘겋게 피멍이 든 자국이었다. 주먹 자국은 심장 부근에 나 있었는데 뼈 같은 것은 부러져 있지 않았고, 특별한 기공의 흔적은 보이지 않았다. 내경이 단숨에 피부를 뚫고 심장을 파열시킨 것이 틀림없어 보였다.

'강한 주먹에 맞은 자국이지만 마기의 흔적이나 특별한 기운은 보이지 않는다. 마교도의 손속이라면 마기의 흔적이 남아 있을 터인데 그런 것도 없고… 뼈가 부러지지 않았다는 것은 암경을 썼다는 것인데… 도대체 어떤 종류의 암경인지는 도저히 알 수가 없군.'

강호 경험이 풍부한 목형준으로서도 사인을 짐작할 수가 없었다. 일대제자라면 외공도 상당한 수련을 했기에 이렇듯 선명한 피멍이 남을 리가 없었다.

피멍이 남았다는 것은 암경에 맞고, 추후에 파괴된 피부에 출혈이 있었다는 소리였다. 대부분의 암경이 그렇듯 겉으로 멀쩡해야 함에도 피멍이 남았다는 것은 대단히 특이한 무공에 당했다는 것을 뜻했다.

자신도 짐작하지 못하는 암경이 있다는 사실에 목형준은 이번 사안이 시간을 두고 살필 일이라는 것을 알 수 있었다.

"쫓아온 흔적은 이들이 남긴 것인가?"

"그것이 알 수가 없습니다. 이들도 누군가를 추적해 온 것 같은데, 이곳에서 쫓던 자들에게 일순간에 당한 것 같습니다. 그리고 저들이 쫓아왔던 자들의 흔적은 이곳에서 완벽히 사라졌습니다.”

“으… 음!”

목형준은 침중한 안색으로 신음을 삼켰다.

‘무서운 일이로군. 이들은 분명 무척이나 짧은 시간에, 그것도 한 사람에게 당한 것이다. 거기다 이들을 죽이고 여유롭게 흔적까지 지울 정도라면 우리가 상상할 수도 없는 무서운 자가 마교에서 나온 것일 수도 있다. 마기를 흘리지 않고 이렇듯 깨끗한 손속을 구사하는 자가 도대체 누구라는 말인가?’

너무도 완벽한 일처리에 목형준은 몸이 떨렸다. 이 정도의 고수라면 필경 삼천에 근접한 자일 것이기 때문이다.

‘일단 이들을 빨리 본산으로 옮겨야겠군. 검시를 해봐야 정확한 사인을 알 수 있을 테니……’

일단 정확한 사인부터 파악하는 것이 급선무였다. 천음소수공에 이어 종류를 도저히 알 수 없는 무공의 출현이었기에 목형준은 세밀한 조사의 필요성을 느꼈다.

“시신들을 모두 화산파로 옮겨라. 그리고 이번 사안에 대해서는 철저히 함구해야 할 것이다.”

자칫 정사대전이 발발할 수도 있는 일이기에 목형준은 제 자들에게 비밀을 엄수하도록 시시했다.

"알겠습니다."

장문인의 지시에 제자들이 일제히 대답했다. 봉문을 해제한 지 얼마 되지 않아 벌어진 일이었다. 거기다 화산에서 얼마 떨어지지 않은 곳에서 발생한 중대한 사안이기에 제자들의 안색은 더할 나위 없이 굳어 있었다.

목형준을 비롯한 화산파의 인물들이 얼마 지나지 않아 자리를 떴다. 화산의 제자들은 시신들의 머리에 다시 복면을 씌우고는 들쳐 매더니 빠른 속도로 화산파를 향해 달리기 시작했다.

＊　　　＊　　　＊

백무와 밀광은 여산으로 향하는 도중 은신할 만한 곳을 찾을 수 있었다. 사람이 머물 만한 동굴로 밀광은 당민을 치료하기 위해 서둘러 안으로 들어섰다.

백무는 주변에서 나뭇가지들을 주워 밀광의 뒤를 따라 동굴로 들어섰다. 이내 어둠을 밝히는 모닥불이 켜지고, 밀광은 희미한 붉빛을 의지해 당민의 상세를 살피기 시작했다.

타오르는 모닥불 건너편에서는 백무가 초조한 안색으로 치료하는 과정을 지켜보고 있었다.

상세를 살피던 밀광이 입을 열었다. 자신이 당민을 치료하는 동안 또 다른 자들이 추적해 올지도 모르기에 호법을 부탁하기 위해서였다.

"소천주, 혹여 뒤를 쫓아올 자들이 있을지도 모릅니다."

"걱정하지 마십시오. 발견될 만한 흔적은 모두 지웠으니 말입니다. 그나저나 어떻게 된 겁니까?"

자신의 생각보다 침착한 백무를 보며 마음이 놓였다. 하지만 당민의 허락 없이는 알려줄 수가 없었다.

"저로서는 알려드릴 수가 없습니다. 일단 천주님의 내상이 급하니 치료를 해야겠습니다. 모든 것은 천주님께서 깨어나시면 직접 들으십시오."

"……."

밀광은 치료가 우선이기에 이번 일의 사연은 당민에게 직접 들으라 하고는 다시 당민의 상세를 살피기 시작했다. 백무로서도 당민을 치료하는 밀광의 심기를 어지럽히고 싶지가 않아 입을 다물 수밖에 없었다.

말을 접은 밀광은 쓰러져 있는 당민을 앉히더니 명문혈에 손바닥을 대고는 진기를 불어 넣기 시작했다. 자신의 진기를 이용해 당민의 운기조식을 돕는 것이었다. 그렇게 반 시진여 동안 진기를 불어넣어 당민의 얼굴에 화색이 돌고 나서야 손을 거두었다. 의식을 차린 듯 당민은 가부좌를 틀고는 이내 운기조식에 빠져 버렸다.

"다행히 이제 스스로 운기조식을 하실 수 있으니 한 시진

정도 후면 움직이실 수 있을 겁니다. 그나저나 소천주님은 어째서 천주님의 말씀을 듣지 않고 쫓아오신 겁니까?"

밀광은 백무를 질책했다. 당민의 가장 큰 염려가 백무임을 아는 까닭이다.

"그냥 손 놓고만 있을 수 없었습니다. 그리고 어느 정도 자신도 있었고요."

"으음!"

얼마 전 자신과 당민을 포위했던 자들을 처리하는 솜씨는 분명 놀라운 바가 컸다. 자신이 보기에도 만만치 않아 보이던 실력자들을 그리 순식간에 처리했다는 것은 백무의 말대로 자신을 가질 만했다.

"그러지 말고 어찌 된 일인지 말씀 좀 해주십시오."

"앞서도 말씀드렸다시피 저로서는 할 말이 없습니다. 모든 이야기는 천주님께 들으십시오."

다시 한 번 이야기해 줄 것을 부탁했지만 밀광은 요지부동이었다. 할 말이 없다는 듯 고개를 돌려 당민의 상태만 살필 뿐이었다.

밀광이 자신에게 아무런 이야기도 해줄 것 같지 않자 백무도 가만히 앉아 당민이 깨어날 때만 기다렸다. 그렇게 얼마 지나지 않아 당민이 눈을 떴다.

당민은 자신의 눈앞에 백무가 있자 급격히 눈빛이 흔들렸다.

“왜 비고에 있지 않고 여기에 있는 거냐?”

자신의 뜻을 따르지 않고 따라나선 것에 대한 질책이 가득한 목소리였다.

“알고 싶어서요.”

백무 또한 자신의 심정을 솔직하게 이야기했다.

“무엇을 알고 싶다는 이야기냐?”

“어째서 이런 일들이 벌어진 것인지 말입니다. 한 대인도 그렇고, 누님도 그렇고 뭐가 뭔지 정말 모르겠습니다.”

백무는 답답한 표정을 숨기지 않았다. 뭔가 거대한 음모가 진행되고 있는데 자신은 그저 주변만 서성이는 기분이었기에 가슴이 묵직해져 있는 상태였던 것이다.

“…….”

답답한 듯 당민이 침묵을 지키자 밀광이 두 사람의 대화에 끼어들었다.

“천주, 이제는 소천주께 말씀을 해주셔도 될 것 같습니다.”

당민의 눈에 이채가 서렸다. 밀광이 비록 성격상 좀 별난 구석이 있기는 하지만 허튼 소리를 할 사람이 아니었기 때문이다. 하지만 아직은 아니라는 듯 당민은 고개를 저었다.

“얼마 전 천주를 살인멸구하려던 비조천람의 비조 열 명이 소천주의 손에 반 각 만에 모두 세상을 달리했습니다.”

“예? 비조들 열 명이 반 각 만에 무아에게 당하다니? 밀 노, 무슨 소리인가요?”

비조 열 명이 백무에게 반 각 만에 당했다는 소리에 당민은 연유를 묻지 않을 수 없었다. 거의 기운을 알아차릴 수 없는 은형술로 무장한 것이 비조들이었다. 반 각 만에 비조 열 명을 제거한다는 것은 아무리 자신이라도 쉬운 일이 아니었기 때문이다.

"그러니까……."

밀광은 당민이 정신을 잃고 있던 시간에 일어났던 일들을 자세히 이야기해 주었다. 밀광의 이야기를 들으며 당민은 놀라움을 금치 못했다. 자신에게 부탁을 했던 자들이 도리어 자신을 제거하려 했다는 대목에서는 분노를 감추지 않았다.

중원 무림을 혼란으로 몰아넣기 위해 남궁호를 제거하라고 했던 비조천람 측이 자신을 살인멸구할 생각이라는 것은 진작부터 짐작한 바였지만, 막상 실제로 일어났다고 하니 분노가 인 것이다.

또한 백무가 비조천람의 비조들을 상대로 일방적인 격전을 벌였다는 사실도 매우 놀라운 것이었다. 당민은 암천신마에 의해 만들어진 비조천람에 대해 누구보다 잘 알고 있었다. 그들을 육성하는 데 어느 정도 관여를 한 때문이다.

비조천람의 기둥들이라는 비조들이라면 기본적으로 갖추어야 하는 무공이 절정고수를 상회하는 수준이었다. 그런데 반 각 만에 열 명을 제거했다는 것은 믿을 수 없는 이야기였다.

밀광의 설명을 들으며 사실이냐는 듯 자신을 바라보는 당민의 눈길에 백무가 입을 열었다.

"누님, 전 얼마 전 혈영기공을 완성했습니다. 누님이 주신 책자에 적힌 구결을 통해 말입니다. 비고에 들어 수련을 하지 않더라도 이제는 충분합니다. 혈영기공을 완성한 탓인지 그들을 제거하는 것은 문제도 되지 않았습니다."

"그 말이 정말이냐?"

혈영기공을 완성했다는 백무의 말에 당민은 그 말이 사실인지 확인을 했다. 백무가 혈영기공을 완성했다는 사실은 지금 무척이나 중요했기 때문이다.

"그렇습니다. 정확히는 모르겠으나 아버님이 저에게 가르쳐 주신 소림오권이 혈영기공을 익히는 것과 관련이 있지 않나 생각이 듭니다. 덕분에 혈영기공을 완성할 수 있었으니까요. 그래서 그 비조인가 뭔가 하는 자들을 그렇게 손쉽게 처리할 수 있었습니다."

"으… 음!"

백무의 말에 당민이 신음을 흘렸다. 밀광이 말한 사실이나 백무의 말을 종합하면 진짜 혈영기공을 완성한 것이 분명해 보였다. 그렇지 않으면 비조들을 그리 쉽게 처리하지 못했을 것이 분명했다. 당민은 그것이 진실인지 자신의 눈으로 확인하고 싶어졌다.

"진정 혈영기공을 완성한 것인지 나에게 한번 보여줄 수 있겠느냐?"

"모르긴 몰라도 진짜 혈영기공이 맞을 겁니다."

사실을 확인하고자 하는 당민의 말에 백무는 자리에서 일어났다. 자리에서 일어난 백무는 서서히 자세를 잡았다.

스스스!

백무의 신형이 순식간에 사라졌다. 별다른 내력도 운용하지 않은 것 같은데 시야에서 완벽하게 사라진 것이다.

파팟!

찰나지간 사라졌던 백무의 신형이 다시금 나타났다. 당민은 영문을 몰라 백무를 바라보았다.

"저… 저기를 보십시오."

당민의 의문스러운 눈빛에 밀광이 서둘러 입을 열었다. 밀광도 상당히 놀란 듯 말소리가 가늘게 떨리고 있었다.

"무엇을……."

당민은 고개를 돌려 밀광이 가리키는 곳을 바라보았다. 밀광의 시선을 따라 살펴보니 뒤편 동굴 벽에 무엇인가 희미한 흔적이 보였다.

"저럴 수가!"

당민은 놀라움에 탄성을 터뜨렸다. 타오르는 모닥불 빛에 비친 동굴 벽에는 장인과 족인이 무수히 나 있었던 것이다. 마치 동경처럼 반들거리며 깨끗하게 나 있는 흔적들이었다. 강기가 아니라면 그토록 깨끗하게 흔적을 남길 수 없었다.

기척이라고는 일체 없이 세 치가 넘게 들어간 족인과 장인이 무수히 나 있는 벽면을 바라보며 당민은 할 말을 잃었다. 자신과 밀광의 눈앞에서 기척을 속이고 저런 흔적을 남겼다는 것은 백무의 말대로 혈영기공을 완성했을 때나 가능한 일이었다.

혈영기공이 어떠한 모습으로 출수되는지 알지는 못하지만 가공스러울 지경의 강기 무공이라는 것은 당민도 귀령독의가 남긴 책자를 통해 알고 있었다.

일체의 기운을 흘리지 않고 저토록 깨끗하게 강기를 발하는 무공이라면, 그야말로 누구도 막을 수 없는 천하제일의 무공이라 해도 과언이 아니었다.

"혈영기공을 완성했다는 네 말이 진짜 사실이로구나."

밀광이 말한 것이 진짜라는 것을 확인한 당민의 눈빛은 무엇인가 안도하는 빛이 역력했다.

"그렇습니다, 누님."

비로소 사실 확인을 끝낸 당민은 이제는 말해주어도 괜찮다는 듯 백무를 바라보며 입을 열었다.

"그렇다면 이제는 걱정할 것 없이 모든 것을 이야기해 주어도 상관없겠구나. 사실 이 이야기는 네게는 비밀로 하기로 했었다. 네가 완성되었다면 모를까, 그렇지 않았기에 말이다. 자칫 비밀을 알고 있다는 것이 누군가의 귀에라도 들어가면 네 안전을 장담하지 못하기 때문이다. 그러니까……."

당민은 차분한 어조로 이야기를 풀어나가기 시작했다. 이야기는 이십여 년 전으로 거슬러 올리기고 있었다.

　황산에서의 사건이 있은 후 암천신마는 정파의 비밀 조직
이라는 창천비각과 같은 조직을 원했다고 한다.

　자신의 발길을 막아 마교의 중원 진출을 저지한 자들과 같
은 조직에 대한 필요성 때문이었다고 한다. 그렇게 마교에는
누구도 모르는 비밀 조직이 탄생했고, 그들을 비조천람이라
고 부른다는 것이다.

　"하지만 비조천람은 처음부터 실패한 조직이었다."

　"예?"

　암천신마가 심혈을 기울여 조직한 비조천람이 실패한 조
직이라는 당민의 말에 백무는 의아하지 않을 수 없었다.

　"당시 암천신마는 모르고 있었지만 비조천람을 만든다는
것을 창천비각에서도 이미 알고 있었기 때문이다. 아무리 비
밀리에 추진했다고는 하지만, 이미 마교 깊숙이 잠입해 있던
그들의 눈에 암천신마의 계획이 발각되지 않을 수 없었던 것
이다."

　"그런 계획이 이미 발각이 되었다면 창천비각에서 가만히
있지 않았겠군요?"

　자신들을 상대하기 위해 조직되는 비조천람에 대해 창천
비각에서 손을 안 쓸 리 없다는 것은 불문가지였다.

　"맞다. 놀랍게도 창천비각의 인물들은 비조천람이 생긴다
는 것을 알고는 없애기보다는 자신들이 비조천람을 장악하려
는 계획을 세웠다."

"장악을 해요?"

"그래, 그들은 자신들이 가진 힘의 일부를 이용해 비조천람을 만드는 일에 깊숙이 개입했지. 그러니 처음부터 비조천람을 만드는 일은 마교로서는 패착이었던 것이다."

"그랬군요."

백무는 당민이 말하는 바를 충분히 짐작할 수 있었다. 이미 노출된 패는 도박판에서 아무런 소용이 없는 것이다. 패가 노출됨으로써 오히려 판돈을 모두 잃을 수 있는 비수가 될 확률이 컸던 것이다.

"그렇지만 문제는 그것이 아니었다."

"문제가 그것이 아니라니요?"

비조천람이 만들어진 것보다 더 큰 문제가 있다는 말에 백무가 의문을 표시했다.

"스며든 첩자들이야 나중에 충분히 밝혀낼 수도 있었을 것이다. 끝내 밝혀지기도 했고. 하지만 암천신마는 창천비각의 입김이 스며들었다는 것을 모른 채 비조천람을 강하게 키우기 위해 해서는 안 될 한 가지 일을 했던 것이다."

"그것이 무슨 일이기에……."

"바로 비조천람의 인물들에게 처음부터 암흑투기를 전수한 것이었다. 너도 알다시피 암흑투기는 마교의 고수들이라도 마경에 들기 직전에야 전수되는 것이다. 그런데 암천신마는 암흑투기를 비조천람이 만들어진 초창기부터 비소들에게 전수한 것이지. 그리고 그것은 창천비각으로 고스란히 흘러 들어 갔다."

"그럼!"

"문제는 그때부터였다. 사실 암흑투기는 신공에 가까운 것이었기에 그 법문을 본 몇몇 창천비각의 인물들이 암흑투기를 익힌 것이다."

창천비각의 인물들이 암흑투기를 익혔다는 사실에 백무는 적지 않게 놀랐다. 암흑투기는 혈영기공이 불러오는 마기를 누르기 위해 창안된 무공이었다. 그런데 그것을 정파의 무공을 익힌 자들이 익혔다는 것은 자신의 무공을 버리는 행위나 마찬가지였기 때문이다.

"암흑투기는 마공을 억누르는 것이 아니었습니까? 그런데 그들이 어째서 암흑투기를 익힌 것입니까?"

"놀랍게도 암흑투기의 놀라운 공효는 비단 마공에 국한된 것이 아니었던 것이다. 정파의 무공도 일정한 경지에 오르기 위해서는 위험한 관문을 여럿 거쳐야 한다. 특히 화경에서 현경에 오르기 위해서는 엄청난 심마가 찾아오기도 하지. 그런데 암흑투기는 정파의 무공에도 지대한 영향을 끼쳤다. 화경에서 현경으로 오르는 자들에게 심마의 위험없이 위험한 관문을 넘게 만들었던 것이다. 그리고 일류라고 할 수 있는 자들 중 법문을 본 자들은 암흑투기를 익힌 후 무공이 배나 상승했다. 그것도 단시간에 말이다."

“예?”

　무공이란 것이 비록 속성이 가능한 마공이라도 오랜 시간 수련을 해야 진정한 오의를 깨달을 수 있는 것이다. 그리고 경지에 오르기 위해서는 무수한 관문을 거쳐야 한다. 관문을 넘지 못하면 목숨을 잃거나 주화입마라는, 무인에게는 가혹할 만큼의 형벌이 기다리고 있다는 것은 백무도 잘 아는 바였다.

　마기를 누르고 본연의 무공을 더욱 정순하게 하는 암흑투기의 특성상 정파의 무공에도 그런 효능이 있을 수도 있었다.

　하지만 일시지간에 무공을 배나 상승시킨다는 것은 믿을 수 없는 이야기였다. 마공도 경지에 오르기 위해서는 시간이 필요한 법인데, 하물며 정공은 두말 할 것도 없었다.

　그런데 단시간에 무공을 배나 상승시킬 수 있다는 것은 정말이지 경악스러운 일이 아닐 수 없었던 것이다.

　그렇게 놀라워하는 백무를 보던 밀광이 나섰다.

　“사실입니다. 마공을 억제하는 효능이 있는 것만 알았지, 암흑투기가 정공의 심도를 그렇게 깊게 한다는 사실은 저희들도 십여 년이 지난 뒤에야 알게 됐습니다.”

　백무의 의문에 밀광이 나서서 암흑투기의 또 다른 효능에 대해 설명했다.

　“그린 일이…….”

　암흑투기의 또 다른 효능에 대한 설명을 들으며 놀라고 있는 백무를 향해 당민이 다시 입을 열었다.

　"그리 놀랄 것 없다. 사실 암흑투기나 혈영기공은 마교의 무공이 아니니 말이다. 그 두 가지 무공은 먼 옛날 중원인들을 공포에 떨게 했던 동이의 무예다. 바로 매자천이라 불리는 고구려 왕실을 지키던 암문의 무예다."

　"매자천이요?"

　백무는 지옥도에서 궁노가 이야기해 주었던 매자천에 대한 이야기가 흘러나오자 다시 한 번 깜짝 놀랐다. 지옥도에서 궁노가 자신에게 인연을 찾아보라던 매자천의 무공이 바로 혈영기공과 암흑투기라는 사실이 놀랍지 않을 수 없었던 것이다. 백무의 놀람과는 상관없이 당민의 설명은 다시금 이어졌다.

　"때로는 전장의 장수로, 때로는 당의 고위관료들을 노리는 자객으로 나타나 중원인들을 벌벌 떨게 했던 매자천의 무공이 바로 혈영기공과 암흑투기다."

　백무로서는 뜻밖의 사실이었다. 당민이 어떻게 이런 일들을 알고 있는지 연유를 묻지 않을 수 없었다.

　"누님께서는 그런 사실을 어떻게 아신 겁니까?"

　"너도 알 것이다. 당문이 어떻게 멸문했는지 말이다."

　당문이 멸문한 사연은 무림의 고위 인사들 사이에서는 많이 회자되는 것이었다. 권력을 가진 자들, 특히 환관들의 힘이 어느 정도인지를 보여준 중요한 사건이었기 때문이다. 백무 또한 당문이 멸문한 사연을 자신의 아버지에게 들어 어느 정도 알고 있었다.

"그거야, 당시 환관들에 의해서……."

당민은 고개를 흔들며 당문이 멸문한 이유가 세상에 알려진 것과는 다른 것임을 설명하기 시작했다.

"그것은 세상에 알려진 것이고, 실은 환관들 때문이 아니었다. 실제로는 조부님께서 얻으신 상자 때문이었다."

"상자요?"

상자 때문에 멸문했다는 소리에 백무는 그것이 혈영기공과 관련이 있다는 것을 직감할 수 있었다.

"그래, 죽간과 양피지 하나가 들어 있던 상자였다. 당시 요동에 약재를 구하러 가셨다가 어느 한적한 동굴에서 조부님께서 얻으신 것이지. 상자 안에서 나온 것이 바로 매자천의 유래에 대해서 기록해 놓은 죽간과 매자천의 비기 중 하나가 기록된 양피지였다. 그 때문에 당가는 멸문의 길을 걸을 수밖에 없었다."

매자천의 유래에 대해서 기록해 놓은 죽간과 비기 중 하나를 기록해 놓은 양피지라는 소리에 백무는 당민의 말에 집중했다.

잘하면 암흑투기와 혈영기공을 아우를 수 있는 제삼의 기공에 대한 실체를 확인할 수도 있을지 모른다는 생각이 들었던 것이다.

"그 상자에 들어 있던 물건의 가치를 맨 처음 알게 된 자는 한림원의 학사였다. 워낙 고문인 데다가 중원의 문자와는 다른 문자로 기록되어 있었기에 조부님께서 해석을 위해 한림원 학사 중 하나를 초빙한 것이지. 그런데 그것이 문제였다. 그는 해석이 끝나자마자 그것을 동창에 보고했던 것이다. 그가 원래 동창의 끄나풀이었다는 사실을 조부님께서는 전혀 몰랐던 것이지. 당시 세상의 모든 것을 휘어잡을 듯 득세를 하던 환관들은 당가가 얻게 된 것을 갖기를 원했다. 하지만 조부님께서는 당가를 부흥시킬 수 있는 무공이 될 수도 있었기에 그것을 거부했다. 그리고 그 거부의 대가로 당가는 서서히 멸문의 길을 걷게 되었던 것이다. 그렇지만 당가의 멸문은 동창 때문이 아니었다. 그들을 뒤에서 사주한 자들이 있었다. 조부님께서 얻으신 것을 탐내던 자들은 동창이 아니라 바로 그들이었다."

동창이라면 무소불위의 권력을 가진 자들이었다. 그런데 그들을 뒤에서 사주할 정도라면 황제밖에는 없을 것이기에 백무는 의문이 들 수밖에 없었다.

"뒤에서 사주한 자들이 있었다는 말입니까?"

"그래, 바로 창천비각의 인물들이지."

"창천비각이요? 그들은 정파가 아닙니까? 당문도 정파에 속하는데 그들이 그렇게 하다니 믿을 수 없는 이야기로군요."

당문의 멸문에 창천비각이 관여되어 있다는 사실에 백무
는 놀람을 감추지 않았다. 정파의 안위를 위해서 창설된 단체
가 같은 정파에 속한 당문을 동창을 통해 멸문시켰다니 무서
운 일이었다.

만약 당민의 말이 사실이라면 무림을 경동시킬 만한 큰 사
건이었다. 세상에 밝혀질 경우 그야말로 무림의 근간이 흔들
릴 만한 사건인 것이다.

"일부이겠지만 중원 무림의 안녕보다는 다른 목적을 가진
창천비각의 몇몇 사람은 그렇게 할 수밖에 없었을 것이다. 창
천비각과 같은 조직에게는 꿈의 무공이라 불릴 수 있는 것이
상자 안에 들어 있던 양피지에 기록되어 있었으니까 말이다.
바로 네가 비조들을 상대하며 신형을 감출 수 있었던 바로 그
무공이 말이다."

"한 대인을 통해 제가 터득한 것이 바로 누님의 가문을 멸
문시키게 만든 무공이라는 말입니까?"

백무는 아연실색하지 않을 수 없었다. 당가를 멸문시킨
원인이 됐던 무공을 한규민이 익히고 있다는 것은 그 또한
당문의 혈겁과 직접적인 관계가 있다는 것을 뜻했기 때문이
다.

하지만 당민은 백무의 놀람이 무엇을 뜻하는지 알면서도
아무렇지 않은 듯 말을 이었다. 그녀 또한 한규민이 가문의
멸문에 관어되어 있다는 것을 이미 알고 있었던 것이다.

"맞다. 그가 익힌 것이 바로 그것이다. 바로 허무경(虛無經)이라 이름 붙은 무공이다. 그 무공은 여타 다른 신공에 비해서 무척이나 쉽게 익힐 수 있는 것이다. 특히 암흑투기를 수련한 자들이라면 그저 한 번 구결을 운행하는 것만으로도 시전할 수 있는 특이한 무공이었다."

"으… 음."

백무가 무엇인가를 이해한 듯 고개를 끄덕였다. 한규민의 은형술을 그토록 쉽게 익힐 수 있었던 이유에 대해 백무 또한 무척이나 궁금해 하던 참이었다.

그런데 당민의 설명을 들으니 자신이 허무경이라는 은형술을 쉽게 익힐 수 있던 이유가 따로 있었던 것이다.

원래의 구결을 알고 있고, 아무리 상대의 기감을 읽는 것에 특출난 혈영기공을 통해 진기 운행의 방법을 알았다고 해도, 그런 은형술을 한두 번 시전해 보는 것만으로 쉽사리 익히는 것은 천재라 해도 쉽지 않은 일이었기 때문이다.

"허무경은 무서운 무공이다. 그러나 익히기는 쉬워도 완성하기는 무척이나 어려운 무공이기도 하지. 암흑투기를 익히고 구결을 알고 있다면, 두어 번의 수련으로 오성 정도의 성취는 이룰 수 있지만 십이성 대성한다는 것은 어려운 무공이다. 하지만 만약 십이성 완성만 한다면 현경에 이른 이도 허무경을 익힌 사람의 기척을 감지하기가 어려운 무공이니 상대의 입장에서는 공포의 대상이 될 수도 있는 무공이다. 그러니 적을 조용히 암습하는 것도 그렇고, 정보를 얻는 것이 생명인 그들에게는 꿈의 무공이나 마찬가지지."

"그럴 수도 있겠군요. 그와 같은 무공이라면 말입니다."

백무는 자신이 너무도 쉽게 얻은 무공에 그런 공능이 있는지 당민의 설명을 듣고서야 알 수 있었다. 그런 공능이라면 창천비각에서도 어떻게 해서든지 얻으려 했을 것이 분명했다.

"그런데 어째서 전면에 동창이 나선 것입니까? 관과 무림은 강물과 우물물처럼 서로 침범하지 않는 것이 불문율 아닙니까?"

백무는 의아하지 않을 수 없었다. 동창이라면 대표적인 명 황실의 권력 기관이었다. 그런 그들이 창천비각의 사주로 당가의 멸문에 관여했다는 것이 의아했던 것이다.

"무아야, 넌 창천비각과 같은 조직이 어떻게 생겨나게 되었는지 아느냐?"

당민은 화제를 돌렸다. 창천비각에 대해 자세히 설명을 해야만 앞으로 백무에게 할 이야기를 꺼낼 수 있었기 때문이다.

"창천비각이 어떻게 생겨나다니요?"

생각해 보니 창천비각에 대해 이름만 무성할 뿐 실제로 그들이 어떻게 만들어진 조직인지는 무림에 잘 알려져 있지 않다는 것을 백무는 기억해 낼 수 있었다.

"창천비각이 생긴 것은 명이 건국되고 나서 얼마 되지 않

을 때였다. 원의 핍박에 무림의 정기가 쇠할 대로 쇠했기에
당시 무림에서는 다시는 그러한 일이 발생하지 않도록 비밀
리에 무림을 감시하는 조직을 만들기로 했다. 그리고 영락 연
간에 창천비각이 만들어졌지.”

“영락 연간이라면 동창도 그때 만들어지지 않았습니까?”

비록 패권을 추구한 황제지만, 그래도 명의 황제 중 성군에
속하는 영락제가 자신의 지배를 공고히 하기 위하여 동창을
비롯한 서창과 내금위 등 창위를 창설했다는 것은 백무도 알
고 있는 사실이었다.

“당시 영락제는 전국에 동창의 인물들을 파견했다. 무림이
라고 예외는 아니었지. 그렇게 감시를 위해 무림에 나온 동창
의 핵심인물 중 몇 명이 당시 창천비각을 만드는 데 깊숙이
관여를 하게 됐다.”

“창천비각이 만들어지는 데 동창이 관여를 하다니 믿을 수
없는 이야기군요.”

백무는 연신 놀라지 않을 수 없었다. 관과 무림은 서로 침
범하지 않는다는 암묵적인 관례가 있었음에도 창천비각의 설
립부터 동창의 입김이 스며들었다는 것이 놀라웠던 것이다.

“어찌 보면 동창이나 창천비각이 하는 일은 대상만 다를
뿐 거의 같은 형태의 일을 하는 조직이라고 할 수 있다. 그리
고 그런 일들은 동창이 더욱 뛰어나다고 할 수 있지. 그러니
창천비각의 일에 동창이 깊숙이 관여하는 것은 무척이나 쉬

웠을 것이다. 그것은 마교에서도 마찬가지였다. 마교에도 영락제가 파견한 동창의 인물들이 스며들었었다."

"동창의 입김이 창천비각은 물론 마교까지 스며들었다니 놀랍군요."

말로는 놀랍다고 했으나 어느 정도 짐작은 하고 있었는지 백무의 표정은 많이 안정되어 있었다.

"지금이야 전세가 역전되어 창천비각에서 동창을 아우를 수 있게 되었지만, 원래는 동창에 의해 탄생한 조직이 바로 창천비각인 것이다. 네게 이런 이야기를 하는 것은 창천비각의 인물들에 의해 중원은 물론 변방까지 여러 가지 일들이 벌어졌기 때문이다. 황제의 의도인지 아니면 그들이 변심함으로 인해서 벌어진 일인지는 모르겠지만, 아직도 의안(疑案)으로 남은 무수한 일들이 그들의 관여에 의해 벌어졌던 것이다. 바로 흑혈의 겁풍과 같은 사건들이 말이다."

"으음……."

자신의 아버지를 죽음으로 몰고 간 흑혈의 겁풍이 바로 창천비각에 의해 조장되었다는 사실에 백무는 신음을 흘렸다. 당민의 긴 이야기 속에 창천비각이 백가장의 혈겁에 관련이 있을지도 모른다고 짐작했는데, 자신의 짐작이 사실이었던 것이다.

백가장의 혈겁이 동창과 관련이 있다는 사실을 알았을 때는 몇 개의 무림 세력만이 연관되어 있는 줄 알았건만 중원 무림 전체라고 할 수 있는 창천비각이 배후라는 사실은 정말 충격적이었다.

"놀랐나 보구나. 하지만 앞으로 들을 이야기에 비하면 지금까지의 이야기는 조족지혈에 불과하다."

"조족지혈이요?"

지금까지 들은 사실도 놀라운데 앞으로 얼마나 더 충격적인 이야기를 들려줄지 백무는 걱정마저 들 지경이었다.

"그들이 원하는 것이 무엇인지는 모르겠지만, 어찌 됐든 그들은 황제의 그늘에 놓여 있었다. 지금까지의 정황이 그러했으니까. 하지만 이제는 황제의 그늘에서 벗어나 독자적으로 행동하려고 하는지도 모른다는 것이 내 판단이다. 그들이 원하는 것이 무림의 말살인지 아니면 명 황실을 전복하는 것인지는 모르겠지만, 확실한 것은 지난 오십여 년간 무림이나 일반 세상이나 세인들에게 의혹으로 남은 사건들은 모두 그들과 관련이 있다고 생각해야 할 것이다."

"그들이 원하는 것이 무엇일까요?"

"그야 모르지. 앞으로 밝혀내야 할 일이니까."

"으음."

"내가 조금 전에 이런 이야기들이 조족지혈이라고 했었지?"

"그랬었지요."

"놀라지 말거라. 사부님을 비롯해 내가 지금까지 밝혀낸

바로는, 일단 암천신마와 무불성승을 제외한 십천의 전부가 창천비각과 관련이 있다는 것이다."

"무림의 하늘이라는 십천 중 여덟이나 관련이 있다는 말입니까? 어찌 그럴 수가!"

백무의 말대로 십천은 그야말로 무림의 하늘이었다. 그런 그들 중 여덟이나 창천비각과 관련이 있다는 것은 이미 무림이 창천비각의 손안에 쥐어져 있는 것이나 다름없다는 것을 뜻했기에 백무는 놀라움을 넘어 허탈하지 않을 수 없었다. 어쩌면 가문의 복수를 이룰 수 없을지도 모른다는 생각이 들었던 것이다.

"무아야, 여덟이 아니다. 이제 만검개천 남궁호가 죽었으니 십천 중 창천비각과 관련이 있는 자는 여섯 명이 남았구나."

"여섯 명이요?"

두 사람을 제외하고 하나가 죽었으니 일곱이 남아야 정상이었기에 백무는 의문을 표시했다. 당민의 알 수 없는 말로 인한 백무의 의문은 밀광이 나서서 해소시켜 주었다.

"소천주, 천주께서는 십천 중 한 분이십니다. 무림 삼괴 중 천독향이 바로 천주십니다."

"누님께서 바로 천독향이란 말입니까?"

백무는 진정 사실이냐는 듯 밀광에게 반문했다.

"그렇습니다."

‘하긴, 그러니 만검개천을 상대하실 수 있으셨겠지. 하지만 천독향은 오래전부터 무림에서 활동했던 것 같은데…….’

밀광의 확답에 백무는 당민이 무림의 하늘이라 칭해지는 십천 중 일인이라는 것이 사실임을 알 수 있었다. 하지만 천독향의 명성은 삼십여 년 전부터 이어져 내려오던 것이었다. 그런데 당민이 천독향이라는 말이 의아스럽지 않을 수 없었다.

“호호, 정확히는 아니다. 천독향의 명성이 언제부터 시작된 것인데… 사실 천독향은 사부님이 중원에서 활동하실 때 얻으신 별호다. 사부님이 돌아가시고 내가 천독향이라는 명호를 이은 것뿐이지.”

“그렇군요.”

백무의 의문을 아는 듯 천독향이 된 연유에 대해 설명해 주었다. 그때서야 백무는 밀광의 말뜻을 온전히 이해할 수 있었다.

“그건 그렇고, 이야기를 마저 해야겠구나. 알다시피 당금 천하는 누가 뭐래도 십천의 천하라 해도 과언이 아니다. 그렇지만 그렇지 않기도 하다.”

“그렇지 않다니요?”

“그건 당금 중원 무림만을 말했을 경우란다. 천하를 살펴보면 총 칠 인이 진정한 하늘이라 칭할 수 있단다.”

“칠 인이요?”

"그래, 중원의 삼천과 세외의 사천이 바로 진정한 하늘이지. 그중 셋이 천소궁에 있고, 나머지 하나는 천축에 있다. 천축에 있는 미륵혈불이야 중원에는 관심이 없으니, 천하는 지금 육천의 다툼 속에 있다고 봐야 할 것이다."

"천소궁이라면?"

"너는 모르겠지만 동북의 하늘이라 일컬어지는 곳이다. 중원의 유수한 문파들이 그들을 공포스럽게 여기지. 원래는 몇 개의 문파로 나뉘어져 있는데 오십여 년 전 그들이 하나가 되었다. 그리고 문제가 된 것은 황산무연이 있던 때였다."

"뭔가 일이 벌어진 거군요?"

"그래, 황산무연을 끝내고 마교로 돌아가는 암천신마를 누군가 급습한 것이다."

"급습을요?"

"바로 천소궁의 삼궁주 중 두 명이 암천신마를 공격한 것이다. 바로 삼천이라 불리는 천소궁의 삼궁주 중 북두천과 남두천이 나선 것이다. 다행히 암천신마는 두 사람의 암습 속에서도 목숨을 건질 수 있었다. 누가 뭐래도 그는 천하제일인이었으니까."

"때를 맞추어 급습하다니, 뭔가 있군요?"

"그래, 창천비각에 있는 암중의 인물들이 음모를 꾸민 것이었다. 암천신마가 비조천람을 만든 것도 그 일에 의문을 가진 때문이었지. 비조천람이 만들어지고 얼마 시나지 않아 암

천신마는 우연치 않게 황산무연이나 천소궁의 이천이 자신을
급습한 것이 창천비각에서 꾸민 음모라는 것을 알게 되었다.
그는 분노하지 않을 수 없었다. 하지만 그럼에도 참을 수밖에
없었지. 이미 비조천람이 창천비각의 수중에서 놀아나고 있
다는 것도 함께 알게 되었기 때문이다. 암천신마는 후회하지
않을 수 없었다. 이미 암흑투기가 비조천람에 있는 간자들을
통해 창천비각으로 흘러들어간 뒤였으니까. 암천신마는 대
책을 강구하지 않을 수 없었다. 그 또한 암흑투기가 정파의
무공에 끼치는 효능에 대해 일부나마 알고 있었다. 그 때문에
그는 그때부터 오랜 세월을 기다리며 제이의 비조천람을 만
들기 시작했다. 그리고 제이의 비조천람이 만들어지고 난 얼
마 후부터 이번 일을 꾸민 것이다. 암흑투기의 회수는 물론,
자신을 농락한 창천비각에 대해 응징을 가하기 위해서 말이
다. 중원으로 진출할 수는 없지만 자신의 권위에 도전했던 자
들을 용서할 수 없었던 거다. 그는 너를 미끼로, 아니, 매자천
의 삼대신공 중 하나인 혈영기공을 미끼로 당시 음모에 가담
했던 자들을 모두 끌어들이기로 했다. 혈영기공이라면 창천
비각을 비롯해 당시 음모에 가담했던 자들을 모두 끌어들일
것이라고 생각했던 것이다. 암천신마 자신도 호언했지만, 혈
영기공은 천하를 아우를 수 있는 무적의 신공이었으니 누구
라도 탐을 낼 수밖에 없는 것이니까 말이다. 그리고 암천신마
의 예상대로 암흑투기와 허무경의 진가를 알고 있는 창천비

각은 모든 힘을 기울이기 시작했다. 천소궁도 마찬가지고. 두 단체에서는 이번 일이 암천신마가 꾸민 일인지도 모르고, 혈영기공을 알고 있는 너와 나를 쫓기 시작했다. 암천신마는 자신이 손수 만든 제이의 비조천람을 이용해 그들의 뒤통수를 치고 있는 중이고 말이다."

"으음!"

자신이 암천신마의 복수를 위한 미끼로 던져졌다는 당민의 말에 백무는 신음을 삼켰다. 그리고 복잡한 실타래처럼 얽어진 사실에 혼란스럽기 그지없었다.

"그럼, 한 대인은 어떻게 된 겁니까?"

"암천신마가 꾸민 이번 음모의 주재자는 바로 한규민이다. 암천신마의 숨은 제자이자 제이의 비조천람의 당대 주인이기도 한 자다."

"이상하군요? 한 대인이 허무경을 익힌 것이 아니었습니까?"

허무경은 창천비각이 당문에서 강탈한 것이었다. 그런데 창천비각을 치고 있는 제이의 비조천람을 한규민이 이끌고 있다는 것이 이상했던 것이다.

"그자가 허무경을 익힌 것은 비조천람에서도 창천비각에 간자를 심었기 때문이다. 지금은 행방이 묘연하지만 그를 통해 당문에서 탈취한 원본을 회수할 수 있었지. 그래서 한규민도 허무경을 익힐 수 있었던 것이다."

"어지럽군요."

얼마나 얽혀 있는지 백무는 혼란스러울 지경이었다.

"혼란스러울 거다. 하지만 모두 사실이니 믿어라. 그리고 지금부터 하는 이야기가 중요하다. 너와 직접적으로 관련된 이야기니 말이다."

"저와 관련이 있다고요?"

"그래, 창천비각이나 천소궁에서는 너와 네가 혈영기공만 알고 있다고 생각하지만 사실은 그것이 아니다."

"그럼 또 다른 것이 있다는 말입니까?"

"그렇다. 암천신마는 창천비각에 넘어간 암흑투기와 혈영기공 말고도 매자천의 삼대신공 중 가장 중요한 또 다른 신공을 오래전에 미끼로 뿌렸다."

"또 다른 신공이라니요?"

"그것은 이십여 년 전에 던져졌다. 암천신마가 던진 미끼는 삼대신공의 하나이자 매자천에서 전해지는 모든 무공의 기반이 되는 천오밀류였다. 바로 네 아버지가 너에게 전수한 소림오권이 바로 그것이지."

"예?"

자신의 말에 경악하는 백무를 바라보며 당민은 계속해서 말을 이었다.

"네 아버지는 암천신마의 숨겨진 제자였다. 그가 요동 땅에 자리 잡은 것도, 한규민과 인연을 가진 것도, 알고 보면 모

두 암천신마의 안배였지. 그리고 흑혈의 겁풍이라 일컬어지
는 혈겁은 창천비각의 사주를 받은 동창이 천소궁을 부추겨
일으킨 것이다. 바로 암천신마가 던진 천오밀류를 비롯한 매
자천의 삼대신공을 찾기 위한 것이었지. 동북의 하늘이라는
천소궁은 중원진출의 야망을 가지고 있었기에 그 미끼를 물
지 않을 수 없었다. 물론 암천신마에게 패배한 북두천과 남두
천의 욕심도 한몫을 하기는 했다."

"그… 그럴 수가! 정말 아버지가 암천신마의 숨겨진 제자
고, 저와 마찬가지로 미끼로 던져졌다는 말입니까?"

아버지와 자신이 이대에 걸쳐 암천신마의 안배에 따라 미
끼로 던져졌다는 사실에 백무의 눈이 분노로 물들었다.

"그래, 네 아버지는 모든 것을 알고 있었다. 천소궁이 매자
천의 삼대신공을 찾기 위해 흑혈의 겁풍을 일으킨다는 것도,
죽음이 찾아오리라는 것도 말이다."

"그럼 아버지를 죽인 원수가 천소궁이라는 말입니까?"

"아니, 아직 확실한 것은 모른다. 천소궁에서 직접 손을 쓴
것인지, 아니면 천소궁을 사주한 동창이 손을 쓴 것인지 말이
다. 이건 내 예상이다만, 어쩌면 창천비각이나 암천신마가 만
든 비조천람에서 손을 쓴 것일 수도 있다."

"창천비각이나 비조천람에서요?"

"동창의 배후가 창천비각이라고 하지 않았느냐. 삼대신공
이 가진 공능을 누구보다도 잘 아니 그들도 그것을 얻길 바랐

을 것이다. 그리고 비조천람에서는 네 아버지가 다른 생각을 가졌기에 손을 썼을지도 모른다."

"아버지가 다른 생각을 가졌다니, 그게 무슨 소립니까?"

"원래 미끼로 뿌려진 삼대신공은 모두가 구결의 일부분이 교묘하게 훼손된 것이었다. 처음 익힐 때는 모르지만 지속적으로 익히다 보면 주화입마에 빠지게끔 말이다. 하지만 넌 달랐지. 비록 암흑투기를 익힌 것이 뜻밖의 사건 때문이기는 했지만 주화입마는커녕 가공할 정도로 빠르게 네 것으로 만들어갔다. 그것은 네가 익힌 천오밀류가 완전한 것이었기 때문이다. 나도 처음에는 무척이나 의아했다. 흑백쌍마의 암흑투기는 처지기는 하지만 그래도 광천십마의 한자리를 차지할 만큼 녹록한 것이 아니었으니까. 나도 네가 혈영기공을 완성한 것을 보고는 지금에서야 알 수 있었다. 네가 익힌 것이 바로 완전한 천오밀류임을 확신하게 되었던 것이지. 네 아버지가 어디서 완전한 천오밀류를 얻었는지는 모르지만, 어쩌면 그로 인해 비조천람에서 손을 썼을지도 모른다는 말이다."

"으음!"

배무는 신음을 삼켰다. 백가장의 혈겁이 동창으로 인한 것이라 생각했는데, 이렇게 되면 또다시 오리무중이었다. 누가 백가장의 혈겁을 주도한 것인지 확실히 알 수 없게 된 것이다.

"내가 이런 생각을 가지게 된 것은, 너를 위해 암천신마에

게서 얻은 만년설련실에 누군가 수작을 부려놓은 것이 분명
하기 때문이다. 그러니 한규민도 믿지 마라. 암천신마의 사주
인지, 아니면 그자의 계획인지 모르지만 당시 백가장이 혈겁
을 당한 요동에 있었다는 것도 그렇고, 분명 그자는 백가장의
혈겁과 모종의 관계가 있음이 분명하니까 말이다.”

“알겠습니다, 누님.”

당민의 말을 듣고 나서 믿었던 한규민이 가문의 혈겁과 관
련이 있다는 소리에 백무는 실망감을 감추지 않았다. 여산에
나타났을 때부터 의심을 가지고 있었던 것이 지금 사실로 확
인된 것이다.

“그 당시 분명 비조천람이나 창천비각, 그리고 천소궁과
동창은 직간접으로 네 가문의 혈겁에 관여했을 것이다. 특히
동창은 무척이나 깊게 관여했을 것이라는 것이 내 추측이다.
당시 동창의 움직임에 대해서는 봉황도문에 부탁해 놓았으니
나중에 한번 알아보거라. 동창의 움직임을 쫓아가다 보면 백
가장에서 혈겁을 일으킨 자들이 누구인지 결정적인 단서를
찾을 수 있을 것이다.”

당민의 말에 고개를 끄덕였다. 북풍표가의 일에서 보았듯
이 당민의 말대로 동창의 행적을 조사하면 무엇인가 나올 것
이 틀림없어 보였다.

여러 가지 이야기를 듣는 동안 백무는 무척이나 놀랐지만
한 가지 의문이 고개를 쳐들었다. 이런 사실들을 모두 알고

있으면서도 아무런 말도 없었던 당민에 대한 의문이었다.

스스로 불경스러운 생각이라고 자책하지만 당민 또한 자신을 두고 음모를 꾸민 것이 아닌가 하는 생각이 들었던 것이다. 당민도 백무의 그런 생각을 아는지 자신에 대한 이야기를 하기 시작했다.

"무아야, 넌 내가 이런 사실을 모두 알고 있으면서도 네게 적혈잠원대법을 시전한 것이 의아할 것이다. 하지만 한 가지만 알아두어라. 내가 너를 당문의 비고에 들어가 수련하게 하려 한 것은 너를 이번 사단의 중심에서 벗어나게 하기 위한 것이었다. 네가 혈영기공을 완성하고 나올 때쯤이면 음모의 윤곽이 모두 드러날 것이고, 네 스스로의 힘으로 복수할 수 있을 것이라는 생각 때문이었다."

"그렇군요."

백무의 대답에는 힘이 없었다. 당민의 설명에서 무엇인가 빠진 듯한 느낌이 들었기 때문이다. 뭔가 중심을 벗어난 이야기였기에 백무는 답답한 마음이 들었다.

백무의 대답을 들으며 당민의 눈빛이 일순 흔들렸다. 음모에 관한 것은 모두 이야기해 주었지만 자신의 이야기는 거의 대부분 감추었기 때문이다.

'그래, 어차피 가문의 복수는 나 혼자 지고 가는 것이다. 무아의 짐도 만만치 않은데 무아에게 내 짐까지 떠맡길 수는 없는 일이다.'

당민은 가슴이 아팠지만 마음을 다져 먹었다. 지난 이십여 년 간 벌어진 모든 음모가 화산에서 결판날 것이기에 스스로 모든 짐을 지려 하는 것이다.

‘이러면 천주님의 희생이 너무 크다. 소천주께서 혈영기공을 완전하게 익힌 이상 분명 천주님께 큰 힘이 될 것이다.’
어색한 상태로 말이 없는 두 사람을 보다 못한 밀광이 앞으로 나섰다. 일방적으로 자신을 희생하려는 당민을 보다 못해 나선 것이다. 밀광은 백무에게 은밀히 전음을 보냈다.
“소천주, 자세한 이야기는 제가 해드리겠으니 무조건 천주님을 믿으십시오. 천주님에게 남아 있는 유일한 희망이 바로 소천주님이십니다. 천주님은 절대로 소천주님을 음모의 희생양으로 삼으실 분이 아닙니다.”
실망하던 백무의 귓가로 밀광의 전음이 들려오자 화색이 돌았다. 당민에 대해 실망감을 가지고 있던 백무로서는 당민이 음모의 주재자가 아니라는 기대를 부풀리는 말이었기 때문이다.
‘알겠습니다, 밀 노.’
전음과는 확연히 다른 백무의 뜻이 밀광에게 전해졌다. 마음으로 전해지는 백무의 생각에 밀 노는 흠칫했다. 불문의 혜광심어와는 류가 다른 특이한 수법이었다.
하지만 놀라운 수법을 시전한 당사자인 백무는 아무렇지

않은 듯했다.

"어느 정도 회복이 되었으니 일단 여산으로 가자. 이곳에 있는 것은 그리 안전하지 않으니 말이다."

침묵을 지키던 당민이 입을 열었다. 어찌 되었든 몸이 완전하지 않은 이상, 우선 피하는 것이 상책이라는 생각에서였다.

당문의 비고라면 당분간 안전하게 지낼 수 있기에 당민의 제안에 모두 여산으로 향하기로 했다. 동굴을 나선 일행은 경공을 시전해 빠르게 여산 쪽으로 향했다.

스스스!

일행이 여산으로 떠나고 얼마 안 있어 표가 형제가 장내에 나타났다. 비고를 나선 뒤 지금까지 백무의 뒤를 쫓은 것이다.

"다행히 백 소협이 우리의 존재를 알아차린 것 같지는 않아 보이는구나."

"형님, 어찌나 마음이 조마조마 하던지 혼났습니다. 그 자식들이 아니었으면 백 소협은 분명 우리 존재를 눈치 챘을 겁니다."

뒤를 따라오며 백무의 성취가 자신들의 예상보다 더 높았기에 두 사람은 들키지 않으려고 무척이나 애를 써야 했다.

특히나 비조천람의 인물들을 향해 백무가 왜 쫓는 것인지 물었을 때는 가슴이 떨어지는 기분을 느꼈다.

"그런데 형님, 조금 곤란하게 됐는데요."

“그러게 말이다. 잘못 나섰다가는 우리에 대해 오해를 할 수도 있으니 말이다.”

“그나저나 빨리 가야 할 것 같은데요. 우리가 비고를 떠난 것을 알게 되면 더욱 의심을 할지 모르니 말입니다.”

“그래야겠구나. 이럴 줄 알았으면 괜히 나섰다. 자, 가자.”

두 사람은 빠르게 경공을 펼쳤다. 앞으로 나아가며 서서히 사라지는 모습은 비조천람의 인물들이 펼치는 은신술보다 더욱 고절해 보였다. 일체의 기운을 완벽하게 잠재운, 그야말로 최상의 은신술이었다.

하지만 그들은 모르고 있었다. 이미 백무가 두 사람의 존재를 알고 있었다는 것을.

第四章 파국으로 치닫는 화산비무대회!

九辟雷雲

남궁호가 죽은 지 이틀 후 화산파에서는 봉문 해제를 축하하기 위해 각지에서 온 사절들에게 봉서를 전달했다. 남궁호의 죽음과 각 파에 소속된 일대제자들의 죽음에 대한 안건을 의논하기 위해서였다.

화산비무대회가 얼마 남지 않은 시점에서 화산파 장문인으로부터 봉서를 받아 본 사람들은 의아했다. 봉서에는 단지 중요하게 의논할 사항이 있으니 모두 화산파로 내방해 달라는 내용뿐이었기 때문이다.

하지만 중요한 행사의 주최자이니 화산파로 가지 않을 수 없었다. 구대문파와 무림세가에서 온 장로급의 인물들과 직접 참석한 규모가 큰 중소 문파의 수장들은 의문을 가지고 화산파 경내로 들어섰다.

그들은 화산파로 들어서 연무장이 있는 경내를 가로질러 모임 장소인 진악궁(鎭岳宮)으로 향했다.

다른 이들이 시간에 맞추어 화산으로 들어선 반면, 반 시진 정도 늦게 화산의 산문을 넘는 이가 있었다. 머리에 선명한 계인이 찍혀 있는 초로의 승려였다.

빠른 발걸음으로 바쁘게 화산의 산문을 넘는 그의 뒤를 제자들로 보이는 몇몇 승려가 따르고 있었다. 무슨 일이 있는 듯 그들의 안색은 무척이나 굳어 있었다.

"무슨 일이기에 이리 부른 것인지……."

승려의 입에서 불편한 음성이 흘러나왔다. 화산의 봉문 해제를 축하하기 위해 진악궁으로 들어서는 범료(梵了)는 제자의 일로 인해 불편한 심기를 감추지 않았던 것이다.

소림의 장경각주로 있는 그는 자신의 제자이자 차기 장문인으로 물망에 오르고 있는 법상(法床)의 행방불명으로 심기가 편치 않은 상태였다. 그의 수제자인 법상이 이틀 동안 종적이 묘연했던 것이다.

그 때문에 법상을 찾는 일로 분주해 화산에서 온 봉서를 늦게 봤기에 서둘러 왔지만 회합 시간에 늦은 것이다.

'뭔가 일이 있는 모양이로군. 그런데 저건 또 무엇인

지……?

진악궁 안으로 들어선 그는 침중한 안색으로 앉아 있는 사람들을 보며 심상치 않은 분위기를 느꼈다. 그리고 사람들의 중앙에 탁자가 놓여 있고, 그 위에 천으로 덮어놓은 것이 보였다.

분위기가 심각한 것을 보며 의문이 드는 범료였으나 무림의 태산이라 자부하는 소림을 대표해 온 처지로서 회합 시간에 늦은 것은 실례가 되는 일이기에 화산장문인 목형준에게 다가가 반장을 하며 사과를 표시했다.

"불민한 제자의 일로 인해 소승이 좀 늦었습니다, 목 장문."

"아닙니다, 대사."

"비무대회 준비로 바쁘실 터인데 어찌하여 강호제현을 모이라 하신 것입니까?"

범료는 마음과는 달리 침착한 어조로 회합을 소집한 연유를 물었다.

"그렇지 않아도 대사를 기다리고 있었습니다. 강호제현께는 설명을 이미 드렸지만, 소림도 관계된 일이라 다시 한 번 설명을 드려야 할 것 같군요. 대사께서도 자리에 앉으시지요."

목형준은 범료를 자리에 앉게 하고는 의자에서 일어나 좌중을 둘러보았다.

“다시 한 번 이번 일을 설명 드리겠습니다. 사연은 이렇습니다. 이틀 전 만검개천 대협께서 누군가에게 피살되셨습니다. 흉수에 대한 정체는 밝혀지지 않았습니다. 다만 남궁 대협의 죽음이 마교와 관련이 있다는 것만 추측할 뿐입니다.”

십천의 일인으로 무림의 하늘 중 하나라 칭해지는 만검개천이 죽었다는 목형준의 난데없는 설명에 범료가 놀란 듯 자리에서 일어났다.

“그게 무슨 말씀이시오? 만검개천 대협이 돌아가시다니!”

“대사, 사실입니다. 온전한 시신을 찾을 수는 없었으나 남궁 대협의 검과 그분의 시신 일부가 발견되었습니다. 확인은 남궁세가의 식솔들께서 해주셨습니다. 천을 걷어라.”

목형준은 진악궁 중앙의 탁자를 덮고 있는 천을 걷도록 시켰다. 들어오면서도 무엇인지 내내 궁금했던 범료의 시선이 탁자로 향했다. 탁자 위에는 시신 두 구와 자그마한 옥함이 놓여져 있었다.

“저… 저건!”

오랜 고행으로 청정의 마음을 유지할 수 있는 범료이었건만 탁자 위를 바라본 범료는 마음을 진정시킬 수 없었는지 크게 놀라 떨리는 음성이 그의 입에서 흘러나왔다.

탁자 위에 누워 있는 시신 중 하나는 그가 누구보다도 잘 알고 있는 사람이었기 때문이다. 바로 그의 수제자 법상이었다.

"어찌 된 일이오?"

격동을 이기지 못한 탓인지 범료의 음성은 무척이나 경색되어 있었다.

"아끼시는 제자라고 들었습니다. 먼저 대사께 위로의 말씀을 드리겠습니다. 제자 분의 시신은 남궁 대협의 시신과 그리 멀리 떨어지지 않은 곳에서 발견됐습니다."

만검개천의 죽음과 그리 떨어지지 않은 장소에서 시신이 발견되었다는 소리에 범료의 안색이 일그러졌다.

"내 제자가 만검개천의 죽음과 관련이 있다는 소립니까?"

"그것은 아직 확실하지가 않습니다. 그곳에는 대사의 제자 말고도 열 명의 시신이 더 있었습니다. 그들 모두가 구대문파나 사대세가에서 촉망받던 제자들이었습니다."

"다른 문파의 제자들도 죽어 있었다는 말이오?"

"그렇습니다. 다른 시신들은 소속된 문파에서 거두었습니다. 대사께서도 제자의 시신을 거두시지요."

"뭣들 하느냐? 사형의 죽음에 의혹이 없도록 철저히 조사해야 할 것이다. 소림의 제자를 이 꼴로 만든 놈들에게는 하늘이 성기지 않음을 보여줘야 할 것이다."

목형준의 말에 범료가 제자들을 재촉했다. 만검개천의 죽음에 관련이 있든 없든 아끼는 제자의 죽음이었기에 어떻게 해서든지 흉수를 밝혀낼 생각이었다.

범료의 제자들이 법상의 시신을 들고 나가고 장내가 정리되자 목형준이 다시금 입을 열었다.

"여러분도 보았다시피 이번 사안에는 의혹이 많이 남습니다. 우선 각 문파의 촉망받던 제자들을 죽인 무공의 정체에 대해서는 아무것도 알아낼 수 없다는 것입니다. 제가 여러분들을 이리 모신 것은 제자들의 죽음도 죽음이지만 남궁 대협의 죽음에 대한 것 때문입니다. 상자를 열도록 하거라."

목형준은 제자로 하여금 탁자 위에 올려놓은 상자를 열도록 했다. 상자 안에서 반지를 낀 손가락이 나오자 장내에 있는 사람들의 눈에는 의혹이 서렸다.

"보시다시피 한옥으로 만들어진 반지가 끼어 있는 손가락입니다. 여러분도 제가 남궁 대협이 죽었다는 소리에 의아하셨을 겁니다. 시신이 발견되지 않았기에 말입니다. 앞서도 말씀드렸다시피 남궁세가 분들께서 저 손가락의 주인이 남궁 대협임을 확인해 주셨습니다."

"시신의 일부라고는 했지만 격전 중에 손가락을 잃을 수도 있는 것이 아닙니까? 그러니 만검개천 대협께서 죽었다고 확실히 말할 수는 없는 것이 아닐까요?"

목형준의 말에 이의를 제기하고 나선 이는 무당파의 장로로 무당면장(武當綿掌)의 달인인 무허자(懋虛子)였다.

"무허자의 말씀도 일리는 있지만… 다행히 장경각주께서 계시니 남궁 대협의 죽음과 각 문파의 제자들을 죽인 흉수이 정체를 밝히는 것은 그리 어렵지 않을 것으로 판단됩니다. 범료 대사께서는 손가락을 한번 봐주시지요.”

목형준은 범료로 하여금 상자 안의 손가락을 봐주길 원했다. 만검개천을 죽인 무공에 대해서 확신은 하고 있지만 중인들을 위해 범료가 가지고 있는 무공에 대한 식견이 필요했던 것이다.

범료는 굳은 안색으로 탁자로 다가가서는 세심하게 손가락을 살폈다. 조심스럽게 살피던 범료의 안색이 점점 굳어갔다. 좌중에 모인 사람들은 그런 범료의 모습을 보면서 의혹만 깊어갈 뿐이었다.

“이것이 정말 남궁 대협의 손가락이라는 말이오?”

“그렇습니다, 대사. 남궁 대협이 죽은 지 이틀이 지난 후에 여러분들을 모이게 한 것도 그것이 진짜 남궁 대협의 시신 중 일부인지 확인하기 위해서였습니다.”

“그럼 각 문파에 속해 있는 제자들의 죽음도 그들의 소행이오?”

목형준의 대답에 범료는 각 대문파의 제자들의 죽음에 대해서도 물었다.

“아마도 그럴 것이라 추측하고 있습니다. 그것이 아니라면 남궁 대협을 비롯해 제자들이 죽을 이유는 없을 테니까요. 대사께서는 저기 있는 시신도 한번 봐주시지요.”

목형준의 말에 범료는 묵묵히 시신을 살피기 시작했다. 언듯 보기에도 법상과 같은 형태로 죽은 것이 분명했다. 시체를 살피던 범료의 얼굴이 점점 굳어가기 시작했다.

두 사람의 알 수 없는 대화와 굳은 안색으로 시체를 살피는 범료를 보며 좌중에 있는 사람들은 답답함을 느꼈다. 모든 이의 마음을 대변하듯 다시 허무자가 나섰다.

"무슨 말씀이신 게요? 흉수의 정체가 밝혀졌다는 말이오? 도대체 남궁 대협의 손가락에 무엇이 있기에 그런 것이오? 그리고 저 시체는……."

연이어지는 허무자의 질문에 입을 연 것은 범료였다.

"남궁 대협의 손가락은 잘려진 것이 아니라 어떤 무공의 위력을 한옥 반지가 감소시켰기에 손가락이나마 남은 것이오."

"무슨 소립니까?"

"허무자께서도 천음소수에 대해 들어보셨을 것이오."

"천음소수……."

허무자는 천음소수라는 범료의 말에 잠시 생각하더니 잠시 후 무엇인가 떠오른 듯 경악한 표정으로 입을 열었다.

"그것은 마교의 무공이 아닙니까? 마교의 삼대천공에 비견된다는 무공으로 익힐 수 있는 이가 없어 마교의 비고에 보관만 되어 있다고 들었던 것인데… 그럼 이번 사안이 마교의 소행이라는 말입니까?"

흉수가 마교가 아니냐는 허무자의 질문에 목형준은 자신

의 의견을 말했다.

"그렇습니다. 마교의 인물이 아니고서는 천음소수를 사용할 자는 없으니 남궁 대협의 죽음이나, 각 문파의 죽음은 마교와 관련이 있는 것이 분명합니다."

"으음!"

"그럴 수가!"

좌중의 인물들은 흉수가 마교의 인물이라는 말에 침음성을 삼키거나 경악하지 않을 수 없었다. 황산무연 이후 서로 간의 지역을 침범해 상대와 결전을 벌일 때는 증거가 될 만한 무공을 사용하는 것은 금기시되어 왔다. 정마대전의 빌미를 제공할지도 모르기 때문이었다.

그런데 마교의 무공이라는 것이 명확한 증거가 나왔다는 것은 만검개천의 죽음에 이어 마교와 중원 무림 간의 처절한 피의 전쟁이 도래했다는 것을 암시하는 것이었기 때문이다.

"내 이럴 줄 알았소. 황산에서 이천께서 암천신마를 막아 놈들이 도발하지 않는 것도 이상하다고 생각했는데, 십천 중 한 분인 남궁 대협을 암살하다니… 명백히 이것은 암천신마가 약속을 위반한 것이니 반드시 응징을 해야 합니다."

분노하며 나선 이는 종남파의 장로인 곽문성이었다. 천하삼십육검을 십성 익혀 검에 있어 중원 무림의 삼대고수 반열에 오른 자였다. 평소 만검개천을 존경했던 그로서는 마교에 의해 남궁호가 죽었다는 사실에 분노하지 않을 수 없었던 것이다.

좌중이 너무 흥분했다는 생각에 목형준이 나섰다. 지금 이대로 마교를 흉수로 단정 지어지는 것은 그로서도 달갑지 않은 일이었기 때문이다.

"쉽게 생각할 일이 아닙니다. 무공의 연원만 밝혀졌을 뿐, 진짜 마교도가 남궁 대협을 죽인 것인지는 아직까지 밝혀지지 않았으니 말입니다."

"그게 무슨 말이오? 그럼 천음소수가 마교의 무공이 아니라는 말이오?"

일파의 장문인에게 따지듯 말하는 것은 예의가 아니었지만 마교라면 이를 가는 허무자는 아무런 상관을 하지 않고 목형준의 말에 반박했다.

"남궁 대협의 죽음은 천음소수에 의한 것이 확실하지만, 각파 제자들의 죽음은 마교의 무공이 아닌 듯하기에 드리는 말씀이오."

비록 수제자인 법상이 죽었지만 마교와의 대전은 심사숙고해야 할 일이었기에 범료가 나섰다.

"아니, 대사! 아까 시신을 살필 때 심각했던 표정은 무엇이란 말이오!"

각파 제자들의 죽음이 마교의 무공으로 인한 것이 아니라는 말에 허무자가 의문을 표시했다.

"이런 류의 무공은 나도 처음 보오. 황산무연 이후 소림에서는 마교의 무공에 대해 오랜 세월 연구해 오고 있었소. 그것은 다른 문파도 마찬가지일 것이오. 하지만 시신에 남아 있는 흔적에는 그 어떤 마기의 흔적도 없었소. 아주 강력한 암경에 의해 당했다는 것만 짐작할 뿐, 어떤 식으로 죽었는지는 해부를 해보아야 알 정도요. 그러니 마교를 흉수로 단정 짓는다는 것은 아직은 아니라고 보오."

"맞습니다. 마교와의 대전은 수많은 목숨이 쓰러질지도 모르는 일인만큼 신중에 신중을 기해야 합니다."

목형준이 나서며 범료를 거들었다.

쾅!

목형준의 말에 탁자를 치며 일어선 이가 있었다. 바로 남궁세가의 전대 가주이자 남궁호의 아버지인 개세검 남궁무진이었다.

"목 장문, 그게 무슨 말이오? 그럼 이대로 두고 보겠다는 말이오?"

"그게 아닙니다, 선배님! 신중하자는 것이지요."

"신중은 무슨 신중, 난 반드시 아들의 복수를 해야겠소. 이미 사대세가의 가주들과는 의논이 되었소. 그동안 마교가 십만대산에 웅크리고 앉아 있는 것이 불만이었는데 이렇게 도발을 해온 이상, 당장 무림맹을 구성하고 마교와의 일전을 불사해야 할 것이오. 이는 내 아들의 죽음에 앞서, 약속을 저버린 마교에 대한 응징이오."

　서슬 푸른 남궁무진의 목소리에 목형준은 일이 걷잡을 수 없이 흘러가는 것을 느낄 수 있었다. 무림맹이 구성되면 정마 간의 대전이 벌어진다는 것을 의미했기 때문이다.

　시간이 걸리기는 하겠지만 남궁세가를 비롯한 오대세가가 들고 일어난다면 무림맹이 구성되는 것은 분명했다. 당금의 오대세가는 한참 성세를 구가하고 있었기에 그럴 만한 힘이 있었다.

　목형준이 신중을 기하자는 말로 재삼 남궁무진을 진정시키려 했지만 아무런 소용이 없었다. 아들의 죽음에 대한 복수심 때문인지 남궁무진은 목형준의 말을 무시한 채 다른 사대세가의 지지를 등에 업고는 회합을 주관하기 시작했다.

　범료를 비롯한 몇몇을 제외하고는 좌중에 있는 사람들 대부분도 마교와의 일전을 불사하기 위해 무림맹을 창설해야 한다는 남궁무진의 의견에 동조하는 분위기였다.

　'이런 식으로 일이 흘러가면 곤란하다. 아직은 그것을 얻지 못했거늘… 이영의 능력이면 충분히 이번 사안을 끝낼 수 있으리라 생각했는데 도리어 죽임을 당하다니. 이대로 정마대전이 벌어진다면, 그동안 공을 들여온 일이 모두 물거품이 된다. 물거품이…….'

　답답한 마음이 드는 목형준이었다. 창천비각의 이영으로서 사대세가의 통합이라는 임무를 끝낸 남궁호가 나섰기에 당가의 마지막 남은 후예에 대한 일은 적이 안심하고 있었다.

그런데 뜻밖에도 남궁호가 의문의 죽임을 당한 것이다. 좌중의 인물들은 마교의 소행으로 치부하고 있지만, 자신이 알기로는 그것이 아니었다.

마교는 지금 자신이 속해 있는 창천비각의 공작으로 인해 치열한 내분을 겪고 있는 중이었다. 내분을 겪고 있는 마교로서는 남궁호에게 시선을 돌릴 만한 여유가 없다는 것을 목형준은 잘 알고 있었던 것이다.

아무리 적이라고는 하지만 내분이 진정되지 않은 상태에서 정마대전이 발발할지도 모르는 남궁호의 죽음을 마교에서도 원할 리가 없었던 것이다.

'그들은 마교의 삼대천공 중 하나인 혈영마공을 가지고 있는 당가의 여식을 쫓고 있다고 했다. 일영의 연락으로는 분명 마교에서 나온 자들은 그만한 실력이 없다. 하지만 이영이 죽어 있는 현장을 보면 분명 정면 대결이 벌어졌던 것이 분명하다. 그들은 암수가 강할지 모르지만 정면으로 상대해서는 절대로 남궁호를 꺾지 못한다. 십천광마 중 누구도 나선 자가 없다고 했는데… 그렇다면 누구라는 말인가? 뒤에 숨어서 정마대전을 조장하고 있는 자가……'

마교에서 일고 있는 내분은 신분을 숨기고 잠입해 있는 일영의 공작 때문이었다. 일영은 그런 공작 말고도 마교 내의 사정을 속속들이 전하는 역할을 하고 있었다.

특급으로 전해온 일영의 전언에 의하면, 이번에 마교에서 중원 무림으로 나온 자들은 삼대천공의 수좌를 차지하는 혈영마공을 회수하기 위한 자들뿐이라고 했다. 워낙 은밀히 처리해야 할 사안이기에 암천신마는 그의 직속 수하들을 파견한다고 했던 것이다.

암천신마의 지시에 의해 마교에서 나온 자들은 무공이 강하기는 하지만 직접적인 대결보다는 첩보전에 능한 자들이었다. 그러니 그들 중에는 남궁호를 꺾을 만한 인물은 없었던 것이다.

일영의 연락을 받고 창천비각의 삼영으로서 암천신마를 꺾을 수 있는 무공을 얻기 위한 작업을 벌여온 목형준이었다.

그러나 지금, 혈영마공을 가진 당민의 행방을 놓쳐 아무것도 얻지 못한 것은 이제 따질 계재가 아니었다. 남궁호의 죽음에 이어 그것을 계기로 정마대전이라는 걷잡을 수 없는 사태로 발전하는 것을 보며 침음성을 삼키지 않을 수 없었다.

이번 회합의 주도권은 이미 남궁무진에게로 넘어가 있었다. 각기 구대문파에 맞먹는 힘을 지녔다는 오대세가가 힘을 합한 일이었다. 좌중의 인물들이 부화뇌동하지 않을 수 없었다.

비록 각파로 돌아가 문파 회의에 부쳐 결정할 사안이었지만, 지금의 분위기로 봐서는 마교와의 정면 대결을 위한 무림맹이 구성되는 것은 보나마나였다.

‘일이 어렵게 되었군.’

각자 의기를 앞세우고 떠들고는 있지만 그들의 속내를 짐작하지 못할 목형준이 아니었다. 황산무연 이후 혹시 모를 마교의 침공에 대비해 힘을 키워온 자들이었다. 작금에 와서는 그 힘이 팽배하다 못해 넘칠 지경이었다.

힘이 있는 자는 반드시 쓰고 싶어 하는 것은 당연한 이치였다. 그것이 각파의 명예를 드높일 수 있는 길이라면 더욱 쓰고 싶어 할 것이 분명했다.

‘우리들의 계획으로 암천신마를 붙들어 매지 못했다면 이미 중원 무림은 마교의 세상이 되었을 것을… 누구 때문에 자신들이 이렇게 떠들 수 있는지 모르는 한심한 작자들! 만약 암천신마의 진정한 힘을 알았다면 이렇게 나서지도 못할 자들이… 아무래도 안 되겠군. 위험하기는 하지만, 이번 일을 해결하기 위해서는 모두 모일 필요성이 있다.’

어차피 이런 식으로 진행된다면 무림맹이 만들어지는 것은 기정사실이었다. 이영의 일도 그렇고, 그에 대한 대비를 위해서는 암천신마의 일에 관계하고 있는 이들과 의논을 할 필요성이 있었다.

목형준은 무림맹 창설에 대한 의논에 여념이 없는 사람들을 두고 진악궁을 나섰다. 사태 해결을 위해 창천비각의 인물들을 소집하기 위해서는 그도 허락을 받아야 하기 때문이었다.

진악궁을 나서는 목형준의 뒤로 제자들 중 몇몇이 따라붙었다. 하지만 목형준은 제자들을 진악궁에 남도록 지시했다.

"잠시 장로님들과 의논을 하고 올 터이니, 너희들은 이곳에 남아 동도들의 회합을 도와주거라. 그리고 무슨 의논이 오가는지 잘 새겨듣고 나에게 보고하도록 하고."

"알겠습니다, 장문인."

목형준은 진악궁을 벗어나 대장로인 매천검의 처소가 있는 곳으로 향했다. 화산파의 봉문 해제를 축하하기 위한 비무대회는 남궁호의 죽음으로 인해 취소된 것이나 마찬가지였다.

비무대회를 준비하던 장로들은 모두 대장로의 처소에 모여 이번 일을 의논하고 있을 것이기 때문이었다.

대장로의 처소에 당도하자 목형준은 탈명연환삼선검(奪命連環三仙劍)의 달인인 검선을 중심으로 의논에 열중인 장로들을 볼 수 있었다. 검선 주태윤(朱台玧)은 목형준의 사부이자 전대 장문인이었다.

"어서 오시게, 장문인. 회합은 어떻게 되었나?"

"예상대로 정마대전으로 흐를 것 같습니다."

"으… 음."

좌중의 인물들이 모두 침음성을 삼켰다. 정마대전이 벌어진다면 화산으로서도 일이 어려워지기 때문이었다.

"장문인, 정마대전이 벌어지면 그동안 벌여왔던 일이 모두 물거품이 되네. 어찌할 생각이신가?"

"중원무림과 마교의 전쟁을 획책하는 자들이 있는 것으로 보입니다. 어차피 남궁호가 죽은 이상 정마대전을 피할 수는 없을 겁니다. 개세검의 성정상 분명 무림맹을 만들고 말 테니 말입니다."

"쯔쯔! 남궁호가 오대세가의 통합세가주로 개세검을 밀어 올린 것이 오히려 화가 되었구먼."

검선이 혀를 찼다. 원대한 계획의 일부가 남궁호가 죽음으로써 그들의 예상과는 달리 완전히 변질되어 버렸기 때문이다.

"어쩔 수 없는 일이지요. 해서 용연(龍宴)을 열까 합니다."

"용연을?"

용들의 잔치. 어찌 보면 장난스러운 말이겠지만, 의미를 알고 있는 이들에게는 무엇보다도 무겁고 무서운 말이 바로 용연이었다. 천하의 대세를 결정하는 자들의 회합이 바로 용연이었기 때문이다.

"상(上)께는 보고할 것인가?"

"해야겠지요. 상의 허락이 없이는 용연 자체가 열리는 것이 불가능하니 말입니다. 개세검이 무림맹을 구성하려고 하지만, 빠른 시일 내에는 불가능할 겁니다. 각파의 결정이 있어야 하니 적어도 육 개월은 걸릴 겁니다. 그러니 그전에 용연을 열어 향후 어떻게 할지 반드시 의논해야 한다고 판단됩니다, 사부님.”

“알았네. 그렇다면 상께는 내가 보고를 드리겠네. 장문인께서는 당가 아이의 일을 서둘러 마무리 짓도록 하게나. 정마대전보다도 그 일이 우선임을 명심하도록 하게.”

“알겠습니다, 사부님.”

목형준은 검선의 처소를 나섰다. 당민의 행방이 마지막으로 나타났던 여산에서부터 추적을 다시 할 생각이었던 것이다.

목형준은 전서각(傳書閣)으로 향했다. 전서각은 화산파에서 기르는 전서구가 보관되어 있는 곳이었다. 전서각으로 가는 목형준의 표정이 심각했다. 기다리고 있는 소식이 아직까지 안 오고 있었기 때문이다.

“그나저나 개방도 나선 것이 분명한데 아무런 정보가 없으니……. 노겸 장로에게 개방의 일에 대해 조사해 알려 달라고 했건만… 지금쯤 연락이 와 있을지도 모르겠군.”

전서각으로 들어선 목형준은 오직 장문인만이 출입할 수 있는 전서각 내에 마련된 비밀 장소로 향했다.

구— 구구!

비둘기 울음소리가 들리는 공간에 들어선 목형준은 안이 보이지 않는 자그마한 새장에 손을 집어넣었다. 그의 손에 전서구가 잡혔다.

"소식이 온 모양이로군."

그의 손에 딸려 나온 것은 푸른빛이 선명한 전서구였다. 전서구의 다리에 매달린 전통에서 돌돌 말린 한지를 꺼낸 그는 한지를 펼쳐 읽기 시작했다.

개방의 자호개와 철장개 사(死)!
개방 섬서 분타 소속 삼결제자 백십팔인 사(死)!
추적 대상은 현재 행방 묘연.
향후 계획에 대하여 조치 요망.

와락!

목형준의 손에 의해 한지가 구겨졌다. 경악할 만한 소식이었던 것이다.

"우리의 계획을 아는 자가 있다. 자호개까지 당하다니⋯⋯."

역으로 치고 있는 것이 분명했다. 창천비각과 밀접한 연관을 맺고 있는 개방의 고수들이 여산에서 몰살당했다. 거기다 남궁호와 각 문파의 제자들까지 죽은 마당이었다.

용연을 여는 것에 일말의 불안감을 가지고 있던 목형준은 초특급으로 회합을 가져야 함을 알 수 있었다.

급전을 받아 든 목형준은 바로 검선의 거처로 향했다. 시간

이 촉박함을 알리기 위해서이기도 했지만, 용연이 열리기 전
에 대책을 세워야 했기 때문이었다.

개방 섬서분타의 고수들이 전멸한 이상 섬서성 일대의 창
천비각의 눈과 귀는 모두 먼 것이나 다름없었기 때문이다.

창천비각과 밀접한 관계를 가지고 있는 화산파의 움직임
이 부산해지고 있을 즈음에 백무와 당민, 그리고 밀광은 여산
의 비고에 당도해 있었다.

봉황도문의 총사인 유창원이 때마침 도착해 무사히 기관
을 해제한 탓에 비고 안 심처에는 지금 여섯 사람이 좌정하고
앉아 있었다.

백무와 당민, 밀광, 그리고 표가 형제와 유창원이 빙 둘러
앉아 봉황도문에서 온 소식을 차례로 읽고 있었다. 흑혈의 겁
풍이 일어났던 이십여 년 동안 요동 쪽에 일어난 동창의 움직
임에 대한 정보였다.

중요한 정보가 담겨 있는 듯 차례로 읽어가는 이들의 얼굴
에는 심각함이 가득했다. 읽은 사람은 서찰을 다음 사람에게
인계하고는 침묵에 잠겨 버렸다.

일행이 생각에 잠겨 있는 동안 먼저 입을 연 것은 유창원이
었다.

"앞으로 어떻게 하실 작정입니까?"

유창원의 질문에 입을 연 것은 백무였다.

"이 정보가 사실이라면 전부 속고 있는 것이라는 말인데, 정말 이 내용이 사실입니까?"

"그렇습니다. 이 내용은 금의위 내 특수비밀기관인 추밀사에서도 극비리에 다루고 있는 사항을 빼낸 것입니다. 분명 창천비각과 동창은 뿌리가 같고, 창천비각을 움직이는 것은 황제가 틀림없습니다. 창천비각은 무림뿐만 아니라 동창까지도 감시하는 임무를 띠고 있음이 분명합니다."

"어떻게 이럴 수가 있는 것인지……."

백무의 목소리에는 허탈함이 가득했다. 요동에서 분 흑혈의 겁풍은 바로 황제가 벌인 일이었기 때문이다. 무척이나 놀라운 사실에 상기된 표정으로 멍하니 앉아 있는 백무를 향해 유창원은 자신이 알고 있는 사실을 추가로 설명했다.

"정보에서 나타난 바와 같이 모든 것은 황제의 지시에 의해 벌어진 일입니다. 흑혈의 겁풍은 창천비각에 의해 동원된 정파의 몇몇 문파를 비롯해 마교와 천소궁, 그리고 동창까지 가담한 조직적인 것이었습니다. 그들이 그런 혈겁을 벌인 것은 찾고자하는 것이 있어서였습니다. 바로 매자천이라 불리는 옛 고구러 왕실을 수호하던 문파의 유물이었습니다."

백무는 창천비각의 진정한 목적이 궁금하지 않을 수 없었다. 이런 사실이 밝혀진다면 명 황실의 존립마저 위태로울 수 있었기 때문이다.

"창천비각의 손길이 어디까지 뻗어 있는지 마교는 물론이

고, 정파와 세외의 천소궁까지… 그들의 진정한 목적이 뭘까
요?"

"이건 제 사견입니다만, 그동안 모아온 정보를 종합해 보
면 무림을 비롯해 세외까지 완전하게 지배하고자 하는 것이
황제의 의도 같습니다."

유창원이 자신의 의견을 제시했지만 당민이 곧바로 반박
하고 나섰다.

"그것은 말도 되지 않습니다. 토목의 변 이후 명은 힘을 잃
어가고 있습니다. 동창의 무분별한 권력 남용으로 이미 백성
의 불만은 팽배해 있고, 무림을 통제한다는 것도 어려운 일입
니다. 마교 측에서도 창천비각의 존재를 알고 있고, 이미 움
직이고 있습니다. 무림을 황제의 통제하에 놓는다는 것은 불
가능한 일입니다."

당민의 이야기가 맞는 소리였다. 역사 속에 명멸해 간 수많
은 황조들이 무림을 통제하에 놓고자 했지만 한 번도 성공하
지 못했다. 오히려 황조를 붕괴시키는 결과만을 초래했을 뿐
이었다. 그것을 창천비각과 같은 조직에서 모를 리가 없을 터
였다.

"그렇다면 도대체 이유를 알 수 없군요."

백무 또한 황제의 의도를 알 수 없어 답답한 듯 말을 이었
다. 그런 것은 다른 이도 마찬가지였다.

다른 사람들이 답답한 마음을 가눌 길이 없을 때 표인호가 눈빛을 빛냈다. 자신들이 알고 있는 사실들을 말할 기회를 찾은 것이다. 표인호는 자신의 의중을 전음을 통해 형에게 먼저 전달했다.

'형님, 좋은 기회 같은데요.'

'그렇구나. 이번이 좋은 기회다. 어느 정도 전반적인 사실이 알려진 상태니, 우리가 사실을 이야기한다고 해도 백 소협이 쓸데없는 오해를 하지 않을 테고 말이다.'

표중호도 동생의 생각과 같이 좋은 기회라고 생각했다. 두 사람은 어떻게 이야기를 꺼낼 것인지 전음으로 의견을 나누었다.

'왜 그러는 거지?'

백무가 표가 형제를 바라보았다. 분명 사람들 모르게 전음을 주고받는 것이 분명했다. 당민이나 밀광조차 알아차리지 못한 것을 보면 불문의 혜광심어 같은 종류의 전음임이 분명했다.

백무는 조심스럽게 기운을 끌어올렸다. 피부가 붉게 변하기 때문에 한계까지만 잠원을 끌어올리며 두 사람을 주시했다.

백무는 두 사람을 믿지 못하고 있었다. 내색은 하지 않았지만 지금까지 두 사람을 관찰해 왔다. 게다가 당민을 쫓아갈 때 두 사람이 자신을 뒤쫓고 있다는 것을 알고 있었기 때문이다.

당민과 밀광은 느끼지 못하고 있었지만 백무는 두 사람이 예전과는 전혀 다르다는 것을 이미 느끼고 있었다. 비고로 들어서며 자세히 관찰하지 않았다면 도저히 눈치 채지 못할 정도의 알 수 없는 기운을 두 사람이 가지고 있었던 것이다. 정체를 알 수 없는 기운이지만 분명 전과는 다른 기운이 두 사람에게서 느껴졌던 것이다.

"죄송하지만 한 말씀 드려도 되겠습니까?"

자신을 의심의 눈초리로 관찰하고 있다는 것을 느낀 것인지 표중호는 백무를 향해 눈인사를 한 후 신중하게 입을 열었다.

"무슨 이야기입니까?"

"먼저 어디서부터 말씀드려야 할지 모르겠습니다만, 밀독천의 천주이자 천독향의 이름을 이으신 누님과 저희가 만난 것은 우연이 아닙니다."

"그게 무슨 소리죠?"

느닷없는 말에 당민의 분위기가 변했다. 표중호의 말은 자신과의 만남이 우연이 아니라 의도적이라는 소리였기 때문이다.

"사실 저희들은 백 소협을 만나기 위해 의도적으로 녕강에 있었습니다. 그리고 한수에 독이 풀린 것을 계기로 우연을 가장해 당 누님을 만난 것입니다."

당민은 의아하지 않을 수 없었다. 지금에 와서 이런 이야기를 하는 이유를 몰랐기 때문이다.

"어째서 그런 이야기를 지금 하는 것이지요."

"그것은 여러분이 지금의 상황을 답답해하시기에 숨겨진 사실 몇 가지를 알려드리기 위해서입니다."

"숨겨진 사실이라니요?"

"일단 동창이나 창천비각이 영락 대제 때 만들어진 조직이 아니라는 사실입니다."

"그게 무슨 소립니까?"

영락제 때 만들어진 조직이 아니라는 말에 당민이 반문했다. 표중호의 말이 사실이라면, 자신이 알고 있었던 것들을 모두 수정해야 하기에 정확한 사실을 알고자 한 것이다.

"그 두 조직은 세월을 거듭해 이름만 바뀌어왔을 뿐, 이미 당 황조 시절에 만들어져 활동해 오던 조직입니다. 바로 신라라 불리는 곳에서 활약하던 천음문의 힘을 이용해 만들어진 조직이지요."

"신라라면 고구려와 함께 동이의 패권을 다투던 나라가 아닙니까?"

"그렇습니다. 바로 당과 동맹을 맺고, 고구려와 백제를 멸망시키며 북방을 통일한 신라를 위해 음지에서 활약하던 문파가 바로 천음문입니다."

"그런데 천음문이 어떻게 그런 조직을 만들었다는 건가요?"

당민의 질문에 표중호는 천음문이 창천비각과 같은 조직을 만들게 된 사연을 이야기하기 시작했다.

"천음문은 신라가 지금의 조선을 통일한 후, 당 황제의 요구에 의해 중원에 자리를 잡았습니다. 자신들을 괴롭혔던 고구려를 멸망시키며 뛰어난 활약을 했던 천음문의 존재를 당 황제가 알게 되었기 때문입니다. 당 황제는 신라에 천음문의 제자 중 뛰어난 자들을 보내라고 압박을 가했습니다. 그 또한 제국을 다스리기 위해서는 그런 조직이 필요했기 때문이지요. 당시로서는 욱일승천하는 당의 기세를 막을 만한 나라는 없었습니다. 신라 또한 마찬가지였습니다. 해서 천음문은 신라의 존속을 위해 어쩔 수 없이 몇몇 제자들을 중원으로 보냈습니다. 그들은 중원으로 건너온 후 당 황실의 비호를 받으며 황실을 수호하는 비밀 조직을 만들었습니다. 그것이 지금의 창천비각과 동창이라는 황실을 수호하는 조직으로 이어진 것이지요. 비록 원대에 이르러 잠시 주춤하기는 했지만, 천음문은 지금 예전의 성세를 모두 회복했습니다."

"황실을 수호한다고 하면 그런 일을 벌이지 말아야 하는 것 아닌가요? 무림도 중원에 속한 것이 분명하니 말입니다."

"그것이, 그들이 중원으로 건너온 것은 당 황제의 압박도 있었지만, 그보다는 다른 이유가 있었기 때문입니다."

표중호는 다른 이유가 있음을 이야기했다. 표인호를 제외한 다른 사람들은 다른 이유란 표중호의 말에 주목했다. 그 이유가 지금 벌어지고 있는 사안의 이유일 것 같았기 때문이다.

"다른 이유라니요?"

"그들은 자신들의 오랜 경쟁자였던 매자천을 완벽하게 이기지 못했기에 중원으로 건너온 것입니다."

매자천이 다시 한 번 거론되자 백무가 입을 열었다.

"매자천이라면?"

"그렇습니다. 지금의 상황도 매자천과 불가분의 관계가 있습니다. 천음문에서 오랫동안 쫓아왔던 매자천의 존재를 아는 순간부터 작금의 사태가 시작된 것이지요."

"도대체 매자천이 어떤 문파이기에 그리 오랫동안 쫓아왔다는 겁니까?"

백무는 매자천과 천음문의 관계가 궁금했다. 당 황조가 생기고 고구려가 멸망할 무렵이면 거의 천여 년 전인데, 지금까지 천음문이 매자천을 쫓고 있다는 것에 의문이 드는 것은 당연했다.

"이천여 년이 넘도록 이어져 온 두 문파는 처음 생겼을 때부터 천적과 같은 관계였습니다. 고구려가 무너진 이후 매자천의 중추를 이루었던 사람들이 중원으로 스며들었다는 것을 알고는 천음문 또한 뒤를 쫓아 중원으로 들어온 것이지요."

"그렇게 역사가 깊은 문파들이 해동에 있었다니 놀라운 일이군요."

한 문파가 이천여 년이나 이어져 왔다는 것은 놀라운 일이었다. 중원의 유수한 문파들 중 그래도 오래된 문파라도 개파한 지 오백여 년이 채 안 되는 것이 현실이었기 때문이다.

"그리고 여러분도 잘 아시는 고선지 장군 또한 매자천 사람입니다. 서역 정벌 도중 자신의 진정한 정체가 발각되어 천음문의 사주로 군문에서 참형을 당했지요."

"이런! 그분이 바로 매자천 사람이라니……."

책자를 통해 고선지 장군의 유진을 얻기 위해 귀령독의가 중원으로 건너왔다는 것을 아는 당민은 탄성을 터뜨렸다.

'두 분이 찾고자 했던 것이 바로 매자천의 삼대신공이었구나. 하지만 찾아놓고도 그것이 자신들이 찾는 것임을 알지 못하다니… 만약 알았다면 마교의 역사가 다시 쓰일 뻔했구나.'

당민은 금황천마와 귀령독의가 마교에 들어가 찾고자 했던 것이 바로 매자천의 삼대신공이었다는 것을 알 수 있었다. 혈영기공과 암흑투기가 바로 그들이 찾고자 했던 것임이 분명했다.

"그분뿐만이 아닙니다. 지금 마교의 교주로 계시는 암천신 마님과 천소궁의 제일궁주이신 상유천님도 매자천에 뿌리를 두고 있는 분이지요. 또한 정파의 제일고수라 할 수 있는 무불성승 또한 마찬가지입니다."

　　표중호의 말은 폭탄과 같은 것이었다. 당금 중원을 좌지우지 할 수 있는 사람들이 모두 같은 뿌리를 지니고 있다는 사실이 놀랍기 그지없었다.

　　"그것이 사실입니까?"

　　당민은 표중호가 던진 말로 인해 놀라움을 감추지 못하며 반문했다.

　　"사실입니다. 사실 매자천은 고구려 멸망 후 존재하지 않는 것이나 마찬가지였습니다. 매자천이 수호하던 고구려가 멸망하고 난 후 자신들을 이끌어줄 왕실이 사라졌으니 말입니다. 매자천은 사실 그 당시에 바로 해체됐습니다. 사실 매자천은 고구려의 비밀 세력이기보다는 무를 숭상하고 더 높은 경지로 나가고자 하는 성격이 더 강했습니다. 매자천의 많은 사람들이 고구려를 다시 세우기 위해 매달리기도 했지만, 결국 해체된 것은 매자천의 뿌리라고 할 수 있는 삼대무맥이 완전히 모습을 감추어 버렸기 때문입니다. 당시 그분들은 중원으로 건너왔습니다. 좁은 북방보다는 중원에서 꿈을 펼치고자 했기에 매자천의 무공이 지금까지 이어져 왔지요. 그리고 매자천의 삼대신공의 맥을 이은 분들이 무인으로서의 꿈을 펼치고자 중원으로 와서 후예를 남겼던 것입니다. 하지만 천음문은 그렇게 생각하지 않은 모양입니다. 자신들과의 전쟁을 다시 시작하기 위해 힘을 기르려고 중원으로 들어왔다고 생각한 것이지요. 천음문은 매자천의 뿌리를 쫓아 중원으로 와서 지금까지 쫓고 있으니 말입니다."

"으… 음!"

백무를 비롯한 모든 이가 침음성을 터뜨렸다. 표중호가 밝힌 사실은 그들에게는 너무도 놀라운 일이었기 때문이다.

"그런데 당신들은 어떻게 그런 사실들을 알고 있는 겁니까?"

백무는 이렇듯 놀라운 사실을 알고 있는 표가 형제의 정체에 대해 묻고 있었다.

"창천비각과 천음문을 통한 끊임없는 추적에 삼대신공의 맥을 이은 분들이 일 갑자 전 비밀리에 회동을 가졌습니다. 그리고 매자천을 재탄생시켰습니다. 매자천을 쫓는 천음문을 상대하기 위해서지요. 그동안은 피해왔지만, 지금까지 미루어왔던 매자천과 천음문과의 이천 년 전쟁을 마무리할 시점이라 생각하신 겁니다. 그리고 저희들은 그렇게 새로 탄생한 매자천의 순찰사자들입니다."

"매자천이 다시 부활했을 줄이야."

당민을 비롯해 일행은 놀람을 감출 수가 없었다. 하지만 백무는 그리 놀랍지 않은 듯 표중호에게 매자천을 다시 세운 이유에 대해 물었다.

"매자천을 재탄생시킨 이유가 뭡니까?"

"조금 전에 말씀 드렸다시피 매자천의 삼대신공을 이은 분들은 각자의 삶을 살아오셨습니다. 마교와 소림, 그리고 천수

궁에서 말입니다. 그렇지만 천음문에서는 그분들을 노리고 각 문파에 간자들을 심었습니다. 정파에는 창천비각을, 그리고 마교에는 비조천람을 말입니다. 천소궁에도 간자들을 심은 것이 확실하지만 상유천님을 제외한 두 명의 궁주가 관련되어 있다는 것만 알 뿐, 아직까지 진실한 정체를 밝혀내지 못하고 있습니다. 그분들이 매자천을 재탄생시킨 것은 지금 자신들이 속한 곳을 지키기 위해서였습니다. 천음문의 집요함을 이길 수 있는 길은 매자천을 일으켜 맞상대하는 수밖에 없다는 결론을 내렸기 때문이지요. 해서 세 분은 매자천의 탄생을 숨기려 유진의 일부를 일부러 무림에 뿌렸습니다. 천음문의 관심이 매자천의 유진으로 가 있는 동안 그들과 맞설 준비를 한 것이지요. 그런 와중에 매자천의 유진을 얻은 당문이 멸문하고, 최초로 유진이 나타났던 요동 지역에는 흑혈의 겁풍이라는 희대의 혈겁이 일어났던 겁니다.”

표중호의 설명을 들은 백무는 지금까지 의문으로만 남았던 모든 것이 들어맞는 것을 알 수 있었다.

하지만 두 가지 의문이 들었다. 첫 번째는 황제가 직접 나섰다는 것이고, 두 번째는 어째서 자신을 만나기 위해 당민을 의도적으로 만났느냐 하는 것이다.

“궁금한 점이 있습니다. 천음문은 비밀 수호 세력이라고 했는데 어째서 황제가 나선 것입니까?”

백무의 의문에 표중호가 황제에 대해 밝히기 시작했다.

“그것은 황제가 천음문을 장악하고 있는 두 명의 문주 중 하나이기 때문입니다. 천음문은 무령 문주와 분종 문주, 두 명의 문주가 있습니다. 바로 무력을 담당하는 쪽과 지혜를 이용해 천음문을 이끌어 나가는 자이지요. 작금의 황제는 그중 문종 문주입니다. 천음문의 문주 중 다른 한 명인 무령 문주는 아직까지 정체가 밝혀지지 않았지만, 아마도 마교 쪽에서 암약하고 있을 것이라 생각하고 있습니다.”

“마교요?”

표중호의 말에 백무의 뇌리로 한 사람이 스치듯 지나갔다. 바로 여산에 나타났던 한규민이었다.

“그렇습니다. 그의 흔적이 마교에 나타난 적이 있었습니다.”

“그렇군요. 그런데 어째서 저를 만나기 위해 의도적으로 누님과 합류한 겁니까?”

“그것은 백 소협께서 매자천의 적통이시기 때문입니다.”

“제가 매자천의 적통이라는 말이 무슨 뜻입니까?”

자신이 매자천의 적통이라는 말에 백무가 의문을 표시했다. 백가장은 요동에서 일어난 신흥 문파였다. 도법으로 제법 이름을 떨치긴 했지만, 상가로서 가세를 일으킨 가문이었다. 그런데 매자천의 적통이라니 의아할 뿐이었다.

“무불성승을 아시는지요?”

“무불싱승이라면……”

"바로 소림의 전대 장문이시자 삼천 중 한 분이시죠. 잘 모르시겠지만, 그분이 백 소협께는 원래 증조부가 되십니다. 그리고 매자천의 삼대신공 중 가장 중요한 천오밀류를 이으신 분이기도 하고요. 백 소협은 그분의 안배로 돌아가신 아버님으로부터 천오밀류를 이으신 겁니다. 또한 암천신마님으로부터는 저기 계시는 당 누님을 통해 삼대신공 중 두 번째인 천오혈기(天晤血氣)… 아니, 혈영기공이라고 알려진 것을 얻으신 거구요. 하지만 암흑투기라고 알려진 천오투령(天晤鬪靈)은 원래 천오밀류와 천오혈기를 완성한 후 천소궁주이신 상유천께서 직접 전수할 예정이셨습니다만, 흑백쌍마가 나서는 바람에 예정에서 어긋나 버렸습니다. 마교에 전해진 암흑투기는 원래 진정한 천오투령의 부공(副功)이었습니다만, 어떻게 된 일인지 백 소협께서는 부공을 바탕으로 완전한 천오투령을 익혀 버리신 것입니다. 저희는 백 소협을 만나면 상유천께 인도해 천오투령을 전수받도록 하는 역할을 맡았습니다. 하지만 그때는 백 소협께서 천오투령을 이미 완성하신 줄을 몰랐습니다. 만약 알았더라면 합류하지 않았을 겁니다. 저희는 백 소협과 합류한 후 천오투령을 이미 완성하신 상태라는 것을 알게 되었습니다. 세 분께 보고한 결과, 일단 백 소협을 보호하라는 밀명을 받고 지금까지 같이한 겁니다."

표중호의 설명을 듣고 난 백무는 어이가 없었다. 그야말로 자신은 지금까지 꼭두각시 노릇만 한 셈이 된 것이다.

"크크크, 웃기는 일이군요. 난 지금까지 그분들의 장단에 놀아났던 꼭두각시로군요. 그렇다면 아버지의 죽음도 이미 예견된 일이었습니까?"

백무의 몸이 붉게 달아올랐다. 이 정도 안배를 했다면 백가장이 습격당할 것임을 분명 알고 있었을 것이기 때문이다. 자신의 손자와 증손자들이 위험에 있다는 것을 알면서도 아무런 조치를 취하지 않았다는 것이 백무를 분노케 한 것이었다.

"배, 백 소협!"

분노에 온몸이 붉게 달아오르는 모습을 보면서 표중호는 당황한 듯 백무를 불렀다.

"할 말이라도 있습니까?"

"그것이 아닙니다."

부인하는 표중호를 향해 백무가 분통을 터뜨렸다.

"그것이 아니라면 무엇입니까? 아버지를 이용해 무엇인가 획책한 것이 아니었습니까?"

"백가장의 습격은 예정에도 없던 일이었습니다. 원래는 저희가 백가장을 암중에 보호하고 있었으나, 갑자기 일이 생기는 바람에 어쩔 수가 없었습니다."

"갑자기 일이 생기다니? 무슨 일이었기에 백가장이 혈겁을 당하는 데도 가만히 있었다는 겁니까?"

도대체 어떤 일이기에 손자의 가문이 멸문하는데도 가만히 있었는지 궁금하지 않을 수 없었다. 백무의 싸늘한 음색에 표중호는 식은땀을 흘리며 말을 이었다.

"당시 천음문에서는 세 분 종사께 일제히 손을 썼습니다. 저희가 방비하기도 전에 암천신마님은 물론 증조부이신 무불성승, 그리고 상유천님까지 일제히 극독에 암습을 당하신 겁니다. 거의 사경까지 가는 독상을 입었는지라 당시 매자천의 문도들은 모두가 세 분을 보호하느라 다른 일에는 신경을 쓸 여력이 없었습니다. 그리고 놈들은 저희가 백가장을 호위하지 못하는 빈틈을 이용해 요동 일대에서 흑혈의 겁풍을 일으킨 것입니다. 세 분을 호위하던 저희들은 백가장에 혈겁이 닥친 것은 알았습니다만, 저희가 알았을 때는 이미 상황이 끝나고 난 다음이었습니다."

"으… 음!"

표중호의 설명에 백무는 신음을 삼킬 수밖에 없었다. 매자천의 주축인 삼 인이 암습을 받았다면 무척이나 큰 타격이었을 것이다. 백가장에 신경을 쓸 여력이 없었다는 것은 이해가 갔지만 그럼에도 화가 난 마음이 풀리지 않았다. 백무의 마음을 대변하는 듯 몸은 아직도 붉은 상태였다.

"무아야, 그만 하거라. 저들의 말이 사실인 것 같으니 말이다."

어쩔 수 없는 상황이었기에 분노를 풀지 않는 백무를 향해 당민이 입을 열었다.

"하지만, 누님……."

"천소궁의 궁주는 모르겠지만, 암천신마와 무불성승이 독상을 입은 것은 확실하다. 내가 암천신마와 무불성승을 치료했었으니까. 사실 지옥도에 도착하는 것이 늦은 이유도 암천신마뿐만 아니라 무불성승의 독상까지 해독시켜야 했기 때문이다. 두 사람이 입은 독은 절정고수라 해도 죽음밖에는 없을 정도로 지독한 극독이었다. 나조차 간신히 해독할 수 있었으니까 말이다. 두 사람은 아직도 여독이 남아 본신 진력의 오할밖에 사용할 수 없는 상태다. 그렇다는 것은 천음문이라는 문파에게는 매자천을 없앨 수 있는 절호의 기회가 찾아왔다는 뜻이지."

"그렇습니다. 사실 그들은 세 분이 매자천의 뿌리를 이었다는 것에 확신을 가지지 못했습니다. 그래서 동시에 암습을 가한 것이고요."

"어째서 그런 겁니까?"

백무는 세 명을 동시에 암습했다면 천음문에서 매자천에 대해 확실히 파악했다고 생각했는데, 그런 것이 아니라는 표중호의 말에 의문이 들었다.

"그것은 혈영기공과 암흑투기가 마교에 함께 존재했기 때문입니다. 바로 천오혈기와 천오투령이 마교에 있다 생각하고 있었기에 세 분 모두 매자천의 맥을 이었다는 것을 알지 못한 것이지요. 삼대신공 중 가장 중요한 천오밀류는 성승이나 천소궁구 중 한 사람이었다고는 판단했겠지만, 세 분 모두

가 매자천의 맥을 이었다는 것은 확신하지 못했을 겁니다. 그
래서 백가장의 혈겁이 일어나고 난 후 저희는 백 소협을 위해
그들의 시선을 돌리기로 했지요.”
　“시선을 돌리다니, 그게 무슨 말입니까?”
　“놈들에게 세 분 모두 정상적으로 회복하고 있다는 암시를
준 것입니다. 천음문에 대해 본격적인 조사와 아울러 응징이
있을 것이라는 암시죠. 그것은 백 소협을 위한 것이었습니다.
그분들의 바람이기도 했고요.”
　“무슨 말인지…….”
　표중호의 말을 이해할 수가 없었다. 자신을 미끼로 던지고
반격을 위한 준비를 하는 것 같았는데, 말뜻을 보아하니 그런
것이 아닌 것 같았기 때문이다.
　“이번 일의 목적은 백 소협을 미끼로 사용하는 것이 아니
라, 매자천의 삼대신공을 백 소협께 전수하는 것이 진정한 목
적입니다. 바로 매자천의 천주를 탄생시키기 위한 계책이었
지요.”
　“날 말입니까?”
　“그렇습니다. 계속되는 천음문의 도발에 어쩔 수 없이 진
정한 매자천을 재탄생시킬 수밖에 없다는 것이 세 분의 공통
된 생각이었습니다만, 완전히 재탄생시킬 수는 없었습니다.
매자천의 상징이라고 할 수 있는 천주가 공석이었으니 말입
니다. 매자천의 천주가 될 수 있는 자격은 삼대신공을 하나로

아우른 사람만이 가질 수 있으니 말입니다. 세 분이 진정한 천주의 탄생을 바란 것은 그것만이 전 중원이라고 할 수 있을 정도로 강한 힘을 가지고 있는 그들과 맞상대할 수 있다고 판단하신 겁니다. 놈들은 백 소협을 자신들을 낚기 위한 미끼라고 생각하고 있을지 모르겠지만, 실상은 진정한 천주를 탄생시키기 위한 그분들의 고육지책이었던 것입니다. 천음문과의 생사결을 위한 준비를 위해서 말입니다."

"……."

자신을 매자천의 천주로 만들어 창천비각으로 화신한 천음문과의 생사결을 준비하고 있었다는 소리에 백무는 아무런 말도 할 수 없었다.

가슴이 답답했다. 잘 짜여진 각본에 의해 아무것도 모르고 지금까지 달려온 자신이 도대체 무엇을 해온 것인지 백무는 그저 답답한 마음이 들 뿐이었다.

'어차피 짜여진 각본대로 움직여 온 나다. 하지만 이제부터 그리는 안 될 것이다. 물론 매자천의 도움을 받아야겠지만 진정한 원수가 창천비각, 아니, 천음문인 것을 안 이상 나는 나름대로 움직여야 한다.'

어차피 가문의 원수가 천음문인 이상, 그들과의 대결을 피할 수는 없을 것이 분명했다. 그리고 그들의 막강한 힘에 맞서기 위해서는 매자천의 도움이 필요할 것이 분명했다.

백무는 일단 매자천, 아니, 암천신마와 자신의 증조부라는 무불성승, 그리고 천소궁의 제일궁주인 상유천이 원하는 대로 하기로 마음먹었다.

"그럼 난 어찌해야 합니까?"

"놈들은 지금쯤 매자천에서 그들의 뒤통수를 치고 있다고 생각할 것입니다. 그동안 어느 정도 의심은 하고 있었겠지만 남궁호의 죽음을 기화로 확신을 했을 겁니다. 하지만 함부로 움직이지는 못할 겁니다. 남궁호와 각 문파 제자들의 죽음으로 정마대전이 발발할지도 모르니 말입니다. 그러니 백 소협께서는 지금부터 매자천에 합류해 천음문과의 결전을 준비하셔야 할 겁니다."

"……."

"정마 간의 대전이 벌어지기는 할 겁니다. 이미 예상한 일이니 말입니다. 그렇게 되면 암천신마께서는 마교에 있는 창천비각의 간자들을 모두 제거할 겁니다. 백 소협께서 첫 번째 하실 일은 바로 매자천을 이끌며 그들을 제거하는 것입니다."

"마교 내부에 잠입해 있는 천음문의 인물들을 제거하는 것이라… 알겠습니다. 그렇게 하도록 하지요."

백무는 쉽게 표중호의 제의를 승낙했다. 가문의 원수를 갚기 위해서는 어차피 부딪쳐야 할 상대이기에 이번 일을 준비한 사람들의 뜻대로 따르기로 한 것이다.

"고맙습니다. 이렇게 승낙을 해주셔서 말입니다."

“…….”

표중호가 고마운 표시를 했지만 백무는 생각에 잠겨 있었다. 마음의 정리를 하기 위해서였다.

백무가 침묵하자 당민이 입을 열었다. 궁금한 것이 있어서였다.

“그런데 남궁호의 죽음은 그렇다 쳐도 각 문파 제자들의 죽음이라니, 무슨 말입니까?”

그녀가 천음소수를 사용해 남궁호를 죽인 이유는 음모의 진정한 주범을 알아내기 위한 계획의 일환으로 중원을 혼란으로 몰아가기 위해서였다.

표중호의 설명처럼 남궁호의 죽음은 무림에서의 그의 위치상 정마대전을 불러올 만한 일이었다. 그것은 그를 죽음으로 몰아 넣은 천음소수가 마교의 무공이라는 것을 창천비각이나 정파 무림에서 얼마 안 있으면 밝혀낼 것이기 때문이다.

당민은 그로인해 정마 간의 대전이 발발할 가능성이 높아지면 창천비각이나 비조천람은 자신들에게 신경 쓸 여력이 없을 것이라 생각했다. 그사이 힘을 키우며 진정한 음모의 주범을 알아낼 생각이었던 것이다.

그런데 당민은 남궁호 이외에 각 문파 제자들이 죽었다는 것에 의문을 가졌다. 마교나 창천비각의 입김이 스며든 비조천람에서는 정파의 인재들을 죽일 이유가 없기 때문이었다.

“죽은 각 문파의 제자들은 얼마 전 당 누님을 추적해 온 자들입니다. 바로 백 소협께서 얼마 전에 제거하신 자들 말입니다. 그들은 비조천람에서 각 문파에 침투시킨 비조들이지요. 창천비각에서는 모르겠지만, 그들은 원래 같은 조직에 속해 있는 자들입니다. 마교에 잠입한 자가 꾸민 조직이지요. 그들은 점조직으로 이루어져 서로 같은 조직에 속해 있다는 것을 모르지만 남궁호도 그렇고, 각 문파의 제자들로 침투한 비조들도 그렇고 모두 천음문에 속한 자들입니다.”

“그렇다면 여산에 나타났던 한규민도 창천비각에서 마교에 심어놓은 간자라는 것인가요?”

“그렇다고 봅니다. 확인은 해봐야겠지만 저희는 그럴 가능성이 농후하다고 생각하고 있습니다. 우리의 계획상 그자가 이곳에 나타날 이유가 전혀 없었으니 말입니다.”

“으… 음.”

백무가 침음성을 삼켰다. 지금까지 겪은 일을 반추해 보면 표중호의 말대로 한규민은 창천비각의 인물임이 확실했기 때문이었다.

“그런데 그자가 어째서 남궁호를 제거하라고 저를 사주한 것인가요? 분명 남궁호도 창천비각의 인물인데 말입니다.”

“그리 어렵게 생각하실 것이 없습니다. 매자천에서는 이번에 창천비각의 뒤통수를 치는 일에 그를 이용하고 있습니다. 창천비각 내에서 천음문도들은 기실 얼마 되지 않습니다. 우리가 의심을 가지고 그를 바라보고 있기에 그는 어쩔 수 없이 정체가 이미 밝혀진 남궁호를 제거해야 했던 것입니다. 그리고 남궁호는 창천비각에 속한 자일 뿐, 천음문도는 아니었으니까요. 그자는 남궁호의 희생을 바탕으로 뭔가 다른 것을 노리는 것 같습니다. 아마도 매자천을 잡기 위한 덫을 놓고 있는 것이 분명합니다."

"으… 음."

당민은 자신이 괜한 짓을 한 것 같다는 느낌이 들었다. 자신의 잘못된 판단으로 어쩌면 수많은 생명이 정마대전에서 희생될지도 몰랐던 것이다.

당민의 수심을 눈치 챈 것인지 표중호는 당민에게 뜻밖의 말을 전음으로 보냈다.

"누님께서 걱정하시는 것이 무엇인지는 압니다만, 그런 일은 일어나지 않을 것이니 너무 염려하지 마십시오."

"무슨 말이죠?"

당민이 전음으로 의문을 표시하자 표중호는 자신이 알고 있는 바를 전음으로 보냈다.

"이번 일은 창천비각의 인물들만을 제거하는 것이 목적입니다. 암천신마님이나 무불성승께서는 정마대전을 원하시지 않으니까요. 매자천과 천음문 사이의 싸움 때문에 쓸데없는 희생이 나오는 것을 원하지 않으십니다. 무림맹이 결성되고 긴장감이 고조되기는 하겠지만, 결국 매자천과 천음문의 싸움만으로 모든 것이 끝날 겁니다. 그 싸움의 선두에는 백 소협이 있을 겁니다. 그러나 백 소협이 천오혈기를 완성했다고는 하지만 아직은 많이 부족합니다. 백 소협의 수련을 돕기 위해 얼마 있지 않아 이곳으로 몇 분이 더 오실 겁니다. 그분들이 오시면 더욱 자세한 설명을 들으실 수 있을 것이니 걱정 마시고 조금 기다려 보십시오."

"알았어요. 그분들이 오시면 따져봐야겠군요."

당민은 표중호의 전음에서 당문의 비고로 올 사람들이 누구인지 대충은 짐작할 수 있었다. 지금의 백무를 지도해 줄 만한 사람은 그리 흔하지 않기 때문이었다.

같은 시각. 구중심처라 칭해지는 자금성의 한쪽에서는 한 장의 전서구로 인해 몇 사람이 고민에 빠져 있었다. 커다란 탁자를 두고 마주 앉은 사람들은 바로 당금 명의 황제인 만력제와 심상치 않은 기도를 뿌리는 사람들이었다.

만력제는 얼마 전 화산파의 장문인이자 창천비각의 인물인 목형준으로부터 남궁호의 죽음에 대한 보고와 함께 용연을 개최해 달라는 연락을 받았기에 이번 회합을 열었던 것이다.

"용연을 개최해야 한다는 연락이 왔었습니다. 여러분들의 의견을 듣고 싶어 부른 것이니 기탄없이 말해주십시오."

이제 십칠 세로 아직은 나이 어린 사람이었으나 만력제는 무척이나 당당하고 옹골차 보였다. 그는 탁자를 빙 둘러앉아 있는 사람들에게 이번 사안에 대한 의견을 물었다. 만인지상의 위치에 있는 사람이었으나 좌중에 있는 사람들을 무시할 수 없는 듯 황제임에도 무척이나 공대하고 있었다.

만력제의 질문에 그의 전면에 마주 앉아 있는 나이가 지극한 노인이 입을 열었다. 그는 바로 무당이 낳은 불세출의 검수로 십천의 삼천 중 한자리를 차지하고 있는 천무검황(天武劍皇) 기세천이었다.

"상께서는 어떻게 생각하십니까?"

천무검황의 말에 만력제는 조심스럽게 자신의 의견을 피력하기 시작했다.

"이번 사태는 마교 측에서 꾸미고 있는 음모라는 것이 제 생각입니다. 아무래도 우리를 노리는 것 같은데, 어디까지가 그들의 음모인지 정확한 파악이 끝나지 않아서 대처하기가 곤란한 지경입니다."

만력제는 자못 곤란하다는 표정을 지었다. 아직까지도 정확한 사태 파악을 못하고 있었던 탓이다. 섣부르게 움직이다가는 자칫 치명타를 입을 수 있기에 아직까지 확실한 결론을 못 내리고 있었던 것이다.

"저 또한 그렇게 생각하기는 하지만, 이번 일은 좋은 기회라고 생각합니다. 암천신마나 무불성승, 그리고 천소궁의 상유천이 웅크리고 있는 것을 보면 확실히 지난번 독상으로 제

실력을 발휘하기 곤란한 것이 분명하니, 이번 기회에 없애는 것이…….”

매자천의 맥을 이은 것으로 의심되는 세 사람에 대한 제거를 주장한 이는 천소궁의 이궁주인 북두천 천승호였다.

“천 궁주, 천 궁주께서는 상유천이 지금 어디 있다고 생각하십니까?”

비록 공대하고는 있지만 질책 어린 목소리가 만력제의 입에서 흘러나왔다.

“그게 무슨…….”

천승호는 만력제의 질문이 의아했다. 자신이 알기로는 상유천은 지금 독상을 치료하기 위해 비밀 연공실에서 폐관 중이었다. 그런데 지금 만력제가 상유천의 행방에 대해 물은 탓이었다.

“상유천은 지금 폐관 중이 아닙니다. 그건 소림의 무불성승도, 마교의 암천신마도 마찬가지라고 알고 있습니다. 하지만 그것은 그저 알려진 사실이고, 실제로는 그들의 행방이 지금 묘연한 상태입니다.”

“그게 무슨 소리입니까?”

대답은 북두천이 했지만 다른 사람들도 만력제의 말이 무엇을 뜻하는지 궁금하지 않을 수 없었다. 그들도 아직은 모르는 소식이었기 때문이다.

하지만 그들의 얼굴에는 한가닥 염려의 빛이 흘렀다. 세 사

람의 행방이 일제히 묘연하다는 것은 뭔가 일을 꾸미고 있다
는 것이고, 그것은 그들의 계획에 큰 차질을 줄 수 있었기 때
문이다.

"상유천에 대해서는 밀영 중 하나가 비밀 연공실까지 침투
해 확인한 사실이고, 암천신마는 무령문주가 이미 마교에서
자취를 감추었다는 사실을 확인했습니다. 무령문주가 중원
으로 나온 이유도 암천신마의 행방이 마교 내에서 묘연해졌
기 때문입니다. 그리고 여러분도 아시다시피 무불성승은 이
미 오래전부터 소림에서 행방이 사라졌습니다."

"으… 음."

만력제의 설명에 다들 침통한 안색이었다. 만력제의 설명
이 사실이라면 지금의 상황으로 보아 자신들이 심혈을 기울
여 얻고자 했던 매자천의 삼대신공에 대한 것이 음모라는 반
증이었기 때문이다.

세 사람의 곤혹스러운 표정을 보며 만력제는 설명을 계속
해서 이어나갔다.

"사실 우리가 매자천의 삼대신공 중 얻은 것은 마교에서
보관되어지던 암흑투기뿐이었습니다. 암흑투기라 불리는 매
자천의 천오투령은 기실 우리에게는 아무런 쓸모가 없는 것
입니다. 우리가 끌어들인 창천비각의 인물들이라면 큰 소용
이 있겠으나, 그만한 무공은 우리에게도 있기 때문이죠. 하지
만 나머지 두 가지 무공은 다릅니다. 우리가 양지에서의 전쟁

에서는 이겼지만 음지에서의 전쟁에서 늘 매자천에게 패한 이유가 바로 그 두 가지 무공 때문이 아닙니까. 하지만 그 두 가지 무공 중 우리가 얻은 것은 하나도 없습니다. 기껏해야 당문을 멸문시키면서 얻은 허무경이 고작이었습니다. 놈들이 기본적으로 익힌다는 아주 기본적인 무공 말입니다. 천오혈기와 천오밀류가 요동에 있다는 진위를 확인하기 곤란한 정보는 어쩌면 매자천에서 우리를 끌어내기 위한 거짓 정보일 수도 있다는 것이 제 판단입니다.”

설명을 들은 천무검황이 믿을 수 없다는 듯 고개를 흔들며 만력제에게 반문했다.

“그것이 거짓 정보라면 지난 이십여 년간 흑혈의 겁풍이라는 미명하에 우리가 벌인 일들이 다 헛것이라는 겁니까?”

“아마도… 제 생각에는 매자천은 우리가 벌인 흑혈의 겁풍을 통해 역으로 우리를 추적하고 있었을 것이 분명합니다. 창천비각 내에 숨은 우리 천음문을 말입니다.”

“그렇다면…….”

“무령문주도 저와 같은 생각입니다. 무령문주 또한 저들의 의도를 파악하고자 이영을 희생시켰습니다. 놈들의 의도가 무엇인지 파악하기 위해서 말입니다.”

“으… 음! 이영이 그 때문에 희생되었다니…….”

천무검황은 이제야 남궁호의 죽음에 대한 내막을 어느 정도 알 수 있었다. 창천비각의 이영을 희생시킬 정도라면 이미 매자천의 음모가 상당히 진행 중이었다는 것을 뜻하기에 신음을 삼키지 않을 수 없었다.

"이번 회합은 용연도 용연이지만 여러분들께 한 가지 설명을 드리고자 연 것입니다."

무척이나 심각하게 굳은 안색이었기에 모두들 만력제의 얼굴을 바라보았다.

"이영이 창천비각 이외에 다른 조직에 속해 있을지도 모른다는 정보를 흘리는 순간 즉각적인 척살 명령이 떨어졌고, 여러분도 아시는 바와 같이 당가의 마지막 후예에게 척살되었습니다. 당가의 여식이 사용한 무공이 천음소수라는 것은 여러분도 서찰을 통해 확인하셨을 겁니다."

만력제의 말에 천소궁의 삼궁주인 남두천 계윤성이 나섰다.

"천음소수에 문제라도 있는 겁니까?"

"그렇습니다. 사실 세상 사람들은 천음소수가 마교의 무공이라 알고 있지만, 실상은 아닙니다."

"그럼 천음소수가 매자천의 무공이라도 되는 것입니까?"

"그렇습니다. 천음소수는 매자천의 무공이 분명합니다."

기세천은 천음소수가 매자천의 무공이라는 것이 의아했다. 매자천을 대표하는 삼대신공과 기본공인 허무경만이 중원으로 들어와 맥을 이었다고 알고 있었기 때문이다.

"그게 무슨 소립니까? 천음소수는 분명 마교가 생길 무렵부터 존재하던 것입니다. 마교 초창기에 성녀가 사용하던 무공이 바로 천음소수가 아닙니까?"

천무검황은 만력제의 말에 토를 달았다. 그것은 있을 수 없는 일이었기 때문이다. 기세천의 말대로였다. 천음소수를 최초로 익힌 이는 바로 초창기 종교의 색채가 짙었던 마교에서 추앙해 마지않았던 성녀였던 것이다.

"그것도 맞습니다. 하지만 우리가 간과한 것이 있습니다. 매자천의 뿌리가 어디냐 하는 것입니다."

"매자천의 뿌리라니, 무슨 말씀입니까?"

난데없이 매자천의 뿌리라는 만력제의 말에 알 수 없는 표정을 지어 보이는 천무검황이었다.

"매자천은 요동에 뿌리를 둔 자들이 아닙니다. 우리와 대적하기 시작한 그 시절 이전에 그들은 저 멀리 십만대산에서 온 자들이었습니다. 마교 또한 여러분도 아시다시피 십만대산에 그 기반을 두고 있고 말입니다."

"그게 사실입니까?"

"그렇습니다. 당문을 멸문시키고, 우리가 얻었던 것은 허무경 뿐만이 아니었습니다. 바로 매자천의 역사가 기록되어 있는 죽간을 여러분도 기억하실 겁니다."

"이미 알고 있었던 것이기에 그것은 우리에게 별다른 쓸모가 없었지 않았습니까?"

기세천의 말대로였다. 천음문은 매자천의 역사를 거의 꿰고 있는 상태였다. 그러기에 매자천의 역사를 기록해 놓은 죽

간은 그리 쓸모가 있는 것이 아니었기에 한 번 살펴본 후 방
치되어 있다시피 했던 것이다.

"그것은 쓸모가 없는 것이 아니었습니다. 얼마 전 저는 이번
일에 의문을 가지고 그 죽간을 다시 살펴보았습니다. 그랬더
니 고구려가 멸망하고 매자천의 삼대신공을 익힌 자들이 중원
으로 들어온 이유가 자연스럽게 풀리더군요. 그들은 고구려가
멸망 한 후 우리에게 복수하기 위한 힘을 키우기 위해 중원에
들어 온 것이 아니었습니다. 그들은 뿌리를 찾아왔던 것입니
다. 한족의 세상이 되기 전 중원을 지배했던 그들의 뿌리를 말
입니다. 그리고 그 뿌리는 바로 십만대산에 있었고 말입니다."

"상께서도 아시다시피 그 죽간에는 십만대산이라는 기록
은 아무리 찾아봐도 없었습니다. 그런데 그곳이 매자천의 뿌
리가 있었던 곳이라니 그게 무슨 말씀입니까?"

죽간을 살폈기에 기세천도 그 내용을 잘 알고 있었다. 죽간
에는 십만대산에 대한 언급이 전혀 없었던 것이다.

"매자천의 기록을 보면 그들은 하늘산[天山]에서 시작되었
다고 기록되어 있습니다. 여러분이 십만대산이라고 부르고
있는 산은 기실 그곳 원주민들에게는 하늘산으로 불리는 곳
이라고 합니다. 이 사실은 제가 직접 확인한 일입니다."

"으음!"

"그럴 수가!"

천무검황과 묵무천, 그리고 남두천은 신음을 삼켰다. 당 황

제의 요청을 핑계로 천음문이 중원으로 들어온 것 자체가 잘못된 판단이었다는 것을 이제야 알게 되었던 것이다.

잘못된 판단으로 그 이후부터 모든 것이 어긋나 있었던 것이다. 중원에서 힘을 키워 자신들과의 전쟁을 다시 시작하려는 것이라는 천음문의 판단은 처음부터 틀렸던 것이다.

"지금의 상황으로 보아 우리는 잠자는 백호를 깨운 것일지도 모릅니다. 매자천의 진정한 힘을 말입니다. 들어오는 소식들을 종합해 보면 그들의 행보가 심상치 않습니다."

탄식처럼 흘러나오는 만력제의 음성에 모든 이들이 침중한 안색으로 침묵을 지킬 뿐이었다.

"어찌 됐든 용연을 열어야 할 것 같습니다. 매자천이 우리를 향해 칼을 빼 든 것이 확실한 이상, 우리도 앉아서 당할 수만은 없으니 말입니다. 이미 늦은 것인지는 모르겠지만 우리가 창천비각을 통해 마교와 천소궁 세력의 절반 이상을 장악한 상태이니, 저들보다 빨리 움직이기만 한다면 매자천의 음모를 분쇄하고 그들의 뿌리를 끊을 수 있을 겁니다. 하지만 저들의 음모를 정확하게 파악하지 못한 이상 우리도 상당한 피해를 감수해야 할 겁니다. 창천비각뿐만 아니라 우리 천음문도 말입니다. 어쩌면 지금도 피해를 입고 있을지 모르니 빨리 움직여야 할 겁니다."

만력제의 말에 세 사람은 얼마나 빠른 시간 내에 매자천의 행동에 대응할 수 있느냐가 매자천과의 승부를 결정지을 관건임을 알 수 있었다.

"알겠습니다. 용연을 열도록 하시지요. 지금으로서는 그 방법이 최선일 것 같으니 말입니다. 그렇지 않으면 우리끼리 부딪칠 수도 있는 일이니, 상의 말씀대로 서둘러야겠습니다."

북두천과 남두천도 천무검황의 말에 동조하는 듯 고개를 끄덕였다.

"알겠습니다. 화산에 용연이 열린다는 소식을 전하기 위해 천리전응을 띄우도록 하겠습니다. 두 분 궁주께서는 천소궁으로 돌아가 완전히 천소궁을 장악해 주시고, 검황께서는 무림맹이 창설되면 주도권을 쥐시기 바랍니다. 지금 남궁무진이 나서고 있는 모양입니다만, 서문세가를 이용한다면 그리 어렵지는 않을 겁니다."

"알겠습니다."

"상의 뜻대로 하겠습니다."

천무검황을 비롯한 천소궁의 두 궁주는 만력제에게 인사를 하고는 태화전의 비밀 통로를 통해 자금성을 나섰다. 자금성을 벗어나 지하로 나 있는 비밀 통로를 통해 북경성 밖으로 빠져나가는 길을 세 사람은 묵묵히 걷고 있었다.

하지만 본거지로 향하는 그들의 뇌리에는 매자천과 벌일 건곤일척의 승부로 가득 차 있었다. 이제 모든 것을 끝낼 때가 다가왔다는 것을 그들도 느끼고 있었던 것이다.

第五章 선택의 기로!

九劈雷雲

자금성을 감싸고 있는 북경성의 외곽. 거의 쓰러져 가는 조그마한 사당 한구석에 있는 작은 벽이 소리 없이 미끄러지며 작은 공간을 드러냈다.

잠시 후 공간이 드러나자마자 누군가가 그곳을 통해 바깥으로 나왔다. 천무검황과 천소궁의 북두천과 남두천이었다.

"각자 돌아가 준비를 잘해야 할 것입니다. 비록 상께선 나이는 어리시나 그분께 모든 것을 물려받으신 분입니다. 요동 쪽에서 안 좋은 소식이 계속해서 들리고 있습니다. 그러니 그분의 눈에 벗어나지 않도록 하시오."

천무검황은 북두천과 남두천에게 경고하듯 말했다. 여진

족 일대에서 부는 바람이 심상치 않음을 경고한 것이었다.

"세상이 말하기를 '여진족 일만이면 천하를 감당한다[女眞
一萬卽天下不堪當]'라고는 하지만 적당한 회유책과 이간책을
쓰고 있으니 그들이 뭉칠 수는 없을 겁니다. 추밀사에서 파견
한 이무량이란 자가 뜻밖에도 능력이 뛰어나 그들을 잘 막고
있으니 말입니다. 저희 또한 암중에서 지원을 하고 있으니 그
리 염려하지 마십시오."

"알겠소. 후후후! 추밀사 녀석들, 도움이 안 되는 일만 하
더니 이번에는 조금은 도움이 되는구려. 이번에 돌아가면 천
소궁을 완전히 손에 넣도록 하시오. 상유천이 부재 중이니 두
분의 힘이라면 그리 어렵지 않을 것이오."

"알겠습니다."

"난 이만 무당으로 돌아가 더 이상 남궁가의 아이가 설치
지 못하도록 하겠소. 마교를 이끌고 있는 암천신마의 힘과 맞
서자면 지금 남궁무진의 힘으로는 힘들 테니 내가 직접 나서
서 창설되는 무림맹을 장악하도록 하겠소."

"검황께서 하시는 일인데 여부가 있겠습니까. 검황의 무운
을 빕니다."

"자, 이만 돌아갑시다. 길이 머니 서둘러야 할게요."

천무검황은 두 사람에게 작별 인사를 고하고 사당을 떠났
다. 북두천과 남두천 또한 곧이어 요동 쪽으로 방향을 잡고
빠르게 경공을 발휘했다.

세 사람이 모두 떠나자 기척도 없이 한 사람이 나타났다. 추밀사의 수장인 주수명이었다. 태화전에서 지하를 통해 자금성을 지나 북경성 밖으로 나가는 비밀 통로를 추밀사의 수장인 주수명이 지키고 있었던 것이다.

주수명은 천위현과 함께 화산에서 벌어지는 일을 알아보러 떠나려 했으나 떠날 수가 없었다. 급작스러운 일이 생겼던 것이다. 진무사의 수장이자 추밀사의 진정한 수장인 장수보가 급작스럽게 쓰러진 것이다.

장수보가 쓰러진 일로 인해 그는 화산행을 보류하고 북경에서 벌어지는 일을 암중에 조사하고 있었던 것이다.

화산으로 떠나려고 할 당시에는 몰랐지만 장수보가 쓰러지고 난 후 그간 북경에서 일어났던 모든 일들을 다시 살폈던 주수명은 뜻밖의 사실을 발견했다.

바로 황제인 만력제가 흑혈의 겁풍과 관련이 있을지도 모른다는 사실이었다. 그로인해 조사를 벌이다 황제가 누군가와 밀담을 추진하고 있다는 것을 알아낸 후에 오늘 북경을 빠져나가는 자들의 면면을 보고는 그들이 누구인지 확인을 한 것이다.

"이제 모두들 떠나는군. 역시 흑혈의 겁풍을 일으킨 배후는 황제였던가?"

주수명의 목소리는 어딘지 모르게 힘이 없었다. 황제와의 밀담 후 북경을 빠져나가는 세 사람을 바라보며 자신이 예상한 것이 맞았다는 것을 확인했기에 허탈감에 빠져 있었던 것이다.

최고의 자리에 앉아 있는 황제가 어찌하여 알 수 없는 무림 단체와 연관을 가지고 있는 것인지 모를 일이었다. 장수보의 일이 아니라면 주수명은 황제에 대해 의심조차 하지 못했을 터였다.

그가 황제를 의심하게 된 것은 장수보가 쓰러진 후 지난날 황제가 보여주었던 것을 다시 생각하면서부터였다. 만력제에 대해 의심을 가진 것은 제독태감을 비롯한 동창에 대해 보고를 할 때 만력제가 보인 의문의 태도 때문이었다.

제독태감 윤충이 요동에서 무공 비급을 얻고자 흑혈의 겁풍을 일으킨 것 같다는 보고를 드린 것은 자신이었다. 그럼에도 담담히 자신의 보고를 듣고 있었던 황제였다. 혈겁이 일어났음에도, 그것도 황제의 최측근인 동창이 일을 벌였다는 보고에도 너무나 태연했던 만력제였다.

황제에 대한 의심이 들어 화산행을 접고 지금까지 만력제를 살펴온 주수명이었다. 황제를 일단 의심하자 모든 것이 풀려 나갔다. 황제를 음모의 정점으로 놓고 암중으로 조사를 한 결과, 흑혈의 겁풍은 황제의 보이지 않는 그림자가 짙게 드리워져 있었던 것이다.

지금까지 조사한 바로는 윤충은 황제의 보이지 않는 손에 놀아난 쏙무삭시에 불과했다. 황제의 보이지 않는 손들은 지금 자금성을 떠난 바로 그자들이었다. 창천비각이라는 무림의 정보 단체를 좌지우지하는 자들의 손에 동창이 놀아난 것이다.

주수명은 세 사람을 섣불리 추적하지 않았다. 지금의 자신으로서는 감당하기 힘든 고수들이었던 까닭이다. 한 사람은 그도 잘 아는 자였다. 당금 천하제일의 검수가 바로 그였기에 그의 실력이 어느 정도인지는 가늠해 보지 않아도 충분히 알 수 있었던 것이다.

나머지 두 사람도 풍기는 기세가 천무검황과 비견되는 자들이었다. 쫓아가 보았자 황제를 지켜보는 눈이 있다는 것만 들킬 뿐이었기에 추적을 하지 않은 것이다.

"역시, 형님을 죽이려 한 것은 황제였었군."

주수명은 옮기기 싫은 발걸음을 돌렸다. 자신이 알아낸 사실을 알려줄 사람이 있었기 때문이다. 그의 발걸음은 장수보의 장원으로 향하고 있었다.

*　　　*　　　*

"쿨럭!"

밭은기침을 하는 장수보의 입가로 검푸른 피가 흘러나왔다. 무명으로 된 작은 손수건이 그 피를 닦아냈다.

"쿨럭! 이… 이제 갈 때가 된 모양이로군."

장수보는 무명 손수건에 가득 묻은 피를 바라보며 이제 자신의 수명이 얼마 남지 않았다는 것을 알 수 있었다. 검푸른 피를 토해낸 것을 보면 독이 폐부까지 미친 것이 분명했다.

"폐하께서는 어째서 나를 죽이시려는 것인가?"

장수보는 두 달 전의 일이 떠올랐다. 자신의 정책을 지지하며 기둥이 되었던 황제이기에 기쁜 마음으로 황제의 침전을 찾았던 그였다. 그는 동창의 전횡으로 피폐했던 정국이 회복되어 가는 것을 보고 드렸고, 황제는 파안대소를 터뜨리며 기뻐했었다.

황제는 노고를 치하하며 자신의 건강을 걱정한다는 말과 함께 무당에서 보내온 자소단을 하사품으로 내렸었다. 평소 과중한 업무로 피로해 하던 그는 기뻐하며 집으로 돌아온 후 곧바로 황제가 하사한 자소단을 복용했다.

하사품으로 내려온 자소단은 모두 세 개. 그중 장수보가 지금까지 복용한 것은 두 개였다. 하사품을 받은 직후 집으로 돌아와 한 개, 한 달여 전 몸이 좋지 않아 복용한 것이 한 개였다. 장수보의 몸이 급속히 나빠진 것은 두 번째 자소단을 복용하고 난 후였다.

장수보는 즉시 의동생이자 추밀사의 수장인 주수명을 불렀다. 화산에서의 일을 알아보기 위해 떠난 사람이었지만 일이 무척이나 심각했기에 발길을 되돌리게 한 것이다.

장수보가 주수명을 부른 이유는 자신이 먹은 자소단의 정체를 알아보기 위해서이기도 했지만, 누가 자신을 죽이려 하는지 알아봐 달라는 부탁을 하기 위해서였다. 황제가 하사한 자소단에 누군가 손을 썼다는 심증 때문이었다.

자신의 연락을 받고 다급히 발걸음을 되돌려온 주수명에게 장수보는 하사품으로 받은 세 개 중 남아 있는 자소단 한 개를 주어 성분 분석을 부탁했다.

주수명은 장수보의 이야기에 무척이나 놀라면서 자소단을 가지고 나가 사흘 후에 조사한 결과를 가지고 왔었다. 그리고는 자소단의 성분을 말해주었다.

그가 복용한 것은 자소단과 함께 들어 있던 성분을 알 수 없는 독이었다. 아주 교묘하게 감추어져 있었던 것으로, 세 번째 자소단을 복용하면 즉사하도록 정확히 독이 배분되어 있었다는 사실을 장수보에게 이야기해 주었다.

하지만 다음에 이어지는 이야기는 더욱 놀라운 것이었다. 자신의 정적이 독을 투입했을 것이라고 생각했던 장수보에게는 청천벽력이나 다름없는 이야기였다. 바로 황제가 독을 풀었을지도 모른다는 것이었다.

믿기지 않는 일이었지만 주수명은 황제를 감시하고 있다고 했다. 황제의 행동이 석연치 않다는 이유에서였다고 했었다.

"어찌 되었든 아우가 돌아오면 모든 것을 알 수 있겠지."

장수보는 주수명을 기다리기 위해 의복을 바로 했다. 자신

의 상세를 무척이나 염려하는 주수명이기에 심려를 덜어주기
위해서였다.

　삼경이 다 되어가는 시각. 방문을 바라보고 있던 장수보는
어른거리는 그림자를 볼 수 있었다. 애타게 기다리던 주수명
이 이제야 돌아온 것이다.
　“형님, 접니다.”
　“들어오게.”
　주수명이 방 안으로 들어왔다. 희미한 황촉불이지만 장수
보는 주수명의 안색이 그 어느 때보다 침중한 것을 볼 수 있
었다.
　“자네의 예상대로였었나?”
　“그렇습니다, 형님.”
　“허허!”
　주수명의 대답에 장수보의 입에서는 허탈한 음성이 흘러
나왔다. 모든 기운을 빼앗긴 듯한 모습이었다. 진이 다 빠진
듯 옆으로 쓰러지려는 장수보를 주수명이 다급히 다가가 부
축했다.
　“마음을 편히 가지십시오.”
　주수명의 말에 장수보는 자신을 부축한 주수명의 손을 잡
으며 자세를 바로 했다. 주수명의 위로로 어느 정도 심신을
가라앉힌 장수보는 주수명이 알아낸 사실을 듣기 원했다.

“이젠 되었네. 자네가 알아낸 것을 소상히 이야기해 주게나. 하나도 빠짐없이 말이야.”

주수명은 자신이 알아낸 사실들을 숨김없이 이야기하기 시작했다. 장수보에게는 충격적인 이야기일지 모르지만 그가 반드시 알아야 할 이야기였다.

“천무검황과 무림을 움직이는 창천비각이 황제와 관련이 있는 것 같습니다. 황제의 처소와 통하는 비밀 통로에서 그들이 나오는 것을 확인했습니다.”

“예상은 하고 있었지만 천무검황과 창천비각까지 관련이 있다면 문제가 크군. 자네는 어째서 폐하께서 무림인들과 접촉을 한다고 생각하나?”

놀라운 소식임에도 장수보의 표정은 변화가 없었다. 그저 차분히 상황을 파악하려는 빛이 역력했다.

“그것은 알 수가 없었습니다. 하지만 분명한 것은 황제가 흑혈의 겁풍이라는 전대미문의 혈겁과 관련이 깊다는 것입니다. 그리고 형님을 죽이려 한다는 것도 확실합니다. 자소단은 무림에서도 알아주는 영단입니다. 약효가 뛰어난 만큼 보관도 까다롭지요. 자소단이 만들어지고 중간에 누군가의 손을 거쳤다면 약효가 어느 정도 상실되었을 겁니다. 하지만 형님께서 주신 자소단은 독 부분을 제외하고는 약효를 온전히 간직하고 있었습니다. 그러니 형님께서 드신 자소단은 처음부터 영단으로 위장해 사람을 죽이려고 만든 것이 분명합</p>

니다."

처음부터 사람을 죽이기 위해 만들어진 것이라는 말에 장수보가 신음을 삼켰다.

"으… 음!"

"제가 그렇게 생각하는 것은 자소단은 천무검황에게서 흘러나온 것이 분명합니다. 자소단은 만들어낸 무당에서도 함부로 사용할 수 없는 것인만큼 천무검황이 아니라면 세 개씩이나 가질 수 없는 것입니다. 그런 자소단이 황제가 하사할 때까지 그 누구의 손도 탄 적이 없다고 한다면, 분명 처음부터 암살을 위해 만들어진 것이 분명합니다. 또한 황제가 천무검황을 부리는 이상, 황제가 형님을 제거하려는 뜻이 없었다고는 볼 수 없으니 말입니다."

"폐하께서 나를 죽이려 하신다니……."

장수보는 주수명의 입을 통해서 황제의 의도를 다시 한 번 확인하자 다시금 눈빛이 흔들렸다. 주수명은 장수보의 그런 표정을 보며 말을 잇다 말았다. 지금부터 들려줄 이야기는 그에게는 황제의 일보다 더욱 충격적인 것이기 때문이었다.

"그렇습니다. 황제는 분명 형님을 죽이려 합니다. 그리고……."

주수명이 머뭇거리자 장수보가 재촉했다.

"그리고 또 뭔가?"

"이번 일에 자성황태후도 관련이 있는 듯합니다."

"그… 그것이 사실인가?"

장수보는 주수명의 말에 몸을 떨며 사실 여부를 물었다. 자성황태후는 원래 융경제가 유왕 시절에 거두어들인 첩이었다. 융경제가 즉위하자 귀비에 책봉되었고, 만력제를 낳자 황귀비가 된 사람이었다.

만력제가 즉위하자 후궁에서 황태후가 되었고, 어린 나이에 만력제가 등극한 관계로 자성황태후의 존호를 받고 효안황후와 공동으로 섭정하고 있는 중이었다.

자성황태후는 섭정 기간 동안 만력제의 훈육에 힘을 쏟았고, 정사는 재상인 장수보에게 전담토록 하였다. 그만큼 장수보를 믿고 일을 맡기는 사람이었다.

장수보는 재상에 오르기 전 자성황태후를 만나 간곡한 부탁을 받았었다. 만력제의 재위 기간이 태평성대가 되도록 물심양면으로 도와 달라는 간곡한 부탁이었다.

그런데 그런 그녀가 무림 단체와 손잡고 황제를 뒤에서 조종하는 배후라니 믿을 수가 없었던 것이다.

"사실입니다. 어쩌면 황제를 통해 형님의 죽음을 사주한 이가 황태후일 수도 있습니다."

"어찌 그럴 수… 쿨럭!"

가장 믿었던 사람의 배신으로 마음의 격동을 다스리지 못한 탓인지 장수보가 피를 뿜어내며 앞으로 쓰러졌다. 주수명

은 다급히 다가서서는 명문혈을 통해 장수보에게 진기를 주
입했다. 급격히 혈색이 나빠지던 장수보의 안색이 잠시 후 제
색깔을 되찾았다.

"세상에서 제일 존귀한 자리에 있는 분들이거늘… 원하는
것이 도대체 무엇이기에……."

장수보로서는 믿을 수가 없는 사실이었다. 동창의 횡포로
피폐해져 가던 명이 지금은 자신의 노력으로 조금씩 되살아
나고 있는 중이었다. 그런데 어째서 자신을 죽이려 하는지 이
유를 알 수 없었던 것이다.

말끝을 흐리며 생각에 잠겼던 장수보가 무엇인가 생각난
듯한 표정으로 주수명에게 물었다.

"자네, 황제 폐하의 세력이 동창도 움직인다고 하지 않았
나?"

"그렇습니다. 동창의 제독태감인 윤충은 자신을 부리는 자
가 누구인지 모르지만, 분명 윤충을 움직이고 있는 자는 황제
의 수족임이 틀림없습니다."

"자네도 알다시피 전대 동창의 제독태감이었던 유근이 황
제를 꿈꾸다 반역죄로 처형을 당한 적이 있지. 그만큼 동창을
비롯한 환관들의 전횡이 극심했었네. 자성황태후께서는 나
에게 환관들의 전횡을 막고, 나라를 바로 세우라고 했었네.
그런데 자성황태후나 황제께서 자네 말대로 그들과 관계가
깊다면, 어찌하여 동창의 횡포를 막으라고 했는지 이해할 수

가 없네."

장수보가 이리 말하는 것은 주수명의 말을 믿을 수 없다는 우회적인 표현이었다.

"죄송하지만 형님, 제가 말씀드린 것은 사실입니다. 좀 전에 유근이란 놈을 말씀하셨는데, 그자가 모반죄로 사형을 당하고 수많은 재산이 몰수되었습니다. 사람들은 은자로 수천만 냥은 될 것이라고 생각했지요. 하지만 실제 국고로 들어온 것은 얼마 되지 않았습니다. 장부에 기록된 것을 보면 총 이백삼십여 만 냥만이 국고로 환수되었습니다. 사람들이 잘못 생각하고 있었던 거지요."

"그거밖에 안 되었나?"

장수보도 잘 아는 사실이었다. 하지만 생각보다 너무 적은 금액이라는 생각이 들었다. 유근은 살아 있을 당시 매관매직으로 유명한 환관이었다. 그가 받은 뇌물이 족히 수천만 냥은 될 것이라는 것이 당시의 중론이었다. 그런데 이백삼십만 냥이라는 주수명의 말이 의아스러웠다.

"형님께서는 유근의 재산이 얼마나 되었을 거라고 생각하셨습니까?"

"자네 말대로 수천만 냥은 될 거라고 생각했었네."

"맞습니다. 유근의 재산은 거의 사천오백만 냥이었습니다. 명의 군부가 이 년을 쓸 수 있는 금액이지요."

"사천오백만 냥? 그게 사실인가? 국고로 귀속된 게 이백 삼십여 만 냥이라고 하지 않았나?"

"기록이 조작된 것입니다. 당시 유근의 집에서 나온 것은
은자였습니다. 하지만 그자는 금자를 별도로 보관하고 있었
지요. 그런데 그가 모반죄로 처형되고 난 후 그가 보관하고
있던 금자들이 감쪽같이 사라졌습니다. 형님께서는 그 금자
들이 어떻게 됐다고 생각하십니까?"

"설마!"

"그렇습니다. 금자들은 황태후의 수중으로 들어갔습니다.
그런 후 금자들이 전표로 바뀌고, 그렇게 만들어진 막대한 돈
이 무림 단체로 흘러들어 갔지요. 바로 창천비각으로 말입니
다. 그것은 다른 환관들도 마찬가지였습니다. 그들은 살아생
전 욕구를 풀 길이 없어 물욕에 미쳐 돈을 모으기는 했지만,
죽기 전까지 그것을 다 쓸 수는 없었지요. 그런 돈들이 모두
황태후가 속한 모종의 단체에 흘러들어 갔던 겁니다. 무림을
일통시키기 위한 자금으로 말입니다."

주수명의 말을 되새겨 보면 한두 해 동안 일어난 일이 아니
었다. 오랜 세월 동안 꾸며진 일인 것이 분명했다.

"그렇다면 이 모든 것이 전대 황제 때부터 꾸며진 일이라
는 말인가?"

"언제인지는 모르겠으나 그보다 더 오래전인 것 같습니다.
이번에 형님을 제거하려는 것도 그들의 일에 너무 깊숙이 파
고든 여파인가 봅니다. 저희는 동창만을 파고들었는데, 그로

인해 숨겨져 있던 몸통의 꼬리를 잡은 것이나 마찬가지였으
니 말입니다.”

장수보는 명의 국운이 기우는 것이 환관들 때문이라 생각
하고 그동안 그들의 비리를 캐는 데 전력을 기울여 온 사람이
었다. 그런데 그것이 황제가 자신을 죽이려는 계기가 되었음
을 알 수 있었다.

“허허허! 나라를 살리려고 한 일이었는데 내가 너무 깊이
파고든 모양이로군.”

청운의 꿈을 안고 관계에 투신한 후 오로지 나라를 위해 헌
신해 온 장수보였다. 자신이 걸어온 지난날이 모두 무너지는
소리에 장수보는 허탈함을 감추지 않았다.

“형님, 진정하십시오. 아직 기회는 있습니다.”

주수명은 심기를 추스를 수 있도록 목소리에 청명한 내공
을 실어 장수보를 일깨웠다.

장수보는 주수명의 목소리에 정신을 차렸다. 주수명이 이
렇게 말한다면 무엇인가 방법이 있을 것이기 때문이었다.

“그럼 어찌하면 좋다는 말인가? 황실이 무림을 아우른다면
문제가 커지네. 자고로 무림과 관의 밀회는 좋은 결과를 보지
못했으니 말이야. 어쩌면 황실이 위험할 수도 있으니, 좋은
방법이 있으면 말해보게.”

“황제도 그런 결과를 모르지는 않을 겁니다. 제가 조사하
면서 느낀 것입니다만, 황제는 명과 황실에 대해 애착이 거의

없는 것 같습니다. 마치 망하거나 말거나 상관없다는 듯 말입니다."

"그럴 리가 있겠나? 명색이 당신의 나라인데……."

"글쎄요. 하지만 제 느낌은 분명합니다. 이제부터 황제가 무엇을 원하는지 알아봐야겠습니다. 그 아이가 출관한다고 했으니 올빼미 놈하고 같이 조사를 맡긴다면 무엇인가 알아낼 수 있을 겁니다. 그리고 진정 명이 망하기를 원한다면 극단의 방법을 사용할 수밖에 없습니다."

"자네, 혹시?"

"만약 황제가 명의 멸망에도 아랑곳하지 않고 허튼 짓을 한다면 옥좌에서 끌어내려야지요. 자금수호위를 동원해서라도 말입니다."

장수보는 신음을 흘렸다. 주수명이 말하는 것은 그가 가지고 있는 마지막 패를 꺼내 들었다는 것을 뜻했기 때문이다.

"으… 음! 태황금패를 자네가 가지고 있었군."

황제와 인척이면서도 권력에 그리 연연하지 않은 이가 바로 주수명이었다. 황제가 되고도 넘칠 능력을 가지고 있으면서도 권력을 탐하지 않은 것은 그가 추밀사 이외에 한 단체의 수장이었기 때문이다.

그가 수장으로 있는 단체는 태조 홍무제에 의해 창설된 곳으로, 자금수호위라 불리는 단체였다. 명 황실을 위협하는 불순한 세력이나 명의 멸망을 획책하는 무리를 진압, 제거하는 임무를 맡고 있는 명 황실의 최후 보루였다.

자금수호위가 무서운 이유는 홍무제가 부여한 한 가지 권한 때문이었다. 그것은 황제가 만약 무능하여 백성을 도탄에 빠뜨리기라도 한다면 황제를 권좌에서 끌어내려 야인으로 만들 수 있는 권한이었다.

자금수호위는 이런 권한의 증거로 홍무제의 유지가 담긴 황금의 신패를 가지고 있었다. 홍무제가 자금수호위에 하사한 이 금패는 태황금패(太皇金牌)라는 이름으로 황제마저 권좌에서 물러나게 할 수 있을 정도로 막강한 권위를 쥐고 있는 물건이었다.

"아직 명확한 증거는 잡히지 않았지만, 놈들이 움직이기 시작했으니 얼마 있지 않아 증거를 잡을 수 있을 겁니다. 전 놈들이 음모를 꾸미고 있는 화산으로 갈 생각입니다. 분명 화산에서 일어나는 일이 황제와 밀접한 관련이 있을 것이니 말입니다. 그러니 형님께서는 마음을 평안히 하시고, 제가 없는 동안 북경을 지키셔야 합니다."

"알았네."

"그리고 사람을 풀어 형님의 독상을 해독할 사람을 찾고 있으니 조만간 해독이 될 수 있을 겁니다."

"내가 입은 독상을 해독시킬 수가 있다는 말인가?"

"예, 그녀라면 형님의 독상을 해독시킬 수 있을 겁니다. 그녀보다 뛰어난 독술을 가진 이는 세상에 없을 테니까 말입니다. 때마침 섬서성에 그녀가 나타났다고 하니 이번에 화산으로 가볼 생각입니다. 그녀도 이번 일과 무관하지 않은 것 같고, 황제가 부리는 세력도 화산에서 일을 벌이는 모양이니 겸사겸사해서 말입니다."

"그녀라니? 혹 얼마 전 자네가 나에게 보고했던 당가의 마지막 후예라는 그녀 말인가?"

"그렇습니다. 황제가 부리는 세력과의 충돌로 화산 인근에서 곤란에 처한 모양인데, 그녀를 도와준다면 형님의 독상을 치료해 줄 겁니다. 그녀는 자신을 도와준 은혜를 저버릴 사람이 아니니 말입니다."

"알았네. 난 이곳에서 추밀사를 이용해 자네를 돕도록 하겠네. 폐하가 어찌 그런 일을 벌이고 있는지 알아내는 것도 병행해서 말이야."

"형님께는 자금수호위 중에서 호위할 사람을 붙여드리겠습니다. 저와 연락을 하시려면 그에게 말씀하시면 될 겁니다. 그리고 이거."

주수명은 말을 마친 후 품에서 유지로 싼 작은 물건 하나를 꺼냈다.

"뭔가?"

"천령단이라는 것입니다. 형님의 독상을 완전히 해독시키지는 못하겠지만, 제가 섬서성에서 돌아올 때까지 더 이상 악화되는 것은 막아줄 겁니다."

“고맙네.”

“그럼 전 이 길로 떠나도록 하겠습니다. 그 아이가 나올 때가 되었으니 바로 데리고 가겠습니다. 화산에서 벌어진 일로 인해 형님께는 아직까지 별다른 관심이 없는 것 같지만 조심하십시오, 형님.”

“알았네. 내 걱정은 말게. 모르고 있었다면 당하겠지만, 알고 있는 이상 나도 그렇게 쉽게 당하지만은 않을 걸세.”

“알겠습니다. 보중하십시오.”

주수명은 인사를 마치고 장수보의 방을 나섰다. 장수보는 떠나가는 주수명을 바라보며 손에 받아 든 천령단을 꽉 쥐었다. 주수명이 모든 것을 알아낼 때까지 어떻게 해서든지 북경을 지켜야 했던 것이다.

장수보의 장원을 나선 주수명은 곧바로 자금성으로 향했다. 철혈무전에 들었던 수린이 나올 때가 되었다는 소식을 얼마 전 천위현을 통해 들었던 것이다. 천위현은 지금 철혈무전의 입구에서 수린이 나올 때를 기다리고 있는 중이었다.

자금성으로 들어선 주수명은 진무사가 있는 전각으로 향했다. 자신이 들어서자 여기 저기 감시의 눈길이 번득이는 것을 느꼈으나 짐짓 모르는 척, 평상시와 같이 진무사로 향했다.

‘이리 감시의 눈길이 심해졌다는 것은 저들도 내가 어느 정도 낌새를 챘다는 것을 알고 있는 것이 분명하다. 형님께 호위만 붙이고 떠나는 것이 잘하는 일인지 모르겠군.'

주수명은 자신을 감시하기 시작한 이상 장수보가 위험할 수도 있다는 생각이 들었다.

'어쩔 수 없겠지. 이번에 화산에서 무엇인가 중요한 일이 벌어질 것이 분명하니 말이야. 천무검황을 비롯해 많은 고수들이 모여들 테니 고수가 하나라도 더 필요할 것이다.'

주수명으로서는 장수보를 방치하는 것이나 다름없었지만 어쩔 수가 없었다. 황제가 주도적으로 참여하는 단체가 화산에서 중요한 일을 벌이고 있는 것이 틀림없었다.

일반적인 역모라면 몰라도 자신이 보아온 면면을 볼 때 자금수호위만으로는 그들을 처리한다는 건 거의 불가능했다. 그는 수린과 아울러 철혈무전을 지키는 사신에게도 부탁을 해볼 생각이었다. 영락제와 황실을 수호하는 인재들을 키워준다는 언약을 한 이상 말만 잘한다면 도움을 받을지도 모른다고 생각했기 때문이다.

진무사로 들어온 주수명은 장수보가 평소 집무를 보다 휴식을 취하는 방으로 들어갔다. 철혈무전으로 통하는 비밀 통로가 있는 곳이었다. 주수명은 비밀통로를 통해 자금성 지하에 있는 철혈무전으로 향했다.

감시자들의 눈길이 있지만 자신을 뒤따르지는 못할 터였다. 철혈무전으로 통하는 기관은 이미 주수명이 손을 보아놓은 상태라 천위현을 제외하고는 그 누구도 안으로 들어올 수 없도록 만들어져 있었기 때문이다.

비밀 통로를 지나온 주수명은 철혈무전의 입전 관문 앞에 도착할 수 있었다. 철혈무전의 본전으로 들어갈 수 있는 관문 앞에는 천위현이 가부좌를 틀고 앉아 있었다. 천위현은 가부좌를 풀고는 자리에서 일어서서 주수명을 맞았다.

"오셨습니까?"

"아직 나오지 않았느냐?"

"아직입니다. 조금 있으면 나오겠지요."

수린의 출관이 아직이었기에 천위현은 머리를 긁적였다.

"늦는구나."

"그러게요. 그나저나 어떻게 변했을까요?"

천위현은 수린이 어떻게 변했을지 무척이나 궁금한 모양이었다. 시선은 철혈무전의 입구를 떠나지 않고 있었다.

"나도 궁금하기는 하다만… 그나저나 걱정이 든다."

"왜 그러십니까?"

주수명의 염려에 천위현이 걱정스러운 듯 물었다.

"너나 나나 철혈무전에 입전해서 그분들께 무공을 배웠던 시간이 거의 사오 년이었다. 그런데 수린이는 일 년이 조금 넘었을 뿐인데 벌써 출관을 한다고 해서 말이다."

주수명은 수린이 사신에게 더 이상 무공을 배울 수 없어 출관하는 것이 아닌지 염려스러웠던 것이다.

"그야 자질이 출중해서 그런 것 아닙니까?"

"후후! 네놈도 따지고 보면 자질 만큼은 누구 못지않았다. 하지만 지금까지 철혈무전에 입전한 자들 중 제일 빠르게 출관한 너도 삼 년이 넘게 걸린 일이었다. 그런데 수린이의 수련 기간은 고작해야 너의 삼분지 일밖에 되지 않는데 벌써 출관이라니 걱정이 안 될 수가 없구나."

"무엇을 걱정하는지 압니다만, 노파심일 겁니다. 그분들 성격에 덜 여문 상태에서 내보내기야 하겠습니까. 아마도 수련을 끝내지 않고 나간다면 철혈무전의 위신에 먹칠을 한다고 길길이 날 뛸 분들인데요. 그분들이 수린이가 출관한다고 연락을 했으니 모든 것을 완성하고 나오는 걸 겁니다."

"하긴, 그분들이 그냥 내보낼 리가 없지."

주수명은 천위현의 말을 들으며 자신이 앞서 생각했음을 알 수 있었다. 철혈무전을 수호하는 사신은 그리 호락호락한 사람이 아니었다. 철혈무전에 입전하고도 무공을 완성하지 못해 죽어 나온 이도 여럿이 있었기 때문이다. 천위현 말대로 수린의 출관을 허락했다면, 분명 나름대로의 무공을 완성했을 것이 분명했다.

"아직은 시간이 많이 남아 있으니 이곳에서 운기조식이나 하시죠. 저도 오래간만에 이곳에서 운기조식을 하니 기분이 좋아지던데요."

"그러자꾸나."

두 사람은 철혈무전의 입전 관문 앞에 앉아 가부좌를 틀고는 운기조식을 하기 시작했다. 철혈무전이 워낙 길지인 곳에 세워진 탓에 다른 곳보다 기가 풍부했다. 두 사람은 정말 오래간만에 모든 업무에서 벗어나 여유롭게 운기조식을 취할 수 있었다.

하루가 지났을 즈음, 주수명은 기관이 돌아가는 소리에 운기조식을 마치고 자리에서 일어났다.

'녀석, 이제는 내 성취를 앞서는구나.'

주수명은 자신보다 먼저 운기조식을 마치고 철혈무전 앞에서 수린의 출관을 기다리는 천위현을 볼 수 있었다. 자신보다 먼저 기관의 움직임을 알고 진행 중인 운기조식을 무탈하게 끝마쳤다는 것은 자신이 이룬 성취를 능가하였기에 가능한 것이었기에 주수명의 입가에는 미소가 걸렸다.

그르릉!

기관이 돌아가는 소리와 함께 철혈무전의 입전 관문의 문이 열렸다. 그와 함께 약간 하얀 안색의 수린이 문을 통해 천천히 밖으로 나섰다.

"아버님, 오라버님. 기다리고 계셨군요."

수린은 자신을 기다리고 있는 주수명과 천위현을 보자 반갑게 인사를 했다.

"하하하! 정말 고생이 많았다."

주수명은 웃으며 수린을 맞았다. 자신의 의도로 철혈무전
에 그녀를 집어넣었지만 그동안 마음고생이 심했던 그였다.
비록 안색은 창백하지만 품고 있는 기세가 범상치 않았기에
그동안의 시름을 모두 날려 버릴 수 있었던 것이다.

"별말씀을요. 아버님 덕분에 무사히 수련을 마칠 수 있었
습니다.

"그래, 이제 가자. 너에게 할 말이 많다. 그동안 힘들었을
테니 맛있는 것도 먹자구나."

상당히 힘들었을 거라는 생각에 주수명이 수린을 이끌었
지만 수린은 잠시 멈칫거렸다.

"잠깐만 기다리세요."

"무슨 일이 있느냐?"

주수명은 출관을 했는데도 떠나려 하지 않는 수린을 보며
물었다.

"같이 가실 분들이 있습니다, 아버님."

"같이 가실 분들?"

주수명의 의문은 오래가지 않았다. 자기 몸보다 커다란 보
따리를 등에 지고 오는 이들이 보였기 때문이다.

'저분들은?'

철혈무전의 사신들이었다.

"주가야, 오랜만이다. 그동안 잘 있었느냐?"

맨 앞에 나오는 이가 주수명을 불렀다. 철혈무전의 사신 중 청룡이었다. 수(水)의 기운을 가진 청룡은 평소에 무척이나 차가운 느낌을 느끼게 했으나 오늘은 어쩐지 무척이나 밝은 기운을 뿌리고 있었다.

청룡뿐만이 아니었다. 청룡의 뒤로 백호와 주작, 현무가 뒤를 따르고 있었다. 그들의 얼굴도 무척이나 밝아 보였다. 네 사람 다 우스꽝스러운 모습이었지만 괴팍한 성질을 알기에 주수명은 나오려는 실소를 참으며 그들이 철혈무전을 나서는 이유를 물었다.

"어르신들께서 철혈무전을 나서시다니, 무슨 일입니까? 혹시 제자들을 구하시려고 하시는 겁니까?"

주수명은 철혈무전의 철칙을 누구보다 잘 알고 있었다. 천위현과 마찬가지로 방계 제자나 마찬가지였기 때문이다. 사신이 철혈무전을 떠날 수 있는 것은 오직 사신의 후대를 이을 제자들을 구하려고 할 때뿐이었다. 그 이외에는 율법에 묶여 철혈무전을 떠날 수 없었던 것이다.

"이놈아, 우리가 죽을 때가 되었냐? 벌써 제자를 구하게. 세상 구경 좀 하려고 나서는 길이다."

"예?"

도저히 모를 말이었다. 율법에 대해서는 그 누구보다 철두철미한 사신들이었다. 명이 건국되기 이전부터 존재했던 철혈무전이었다. 그동안 철혈무전을 지키던 사신들 중 율법을

어긴 이는 한 사람도 없었다. 그런데 제자들을 구하는 것도
아니고, 갑자기 율법을 어겨가면서 세상 밖으로 나간다는 사
실에 의아하지 않을 수 없었다.

"더 이상 말하지 마라. 짐 들고 가는 것도 힘들어 죽겠다.
수련하러 들어오는 놈들이 우리를 붙잡아두려고 얼마나 많은
선물을 했는지 중요한 것들만 챙겨 왔는데도 이 정도다. 힘드
니까 어서 이곳에서 나가기나 하자."

"아, 알겠습니다."

사신들이 세상으로 나가려는 일이 이상하기는 했지만 자
신으로서는 이보다 더 좋을 수는 없었다. 황제의 음모를 막기
위해 사신들에게 따로 부탁을 하지 않아도 되기 때문이었다.

사실 주수명은 사신에게 한 가지 부탁을 하려던 참이었다.
사신들이 인세에 보기 드문 고수들이기는 하지만 철혈무전을
나설 수 없기에 사신들에게 부탁해 그들이 알고 있는 사람들
에게서 도움을 얻으려 했던 것이다.

철혈무전의 맥을 이은 자들과 맥을 같이하는 자들이 사는
곳, 사신들이 제자를 데리고 오는 곳인 저 멀리 해동 땅에 존
재하는 무맥들에게 도움을 요청하려고 했던 것이다.

주수명은 사신들이 제자를 구하려고 세상에 나설 때, 제자
를 구하는 일 말고도 또 다른 일을 같이 병행한다는 것을 알
고 있었다. 지난날 자신이 철혈무전에서 수련을 할 때, 삼십
년 묵은 금존청을 주작에게 대접하고 들은 이야기였다.

해동에는 철혈무전만큼이나 뛰어난 무맥들이 여럿 이어지고 있다고 했다. 사신들은 해동에 존재하는 무맥 중에서 자질이 뛰어난 사람들을 자신들의 후대로 선택한다고 했다. 철혈무전을 세운 이의 유훈에 따라 사신들은 해동에 존재하는 무맥의 실력을 검증하는 한편, 그들의 제자 중 사신의 무예에 적합한 신체를 가지고 있는 자들을 후대로 삼는다는 것이다.

사신들이 무맥의 실력을 검증하는 이유는 무예 수련을 분발시키는 계기를 마련하는 한편, 해동의 무맥이 끊이지 않기를 바라는 이유 때문이라고 했었다.

그렇지만 사신들의 검증을 받는다고 해서 무맥들의 실력이 뒤떨어지는 것은 아니라고 했었다. 무맥을 이은 문파들의 수장들이 보유한 실력은 가히 사신과 비견될 만한 초고수라는 것이 주작의 설명이었다. 해서 그들에게서 이번 일을 해결하기 위해 도움을 얻으려 했던 것이다.

"머리 돌아가는 소리 봐라. 뭘 그렇게 생각하기에 그리 우두커니 서 있는 거냐?"

사신들에게 이번 일을 부탁할 생각에 잠시 서 있었던 주수명을 현무가 질책하고 나섰다.

"아닙니다."

자신의 실수를 깨달은 주수명은 현무에게 고개를 숙여 보였다.

"할아범, 아버님한테 너무하는 거 아냐?"

현무의 핀잔에 허둥대는 주수명을 보며 수린이 화가 난 듯 현무를 윽박질렀다.

"수린아! 그러면 안……."

주수명은 화를 내는 수린의 모습을 보며 깜짝 놀라 그녀를 불렀다. 자칫 자신이 부탁하고자 하는 일이 물거품이 될 수도 있었기 때문이다.

"죄송합니다, 아가씨. 노복이 잠시 미쳤나 봅니다."

주수명의 눈이 휘둥그레졌다. 사신 중 제일 성질이 더러운 현무가 비굴한 웃음을 흘리며 죄송한 듯 수린의 화를 삭이기 위해 노력하는 모습이 보였던 것이다.

'저분들이 이리 철혈무전을 나서는 것은 분명 수린이와 관계가 있다.'

주수명은 직감적으로 사신들이 율법을 어기고 철혈무전을 나서는 이유가 수린에게 있음을 알 수 있었다.

"모두 정리하시고 나온 거예요?"

"그렇습니다, 아가씨. 이제 무전을 폐쇄하기만 하면 될 겁니다. 다시는 쓸 일이 없을 테니까요. 그럼 노복이 기관을 폐쇄하도록 하겠습니다."

현무는 수린의 핀잔에 멋쩍은 듯 짐을 내려놓더니 입전 관문 안으로 들어갔다.

"어찌 된 일이냐?"

주수명은 철혈무전을 폐쇄하러 들어가는 현무를 보며 수
린에게 어찌 된 일인지 물었다. 사신에게서 수련을 받은 자들
로 구성되어 있는 조직이 바로 자금수호위였다. 그런데 철혈
무전을 폐쇄한다면 자금수호위 또한 명맥이 끊길지도 모르는
일이었기 때문이다.

"시간은 많으니 나중에 말씀드릴게요, 아버님."

우르르릉!

수린이 말을 마치기 무섭게 지하 통로가 진동을 하기 시작
했다. 기관이 발동해 철혈무전이 폐쇄되는 소리였다. 각 문마
다 만근거석이 내려앉아 출입을 원천적으로 봉쇄하는 기관이
발동한 것이다. 아무리 사신이라 할지라도 다시는 들어갈 수
없는 곳으로 만들어 버린 것이다.

"퉤! 퉤! 퉤! 워낙 오래된 것이라 먼지가 장난이 아니네."

잠시 후 뿌옇게 먼지를 뒤집어쓴 현무가 입 안에 들어간 먼
지를 침과 뱉으며 밖으로 나왔다.

"할아범, 괜찮아요?"

"괜찮습니다, 아가씨. 무전을 모두 폐쇄했습니다. 이곳에
는 이제 그 누구도 출입할 수 없을 겁니다."

"잘하셨어요. 이제는 밖으로 나가시죠."

"그럼 절 따라오십시오."

수린의 말에 현무가 자신의 짐을 들더니 앞장을 서기 시작
했다. 수린과 나머지 사신들이 그 뒤를 따랐다. 주수명과 천

위현은 어안이 벙벙한 채 그 뒤를 따랐다. 자신들을 수련시킬 때와는 전혀 다른 사신들의 모습 때문이었다.

사신들이 향한 곳은 자금성이 만들어지면서 조성된 비밀 통로와는 전혀 다른 곳이었다. 벽면에 만들어진 기관을 통해 향한 곳은 주수명이 들어온 비밀 통로보다도 십여 장이나 더 아래에 있는 천연 동굴이었다. 일곱 사람은 지하에 있는 천연 동굴을 통해 북경 밖으로 나갈 수 있었다.

천연 동굴을 통해 북경 밖으로 오는 내내 천위현은 초조한 듯 안절부절못하고 있었다. 주수명은 천위현의 그러한 모습에 전음으로 물었다.

"왜 그러느냐?"

"수런이 말입니다. 아무래도 이상합니다."

"뭐가 말이냐?"

"저분들이 누굽니까? 자금수호위가 되기 위해 철혈무전에 든 이들을 똥보다도 못하게 취급하는 분들입니다. 자금수호위에 계신 어르신들도 사신들이라면 이를 가는 분들이 무척이나 많습니다. 저와 어르신도 저분들에게 수런을 받으면서 이를 갈았지 않습니까?"

"그렇긴 하지. 나도 그때만 생각하면 아직도 자다가도 벌떡 일어난다."

"그런 전통은 철혈무전이 존재해 오면서 한 번도 변하지 않았었습니다. 그런데 저분들이 수린이를 대하는 태도를 보십시오. 상전도 저런 상전이 없습니다. 거기다 움직임을 보십시오. 그냥 아무렇게나 움직이는 것처럼 보여도 시시각각 움직이며 수린을 중심으로 사방을 완벽하게 막고 있습니다. 저런 건 황제라도 받을 수 없는 경호입니다."

"네 말 뜻은 뭐냐? 저 어른들이 수린이의 수하라도 된다는 이야기냐?"

"그럴 수도 있습니다. 전 비밀 통로를 지나오며 한 가지 생각을 했습니다. 저분들이 어째서 대를 이어가며 철혈무전을 지키고 있느냐 입니다. 분명 누군가를 기다렸던 것이 틀림없습니다. 그리고 그 누군가는 수린이가 틀림없는 것 같고요."

"으… 음!"

천위현의 말을 듣고 보니 그런 결론이 제일 타당했다. 그렇지 않다면 명 황실은 물론 무예를 가르친 자신들에게조차 소닭 보듯 하는 사신이 수린에게 저렇게 극진할 수가 없었던 것이다.

'이놈의 말이 사실이라면 수린이를 통해서 저분들에게 도움을 받을 수 있을지도 모른다.'

주수명의 얼굴이 밝아졌다. 수양딸인 수린은 자신을 진정으로 생각하고 있었다. 거기다 이번에 화산에서 전해져 온 소식에 의하면 수린의 오빠로 추정되는 이가 자신이 찾고자 하는 당민과 함께 있다는 전갈이 있었다. 그들은 지금 위험에

처해 있기에 수린에게 말하면 분명 도움을 받을 수 있을 것이
분명했다.

주수명은 전음으로 천위현을 불렀다.

"위현아!"

"왜 그러십니까?"

"네가 저 아이의 오빠에 대한 소식을 전해라. 화산에서 벌
어지고 있는 일과 당금 명에 부는 바람, 그리고 흑혈의 겁풍
까지 모두 말이다."

"전부 말입니까?"

"그래, 이번 화산에서의 일은 저분들의 도움이 없으면 처
리하기 힘드니 도움을 얻어야겠다. 평범한 듯 보이지만 수린
이의 성취를 내가 정확하게 가늠할 수 없는 것을 보면, 우리
못지않은 것 같으니 수린이의 도움도 얻어야겠다. 그리고 무
엇보다도 수린이가 그토록 보고 싶어 하는 오빠의 소식이니
까 네가 전하는 것이 여러 모로 좋을 것 같으니 그리하도록
해라."

"어르신께서 전하시지 않고……."

"너, 수린이 안 좋아하냐? 이번 기회에 점수 좀 따라. 아무
래도 점수를 따놓지 못하면 네 꿈을 이루기 힘들 것 같으니
말이다. 너, 저분들하고 별로 사이가 좋지 못하지 않느냐. 아
무리 나쁜 소식이라도 오빠가 살아 있다는 것을 알게 되면 놀
라기는 하겠지만, 수린이도 너에게 고마워할 거다."

"알겠습니다. 제가 전하지요."

주수명의 전음에 대답을 하기는 했지만, 사실 천위현은 마음이 편치 못했다. 그의 답답함은 화산으로 향하는 발걸음을 돌리는 순간부터였다.

화산으로 향하며 수린에게 오빠가 살아 있다는 사실을 확인하고 알려줄 수 있다는 사실에 마음이 부풀었던 그였다. 하지만 북경에서의 일로 인해 그것도 무산되어 버려 속이 상했던 그였다.

그렇게 불편한 마음으로 북경으로 돌아와 황제의 일거수일투족을 감시하다가 섬서성으로부터 접한 소식은 그의 가슴을 철렁 내려앉게 만들었다.

자신을 대신해 화산으로 소식을 알아보러 떠난 자금수호위 중 하나가 보내온 전갈에 의하면 수린의 오빠로 보이는 사내가 위험에 처해 있을 수도 있다는 소식이 들어 있었기 때문이다.

죽은 줄 알았던 오빠가 살아 있다는 자체만으로도 수린이 기뻐할 것이기에 자신이 소식을 전한다 해도 그리 큰 문제가 되지는 않을 것 같았다.

하지만 천위현이 두려워하는 것은 지금 수린의 위치였다. 철혈무전을 나오면서 본 수린의 모습은 사신이 상전을 대하듯 극진히 모시는 것을 제외하더라도 자신이 범접하지 못하는 뭔가를 풍기고 있었던 것이다.

수련 시절 워낙 힘들었던 탓에 사신과의 관계가 별로 좋지 못했던 천위현이었다. 주수명은 자신이 수린을 좋아하는 것을 알기에 배려하는 마음에서 소식을 전하도록 했지만 마음이 편치 않았던 것이다.

'일단 섬서성 경계에 이르면 이야기할 시간을 내야겠구나.'

안 좋은 소식이기는 하지만 수린이 기다리는 오빠의 소식이기에 천위현은 조만간 이야기해야겠다고 생각했다. 자신의 마음은 둘째치더라도 분명 기뻐할 것이기 때문이었다.

수린 일행이 하북 땅에 들어선 후, 빠르게 경공을 발휘해 섬서성 경계에 있는 신약(新藥)에 당도한 것은 북경을 벗어난 지 사흘이 훨씬 지나서였다.

이번 길은 주수명의 제안으로 잡은 것이다. 주수명이 화산으로 가야 한다고 하자 수린은 화산으로 가는 이유를 물었다. 주수명은 상세한 이야기는 나중에 천위현에게서 들을 수 있을 것이라고 했다.

사신은 무거운 짐을 지고 섬서성까지 갈 수 없다고 버텼지만, 백가장의 혈겁과 관련이 있다는 주수명의 말에 사신의 불만은 무시되었다. 수린이 두말없이 주수명의 제안에 따른 것이다.

수린의 급한 마음 때문이지 일행은 최대한 경공을 펼쳐야 했다. 가끔 쉬면서 벽곡단으로 요기를 하는 것을 제외하고는 그야말로 강행군이었다.

추밀사에 소속된 사람들이야 조직의 특성상 장거리를 달리는 경공을 따로 익혔기에 이 정도의 무리는 아무것도 아니었다. 내력을 바닥까지 끌어올리는 이런 무리한 강행군은 일반 고수들이라면 어림도 없는 일이었다.

하지만 주수명과 천위현은 자신들에 못지않은 경공을 펼치면서도 숨 한 번 흐트러지지 않는 수린을 보면서 자신들의 예상대로 철혈무전의 수련에서 수린이 어느 정도의 성취를 이루었다는 것을 알 수 있었다.

그렇게 쉼 없이 경공을 펼친 수린 일행이 신약으로 들어섰을 때는 이미 밤이 늦은 상태였다. 자칫 객잔을 잡지 못할 수도 있기에 주수명은 서둘러 객잔을 찾았다.

다른 객잔은 모두 문을 닫은 상태였고, 신약에서 제일 큰 객잔으로 보이는 천래객잔만이 늦은 밤임에도 문을 열어놓고 있었다.

"저기가 문을 열어놓았구나. 일단 들어가서 요기라도 하고 오늘은 이곳에서 쉬도록 하자구나."

"그렇게 하십시오, 아버님."

주수명이 앞장서고 일행은 뒤를 따라 객잔으로 들어갔다. 늦은 밤이어서인지 객잔 안에서 손님들의 모습은 볼 수 없었다.

"아… 흐음! 어서 오십시오."

하품을 하며 점소이가 일행을 맞았다.

'이상한 사람들이로군.'

화산에서의 비무대회 때문에 그동안 많은 무림인들을 보아온 점소이는 수린 일행을 보며 이상한 점을 느꼈다. 무림인이 분명했지만 커다란 짐 보따리를 둘러멘 노인 넷과 선녀 같은 여자 하나, 그리고 중년인과 젊은 청년으로 구성된 일행은 보기 드문 것이었기 때문이다.

점소이는 잠시 이상하다는 생각은 했지만 곧바로 자신의 직무에 충실했다. 무림인에게 의혹을 품었다가는 괜히 목숨을 잃을 수도 있었기 때문이다.

"밤이 늦으셨는데 무엇을 도와드릴까요, 손님?"

사흘하고도 반나절을 경공을 펼쳐 모두들 피곤했기에 주수명은 객잔에 묵을 방이 있는지부터 물었다.

"묵을 방이 있나?"

"충분히 있습니다, 손님."

"잘됐군. 방을 세 개 잡아두도록 하게. 그리고 혹시, 시간이 늦었는데 지금 식사가 가능하겠나?"

주수명은 사신의 눈치를 보며 식사가 가능한지를 물었다. 주수명의 물음에 점소이는 곤란한 듯 머리를 긁적거렸다.

"저어… 그건 주방에 물어봐야 하는데요. 장 숙수가 늦게 잠자리에 들기는 하지만 지금 워낙 늦은 시간이라서요."

"한 번 물어보게. 만약 식사가 된다면 빨리 되는 걸로 부탁하네."

"잠시만 기다리십시오."

주수명의 부탁에 점소이가 주방으로 달려갔다. 그리고 잠시 후 주수명이 있는 곳으로 왔다.

"만두하고, 우육탕은 된다고 하는데요. 어쩔까요?"

"내오게. 술도 몇 병 내오고."

주수명은 식사를 시키고는 은자 하나를 점소이에게 주었다, 늦은 밤 부탁을 한 대가였다. 점소이는 신이 난 듯 주방으로 달려갔다. 밤늦은 시간에 든 손님이라 똥 밟았다고 생각했는데 횡재를 했기 때문이다.

"죄송합니다, 어르신들. 밤이 늦은 시각이라 요리가 되지 않나 봅니다. 자리에 앉으시지요."

주수명은 지난 사흘 동안 신약으로 오면서 괜찮은 객잔이 나타나면 좋은 음식을 대접한다고 약속했었다. 하지만 밤이 늦은 시각이라 요리가 안 되는 탓에 미안함을 감추지 못했다.

"괜찮네. 우리도 경우는 아니까. 밤이 늦었으니 할 수 없지. 아침에는 좋은 요리로 부탁하네. 아직은 많이 먹지를 못하니 그저 맛만 보아도 상관이 없네."

현무를 비롯한 사신은 괜찮다는 듯 고개를 끄덕였다. 평상

시 같으면 불같이 화를 냈겠지만 수린의 양아버지이기에 본
색을 감춘 것이다.

"아가씨, 앉으시지요."

"알았어요, 거북이 할아범. 아버님, 앉으세요. 오라버니도
요."

현무의 권유에 수린은 주수명과 천위현에게 같이 앉기를
권했다. 일곱 사람 모두 앉을 수 있는 자리였기에 일행은 주
수명을 필두로 하나둘 자리에 앉았다.

"시간이 늦어 물어보지 못했다만, 어찌 된 일이냐?"

북경에서 오는 동안 참았던 의문을 풀기 위해 주수명이 입
을 열었다. 신약에서 약속된 것이 있어 시간에 늦지 않기 위
해 경공을 펼쳐 왔던 터라 이제야 철혈무전에서의 일을 물었
던 것이다.

"아버님이 돌봐주신 덕분에 제가 인연이 닿아 철혈무전을
이어받았습니다."

"철혈무전을 이어받아?"

철혈무전을 이어받았다는 소리에 주수명은 어떻게 된 일
인지 다시금 의문을 표시했다.

"쯔쯔, 주가야! 이제 나이를 먹었냐? 말귀도 못 알아듣다
니. 아가씨가 철혈무전의 주인이 됐다는 말이다."

주수명의 물음에 현무가 타박하듯 나섰다.

"어르신, 정말입니까?"

"내가 흰소리하게 생겼냐? 우리가 아가씨를 대하는 태도를 보면 모르겠느냐?"

"어떻게 그런 일이……."

현무의 설명에도 믿을 수 없다는 듯 주수명이 말끝을 흐렸다. 그런 주수명을 바라보며 수린이 미소를 지었다. 자신이 생각해도 믿을 수 없는 일이었기 때문이다.

"인연이 닿은 때문이지요."

"허허허! 어찌 된 일인지는 모르겠지만 아무튼 잘된 일이로구나."

수린의 미소에 사실임을 확인한 주수명은 수린에게 축하를 해주었다. 자신으로서도 잘된 일이었기 때문이다. 천위현도 축하의 말을 건넸다.

"축하한다, 수린아."

"고맙습니다, 오라버니. 이 모두가 아버님과 오라버니 덕분입니다."

수린은 두 사람에게 감사한 듯 고개를 숙여 인사를 했다.

"저… 어……."

수린의 인사를 받고 주수명이 입을 열려 할 때였다. 주방 쪽에서 큰 소리가 들렸다.

"식사 나왔습니다요."

점소이는 나는 듯 음식을 가져와 탁자 위에 놓기 시작했다. 만두와 우육탕뿐이라고는 했지만 채소를 살짝 볶은 것도 곁

들여 놓아 제법 먹을 만한 식탁이 금방 차려졌다.

"아버님, 하실 말씀이 있으십니까?"

수린은 주수명이 자신에게 할 이야기가 있다는 것을 알았기에 식사보다는 어떤 이야기인지 물었다. 분명 백무의 이야기일 것이 분명했기 때문이다.

"아니다. 식사나 하고 방을 잡은 후에 이야기하자꾸나. 이곳에서 이야기하는 것도 그렇고. 아직은 정확한 소식을 건네받지 못했으니 말이다."

"알겠습니다, 아버님."

신약에 이리 급하게 온 것도 화산에서의 소식을 전할 사람과 만날 약속이 정해져 있기 때문이라는 것을 들었기에 수린은 잠시 자신의 급한 마음을 접어두기로 했다.

"어르신들, 어서 드시지요."

주수명은 사신에게 음식을 권했다. 나온 음식이라고는 만두와 우육탕, 그리고 채소를 볶은 것이 전부지만 제법 큰 객잔답게 괜찮은 숙수를 고용한 듯 냄새가 무척이나 식욕을 자극했다.

일행은 식사를 하기 시작했다.

'후후후, 아직은 음식을 많이 섭취하지 못하시는구나.'

수린과 사신은 만두를 조금씩 떼어내어 조금씩 먹기 시작했다. 철혈무전 안에서 벽곡단만을 먹으며 생활해 온 사람들인지라 한꺼번에 많은 음식을 먹을 수 없었던 것이다. 주수명과 천위현도 그들을 보며 천천히 식사를 시작했다.

식사는 얼마 안 있어 끝났다. 일행은 방을 얻은 후 각자의 방으로 들어갔다. 수린은 주수명에게 그간의 일을 이야기해줄 요량이었기 때문에 주수명과 천위현이 머무는 방에 잠시 들었고, 사신은 오랜만에 사람답게 잘 수 있다며 방 두 개에 나누어 들어가 잠을 청했다. 수린이 주수명과 할 이야기가 있는 것 같아 보이자 자리를 피해준 것이다.

"그동안 어떤 일이 있었느냐?"

신약까지 오는 동안 사신의 눈치를 봐야 했기에 무척이나 궁금했던 주수명은 방 안에 들어서 탁자에 앉자마자 물었다.

"많은 일이 있었습니다."

주수명의 마음을 알겠다는 듯 수린은 미소를 지으며 회상에 잠긴 듯 철혈무전 안에서 일어났던 일들을 이야기하기 시작했다.

＊　　　　＊　　　　＊

철혈무정로를 통과한 후 오 척 단구를 자랑하는 사신은 수린을 석실 가운데 두고 빙 둘러앉아 있었다. 그들이 앉아 있는 곳은 이제는 석실로 변해 있는 철혈무정로 안이었다.

"겪었던 일을 다시 한 번 말해보십시오."

"이상해요. 자꾸 존대하지 마시라니까요."

수린은 죽을 맛이었다. 이제 백여 세가 훨씬 넘은 사람들이 철혈무정로 안에서 자신이 겪은 일을 듣고 난 후 대하는 태도가 완전히 달라졌기 때문이다.

아무리 생각해도 이상한 일이었다. 자신이 길을 걸으며 보았던 환상들이 무엇인지는 모르겠지만, 그 이야기를 해준 후 사신은 미친 듯이 웃어댔다. 그리고는 자신을 대할 때마다 어려운 상전을 대하듯 존대를 하기 시작했기 때문이다.

"그럴 수는 없습니다. 주인님께서 철혈무정로를 통과한 이상 분명 철혈무제님의 유지를 얻은 것이 분명합니다. 그러니 이제 이대(二代) 철혈무제님이 되셨습니다. 아니, 철혈무후님이라 불러야겠군요. 그러니 노복들이 무후님께 함부로 대할 수 없는 일입니다."

엄숙한 표정의 현무였다. 수린이 아무리 하지 말라고 해도 기어코 자신의 뜻을 관철시킬 표정이었다. 그건 다른 이들도 마찬가지였다.

"휴우! 알았어요. 그럼 이제 할아범들이라고 부를게요. 대신 무후니 뭐니 그러지는 말아요. 이제 내 나이 겨우 열다섯이에요. 거기다 무공도 보잘 것 없고요. 그러니 철혈무후란 이름은 내가 그에 합당한 실력이 됐을 때 부르세요. 더 이상은 저도 양보 못해요."

"으… 음!"

현무는 신음성을 흘리며 다른 사람들을 쳐다보았다. 세 사람의 눈에는 어쩔 수 없다는 표정이 가득했다. 벌써 호칭 문제로 한 시진째 다투고 있지만 얻은 결과가 없었기 때문이다.

"휴우! 할 수 없군요. 그럼 어떻게 부르는 것이 좋겠습니까?"

"그냥 아가씨라고 부르세요. 그 정도면 적당할 거예요. 나도 더 이상은 양보 못해요."

수린의 태도가 완고하자 현무는 그러는 편이 좋을 것 같다는 생각이 들었다. 어찌 됐든 그것이 주인이 된 사람의 뜻이었으니 따를 수밖에 없었다.

"알겠습니다, 아가씨. 그렇게 하도록 하겠습니다. 그럼 정식으로 저희들을 소개시켜 드리겠습니다. 그리고 이 철혈무전의 역사에 대해서도 말씀을 드리도록 하지요."

"네, 저도 그게 궁금했어요."

수린의 눈이 반짝 빛났다. 황실을 수호하는 비밀 세력이라는 것은 알고 들어왔지만 주수명이나 천위현은 철혈무전에 대해 알려준 바가 없었기 때문이다.

"철혈무전의 역사는 오래전으로 거슬러 올라갑니다. 그러니까 오래전, 중원인들이 동이(東夷)라고 부르는 곳에는 신라(新羅)라는 나라가 있었습니다. 거의 망해가는 나라였지요. 그 당시 그곳에는 새로운 국운이 움트고 있었습니다. 훗날에 등장하는 고려의 시초였지요. 고려의 시조는 왕건이라는 사람으로 철혈무제께서는 왕건의 조부와 밀접한 관계를 맺으셨던 분입니다."

"철혈무제께서 조선이라는 나라가 있는 동이의 사람이라는 말입니까?"

자금성 지하에 자신만의 공간을 만든 사람이 중원인이 아니라는 사실에 수린은 놀람을 나타냈다.

"맞습니다. 당시 이곳 명과 조선의 사이에 있는 황해에는 막강한 해상 세력이 있었습니다. 무리를 이끄는 분이 해왕으로 칭해지는 분이었습니다. 강호에도 아직까지 명성이 자자하신 분이지요. 철혈무제께서는 그분의 유지를 이으신 분이었습니다. 당시 해왕의 유진을 얻은 그분께서는 고려를 건국하는 데 아낌없는 지원을 해주었습니다. 하지만 무슨 이유에서인지 얼마 지나지 않아 고려와의 관계를 끊으셨습니다. 그리고 중원으로 건너 오셨지요. 그 당시 중원은 혼란의 시기였습니다. 당이 멸망한 후 오대십국의 난이 한창이던 시절이었지요. 철혈무제께서는 그런 와중에 송의 태조를 도와 송나라를 건국하는 데 힘을 보태셨습니다. 송이 건국하고 천하가 안정이 되자 무제께서는 지금은 북경이 되었지만 이곳 북평에 영면할 장소를 만드셨습니다. 다음 후계자를 위해서 말입니다. 이것이 철혈무전의 역사입니다."

"그런 일이 있었다니……."

"원래 이곳은 철혈무전만이 존재했습니다. 황실과 인연을 맺은 것은 명의 영락제 때부터입니다. 철혈무전이 있는 곳에 자금성을 건축하는 바람에 어쩔 수가 없었습니다. 저희 사부 님들께서는 명에 협조하는 대신 이곳에 철혈무전이 존재할 수 있도록 해주는 조건으로 영락제와 협상을 했습니다. 우리 가 명 황실의 수호 세력을 암중으로 지원하는 것으로 말입니다. 그리고 저희들은 대를 이어 이곳 철혈무전을 수호하는 노복들이지요."

"으음! 황실과는 그런 인연이 있었군요."

"그리고 무후… 아니, 아가씨께서 겪으신 일들을 모두 기억하고 있는 것으로 봐서는 무제의 무공을 아가씨의 의식에 남기신 것이 분명합니다."

"내 의식 속에요?"

"그렇습니다. 무제께서는 그 끝을 알 수 없는 능력을 가지신 분이었습니다. 분명 무제께서는 후계자를 위해 그런 식으로 안배를 남기신 것이 틀림없습니다. 아가씨께서 말씀해 주신 환상 속의 사신들이 움직인 모습들은 모두 철혈사신무의 동작들이니 말입니다."

"그게 무공이었다니……."

환상이라 여기던 것들이 모두 무공을 뜻하는 것이라는 말에 수린은 자신이 보고 느꼈던 것들을 다시 회상해 보았다. 확신할 수는 없지만 현무의 말이 맞는 것 같았다.

"그런데 어째서 철혈무제께서는 무공만 남기신 걸까요? 이런 곳을 만드셨다면 뭔가 남기실 말이라도 있으셨을 거 아닌가요?"

철혈무전의 크기나 규모는 세인의 상상을 상회하는 것이었다. 또한 사신과 같이 초절정의 고수들을 두어 지키게 할 정도라면 무엇인가 남기는 것이 정상이었기에 수린은 궁금하지 않을 수 없었다.

"철혈무제께선 무척이나 자유롭게 사신 분이었다고 사부님들께 들었습니다. 아마도 아가씨께 별 다른 유지를 전하지 않고 무공만 전한 것은 아가씨 뜻대로 세상을 활보하시라는 뜻일 겁니다. 그도 그럴 것이 철혈무제께서는 세상의 모든 것을 이루신 분이었습니다. 세상에 나서기를 꺼려하셔서 암중에 도움을 주신 것으로 끝내기는 했지만 나라를 건국하신 것이나 마찬가지셨고, 당시 무림제일인이라는 자를 꺾으셨다니까요. 그러니 후대에게 전하실 말씀이 별로 없으셨을 겁니다."

"무림제일인을 꺾어요?"

나라를 건국한 것도 놀라운 일인데 강호의 제일인자를 꺾었다는 이야기는 경악스런 것이었다. 관과 무림은 별개의 세계라 그러기 쉽지 않았기 때문이다.

"예, 철혈무제께서는 송을 건국하는 데 일조하신 이후 무학에 일로 매진을 하셨다고 합니다. 그러다 말년에 무림의 제일인과 대결을 벌이셨다고 합니다."

"그게 누군가요?"

"당시 무림제일인은 누가 뭐래도 마교의 금황천마(金皇天魔)였습니다. 철혈무제께서는 당시 중원을 집어삼키기 위해 도발을 감행한 금황천마를 꺾으셨지요. 이미 송에는 미련이 없으셨지만 백성들의 안위를 염려하셨던지라 마교의 인물들이 중원으로 진출을 시도하기에 막으셨던 것이지요. 철혈무제께서는 당시 중원의 정세를 살피기 위해 십만대산을 나선 금황천마를 만나 대결을 벌이셨다고 합니다. 그 대결에서 철혈무제께서는 승부를 결할 수가 없었다고 합니다. 금황천마의 무공도 무제님 못지않았다고 합니다. 그 당시 금황천마는 승패를 가리지 못했기에 십 년 후의 재대결을 기약하며 십만대산으로 돌아갔습니다. 그리고 십 년이 지난 후 재대결이 있었고, 그동안 당신의 무학을 집대성하신 무제께서는 금황천마를 손쉽게 제압할 수 있었다고 합니다. 그래서 그나마 송이 강남에서 나라를 유지될 수 있었습니다. 그렇지 않았다면 송나라는 마교의 손 아래 무너졌을지도 모릅니다. 당시의 마교 전력이란 것이 거의 나라에 버금갔으니 말입니다. 비록 역사나 무림사의 전면에는 등장하지 않으셨지만 그분은 강호 역사상 처음으로 황권과 무림 모두의 정점을 이루신 분입니다. 그러니 후대에 남길 만한 원은 없으신 분이었을 겁니다. 하나 그분이 익히신 무예만큼은 남기고 싶어 하셨던 것 같습니다. 철혈무전을 지키는 노복들에게 그분의 절기 중 하나씩을 가르쳐 후대를 위한 안배를 마치셨으니까 말입니다. 저희 노복들의 임무는 무제님의 후대를 찾아내는 것입니다. 저희 사부님들께서는 매 이십 년을 주기로 후계자들을 물색하러 강호에 나가셨습니다. 그 윗분들도 마찬가지고요. 하지만 지금까지 무제님의 후계자를 구하지 못했습니다. 저희들도 마찬가지고요. 저희가 아까 발광을 떤 것은 그것 때문입니다. 저희는 명 황실로부터 이곳을 지키기 위해 한 번도 바깥에 나가지 못했기 때문입니다. 사부님들이 저희를 다음 대의 사신으로 정한 이후부터 말입니다. 그게 벌써 백여 년 가까이 됐습니다. 이제 아가씨께서 무제의 진전을 이으셨으니 저희도 바깥 세상에 나갈 수 있게 되어 그렇게 못난 꼴을 보였던 겁니다. 무제님의 후계자로 시험 받을 놈들이야 명에서 들여보낸 놈들이 있으니 그런대로 유지를 이어가는 것이어서 괜찮았지만, 다음 대 사신을 구하지 못해서 저희들도 매우 초조해 하던 참이었습니다.”

“아니, 왜요?”

“무제의 후계자는 어느 누가 돼도 상관은 없지만, 사신의 후계자들은 모두 가우리 출신이 아니면 안 됩니다. 그게 무제님의 유언이었습니다.”

“가우리라니요?”

“이곳 중원인들은 저희들을 동이라 부르지만, 그것은 활을 잘 쏜다는 뜻으로 비하하는 감이 없지 않습니다. 원래 부르는 말은 가우리입니다.”

“원래 그곳 사람들이 자신들을 부를 때 가우리라고 한다는 말씀이군요.”

“그렇습니다. 나중에 저희에 대해 자세히 아시게 될 겁니다. 철혈무제님의 진전을 그런 방법으로 얻었다는 것은 아가씨께서도 가우리와 무관하지 않을 것 같으니 말입니다. 제가 왜 이런 말씀을 드리는지는 앞으로 아시게 될 테니, 그 말씀은 차차 드리기로 하지요.”

“으음!”

수린도 그런 생각이 들었다. 자신의 아버지인 백찬웅은 사람들에 대해 차별을 두지 않았다. 그렇지만 흑산에 정착한 고려의 유민이나 조선 사람들을 핍박하는 자들에 대해서는 남모르게 응징해 왔다는 것을 알고 있었다.

자신이 그 사실을 알았을 때 아버지와 약속한 적이 있었다. 자신 이외에는 다른 사람들이 모르는 비밀로 하기로.

“무제께서 사신의 무예를 가우리 출신으로 제한한 것은 저희들이 익히고 있는 사신기(四神伎)가 가우리의 것이기 때문인 것 같습니다. 무제님에게 무공을 전한 해왕께서 자신의 진전을 가우리에 남기고 싶어 하셨다고 하니까요.”

“그랬군요.”

현무의 긴 설명에 수린은 어느 정도 철혈무전과 사신에 대해 알 수 있었다. 그리고 자신도 어쩌면 가우리 출신일지도 모른다는 사실을 깨달았다.

황실과 강호에서 정점에 올랐다는 철혈무제의 무공을 얻었지만 마음에 걸리는 것이 있었다. 아무리 자유롭게 살라고 했다 해도 자신은 가문의 복수를 위해 무공을 익히고 있었기 때문이다.

"한 가지 물어볼 것이 있어요."

"무엇입니까?"

"전 여기 오기 전에 가문이 혈겁을 당했어요. 아버님과 가문의 식솔들이 흉수들에게 모두 죽고, 하나밖에 없는 오라버니는 행방불명이에요."

수린은 자신의 처지를 솔직히 이야기했다. 앞으로 같이해야 할 사람들이었기에 속이고 싶은 생각이 없었던 것이다.

"아니! 어떤 자식들이 아가씨 가문에 그런 짓을……."

"씹어 먹어도 시원치 않을 놈들이구먼."

"그러게 말이야. 내가 그때 아가씨 옆에 같이 있기만 했어도 아주 개 박살을 내버리는 건데."

"아휴! 내 그놈들을……."

무제의 진전을 이은 수린의 처지가 안타까워 사신들은 모두 자기 일처럼 분통을 터뜨렸다.

"의부님이나 천 오라버니는 죽었을 거라고 하지만 난 오라버니가 아직 살아 있다고 믿어요. 강한 분이니까요. 그래서

난 무공을 익히면 가문의 복수를 해야 하고, 오라버니를 찾아
야 해요. 그래도 괜찮은 건가요?"

수린은 혹시나 철혈무제의 유지를 저버리는 것이 아닌가
하는 걱정이 들었다. 위대한 무인의 진전을 잇는다는 것은 좋
은 일이나 그만큼 책임이 뒤따른다는 것을 잘 알기 때문이었
다.

"그럼 여부가 있겠습니까. 아가씨께서 무제님의 진전을 모
두 익히고 나면 뭐든지 하셔도 됩니다. 그까짓 복수가 문제입
니까. 아가씨의 오라버니도 찾으실 수 있을 겁니다. 저희들이
꼭 그렇게 만들 겁니다."

청룡은 수린의 마음을 아는 듯 가슴까지 쳐가며 장담을 해
댔다. 세상에 나갈 수 있는 기쁨도 기쁨이지만, 철혈무제의
유지는 후계자가 마음껏 세상을 살아가는 것에 있음을 아는
까닭이다.

"맞습니다. 아가씨의 뜻이라면 뭐든지 하십시오. 저희들은
아가씨의 뜻대로 따를 겁니다. 하지만 그전에 무제님의 모든
것을 익히셔야 할 겁니다. 전설의 철혈사신무를 말입니다. 아
가씨의 뇌리에 각인되어 있다고 하더라도 익히지 않으면 소
용이 없는 겁니다. 그것은 인내와 고통을 수반하는 수련 속에
서만 이루어질 수 있는 것이니 말입니다. 아가씨께서는 이제
부터 사신기를 익히기 위해 마음의 수련에 매진하셔야 할 것
입니다. 사신기를 수련하는 동안 저희들은 추호도 봐주는 것

이 없을 겁니다. 사신기는 철혈사신무를 익히는 근간이 되는 것이니까요.”

현무는 정색을 하며 무공을 익히기를 권유했다. 세상을 뜻대로 살기 위해서는 힘이 필요함을 잘 아는 까닭이다.

“알았어요, 할아범!”

수린은 현무의 말뜻을 알아들었다. 자신이 철혈무정로를 걸으며 보고 느꼈던 철혈사신무를 익히기 위해서는 기반이 되는 사신기를 익혀야 한다는 것을 알 수 있었기에 고개를 끄덕이며 결의를 다졌다.

‘이건 내겐 기회다. 선대의 은원에 얽매이지 않아도 되니 내 뜻대로 할 수 있다. 아버지와 식솔들에 대한 복수를 내 손으로 할 것이다. 날 위해 스스로 위험으로 달려간 오라버니의 복수도 할 것이다. 오라버니! 날 위해서라도 살아 있어줘야 해요. 그리고 미안해요. 수련하는 동안 잠시만 오라버니를 잊을게요.’

수린은 백무가 살아날 가망성이 거의 없다고 생각하고 있었다. 무공을 익히기 시작한 후 백가장의 담을 넘은 자들의 실력이 얼마나 높은 것이었는지 인식하고 있었던 것이다.

아직까지 살아 있다는 희망을 놓은 건 아니지만 수련하는 동안은 백무에 대한 생각을 잊기로 했다. 수련에 방해가 될 것이 분명했기 때문이다.

기연을 얻었지만 아직은 자신의 힘이 아니었다. 철혈무제의 힘을 온전히 자신의 것으로 만드는 순간 복수를 시작할 것임을 다짐하며 잠시만 오빠를 잊기로 한 것이다.

스스로의 의지에 따라 세상을 살기 바란다는 철혈무제의 유지에 따라 복수라는 선택을 한 수린은 철혈무제가 남긴 모든 것을 철저히 익혀야만 자신이 원하는 것을 이룰 수 있다는 것을 깨달았다.

"사방신기는 세상의 모든 것을 주관하는 기운입니다. 아가씨께서 알기 쉽게 설명을 드리자면, 아가씨가 수련하시게 될 사신기와 철혈사신무는 무공이되 무공이 아닌 것입니다."

"무공이되 무공이 아니라고요?"

황실과 무림에서 최고의 정점에 올랐던 철혈무제의 유진이 무공이 아니라는 말이 의아스러울 뿐이었다. 자신이 알기로도 이곳 출신인 주수명과 천위현의 무공은 상당히 높은 수준의 것임을 알기에 현무의 다음 말을 기다렸다.

"그 설명이 가장 적절할 겁니다. 이것은 천지간의 기운을 쓰는 것입니다. 무림인들이 흔히 말하는 외공도 아니고 내공도 아닙니다. 그야말로 순수한 자연지기를 쓰는 무학이 바로 사신기와 철혈사신무입니다. 누구인지 모르지만 사신기와 철혈사신무에 대해 적당한 비유를 한 것이 있습니다. 바로 손에 도가 들리면 도법이 되고, 검이 들리면 검법, 맨주먹이면 권법이 되는 것이 바로 사신기와 철혈사신무입니다."

“그런 무학이라니 참으로 놀라운 이야기로군요.”

“중원의 무학과는 궤를 달리 하지요. 그리고 사신기와 철혈사신무에 대해 말씀드리자면, 사신기는 천지간에 가득 찬 사방신기를 키우는 것이요, 철혈사신무는 그것을 쓰는 것이라 하겠습니다. 사신기도 나름대로 법문이 있지만 철혈사신무는 철혈무제께서 당신의 심득을 가미해 사신기의 운용법을 발전시킨 것입니다. 그러니 아가씨께서는 우선 사신기를 대성하셔야 할 것입니다.”

“알았어요. 반드시 대성하고 말겠어요.”

자신이 철혈무정로에서 본 것들을 익히기 위해서는 사신기를 대성해야 한다는 사실을 확인한 수린은 결의를 다졌다. 그런 수린의 모습을 보면서 사방신은 훈훈한 미소를 지어 보였다.

이제는 자신들의 주인이 된 수린의 재지는 지금까지 철혈무전에 들어온 어떤 자들보다 높은 것이었다. 그리고 사신기를 익히지 않았음에도 철혈무정로 스스로 그 인연을 수린에게 주었다. 인연자이기에 수린이라면 반드시 자신들의 사신기를 대성할 수 있을 것임을 확신한 것이다.

“우선 사신기에 대해 말씀을 드리겠습니다. 청룡(靑龍)은 동(東)쪽 방위를 맡으며 목(木)의 기운을 관장하고 청(靑)색을 띱니다. 백호(白虎)는 서(西)쪽 방위를 맡으며 금(金)의 기운을 관장하고 백(白)색을 띠고, 주작(朱雀)은 남(南)쪽 방향을 맡으며 화(火)의 기운을 관장하고 적(赤)색을 띠지요. 그리고 제가 가지고 있는 현무(玄武)의 기운은 북(北)쪽 방향을 맡으며 수(水)의 기운을 관장하고 흑(黑)색을 띱니다."

"오행과 같은 거네요."

"같으면서도 다릅니다. 오행은 토의 기운을 포함해 다섯 가지 기운이 상생상극으로 조화를 이룬다면 저희가 가르치는 사신기의 기운은 그 하나하나가 완전한 기운입니다. 그러니 조금은 다른 이치지요. 그것은 아가씨께서 수련하다 보면 차차 아시게 될 것입니다."

"으… 음!"

자신의 아버지로부터 오행에 대해서 배운 것이 있었기에 수린은 현무의 말을 이해할 수 없었다. 오행과 사신기가 뭐가 다른지 알 수 없었던 것이다. 사신기를 익히지 못하는 것은 아닐까 하는 의구심이 들었다.

"후후! 여기에 들었던 놈들 모두 저희가 하는 이야기를 알아듣지 못했으니 너무 염려하지 마십시오. 아가씨! 그것은 이해하는 것이 아니라 느끼는 것이니까요."

"느끼는 것이라고요?"

"그렇습니다. 사신기는 배워서 익히는 무학이 아니라 느껴서 익히는 무학입니다. 저희들 대에서 가르친 놈들이 몇 명 되지만, 아가씨를 이곳에 들어오게 했던 두 놈이 제일 나았지요. 하지만 그 두 놈도 저희들의 무학을 반도 익히지 못했습니다. 그것도 사신기 전체가 아니라 사신기 중 하나의 기운에 대해서만 말입니다. 그것은 그들이 사신기를 배워서 익히려 했기 때문입니다. 그러니 아가씨께서는 배우려 하지 마시고 사신기의 기운을 느끼도록 노력하십시오. 아가씨의 몸에는 사신기의 기운이 조금씩 심어져 있으니 느끼시는 데 어려움이 없을 것입니다."

"의부님과 천 오라버니가 그 정도밖에 익히지 못했다는 말인가요?"

"그럴 수밖에 없는 일입니다. 사신기는 인연이 없는 자는 절대로 완전하게 익힐 수 없는 무공이니까요. 아가씨께서도 익히시다 보면 저절로 알게 되실 겁니다."

수련은 다음날부터 시작되었다. 현무의 말대로 수련하는 방법이 독특했다. 일반적인 무공 수련과는 전혀 다른 형태의 수련이었다. 사신기의 수련은 명상과 심상, 그리고 기운의 조화로 이루어지는 수련이었다.

수련의 시작은 먼저 명상을 통해 사신기를 느끼는 것부터였다. 수련의 내부에 사신이 불어넣어 준 사신기가 있기에 사신기를 느끼는 것은 쉬운 일이었다. 그 다음은 심상으로 형체를 만들어내는 것이었다. 마음속에 사신의 형상을 끊임없이 그리는 것이었다.

그렇게 사신의 기운을 느끼고, 형상을 그려내며 이 두 가지를 합치는 것이었다. 마음속에 자신이 그린 사신의 형상에 사신의 기운을 집어넣는 것이 첫 번째 수련이었던 것이다.

"마음속에 심상이 형성되고, 각 사신기를 집어넣어 조화가 이루어지면 일단계 수련이 끝납니다. 그렇게 일단계 수련이 끝나면 이단계 수련은 저희가 아가씨의 심상을 공격하게 됩니다."

"심상을 공격하다니요?"

다른 이의 심상을 공격한다는 말이 이해가 되지 않았다. 현무 또한 그러한 수린의 마음을 아는 듯 침착하게 설명을 이어나갔다.

"일종의 단련이라고 보시면 됩니다. 어떻게 다른 이의 심상 속으로 들어가느냐고 생각하시겠지만, 지난 수천 년간 저희 사신문에서 배신자가 나오지 않았던 이유도 바로 이 때문입니다. 사신기를 수련한 자들은 동종의 기운을 수련했을 경우 상대의 심상 속으로 들어갈 수 있으니 말입니다. 제자나 사부의 마음을, 아니, 심성이 나쁘지 않은 자를 들일 이유도 없고 배신도 없었지요."

"수천 년간이요?"

분명 철혈무제가 철혈무전을 만든 것이 오백여 년 전으로 알고 있는데 수천 년간이라는 현무의 말이 의아하지 않을 수 없었다.

"말씀드렸지 않습니까? 무제께서는 해왕의 유진을 얻었다고 말입니다. 본문의 원래 명칭은 사신문으로서 이어온 세월을 다 헤아릴 수 없을 만큼 오래된 문파입니다. 철혈무제께서는 사신문의 모든 것을 집대성하신 후 새로운 지평을 여신 중시조라 할 수 있는 분이십니다. 문파의 명칭을 정식으로 말씀드린다면 철혈사신문이라 불리는 게 맞을 겁니다."

"들으면 들을수록 참으로 놀라운 이야기뿐이로군요."

"아직 놀라시려면 멀었습니다. 사신기를 수련하시다 보면 더욱 놀라운 일을 겪으실 테니까요. 그렇게 이단계가 끝나면 삼단계 수련이 시작됩니다. 이단계에서 심상이 완벽하게 자리 잡으면 삼단계에서는 아가씨의 내부에 있던 심상을 밖으로 외형화 시킵니다. 이때부터가 진정한 사신기의 시작입니다. 이렇게 외형화시킨 기운을 몸에 두르고 펼치는 무공이 바로 진정한 사신기라고 할 수 있습니다. 이 모든 것을 다 익히신 후에 마지막 단계로 철혈사신무를 익히게 됩니다. 삼단계까지 각각 하나의 기운을 통해 사신기를 수련했다면 철혈사신무는 이 모든 것을 통합하는 것이나 다름없습니다. 아가씨가 보셨던 환상은 사신기가 하나로 통합해 가는 과정입니다. 바로 철혈무제께서 완성하신 후 지난 오백여 년간 그 누구도 익힐 수 없었던 신기원의 무공을 익히시는 것이지요."

"믿을 수가 없네요. 이런 무공이 있다니 말입니다."

"그렇습니다. 아무나 익힐 수 있는 무공이 아닙니다. 오직 사신기를 느낄 수 있는 자만이 익힐 수 있는 무공이지요. 아가씨께서 철혈무정로를 걸으시며 사신기를 모두 보았다는 것은 아가씨가 사신기를 모두 느낄 수 있다는 뜻입니다. 지난 시간 동안 동시에 네 가지 기운을 느낀 이는 나타나지 않았습니다. 원래는 사신기를 모두 익힌 후 철혈무정로에 들어야 하지만 아가씨는 이미 끝을 본 후이니 사신기를 익히는 것이 어쩌면 더 쉬울지도 모릅니다."

"의부님이나 천 오라버니는 어땠나요?"

"주가 놈은 사신기를 느끼지도 못했습니다. 다만 형(形)은 익히고 떠났습니다. 하지만 그 미친놈은 달랐지요. 그놈은 사신기를 느낄 수 없자 스스로 기운을 만들어낸 놈입니다. 자신에게 맞게 말이죠. 그래서 저희들은 천가 놈을 미친놈이라고 부릅니다. 거의 죽음 직전까지 갔었으니까요."

"으… 음! 두 분이 그 정도밖에 익히지 못했다니 뜻밖이네요."

"후후! 아가씨, 그렇다고 그놈들이 익힌 형이 쓸모없는 것은 아닙니다. 강호에 떠도는 무공 중 그놈들이 익힌 무공을 상대할 수 있는 것은 드물 테니까 말입니다. 그럼 지금부터 수련을 시작하겠습니다. 아가씨는 수의 기운이 강하니 저부터 시작하도록 하겠습니다. 저를 포함해 한 사람당 하루 세 시진씩 수련을 하게 됩니다. 힘드시겠지만 참으셔야 합니다. 수면 없이 십이 시진 동안 명상과 심상 형성을 반복하는 수련이라 굳은 의지가 아니면 성공하기 어렵습니다."

"걱정하지 마세요. 자신있으니까요. 그리고 반드시 해내야 하는 이유가 있으니까요."

반드시 해내겠다는 듯 수린의 눈빛이 빛났다. 그런 수린을 보면서 사방신 또한 그렇게 될 것임을 믿었다.

첫날 현무부터 시작된 일단계 수련은 네 사람이 돌아가면서 세 시진씩 진행되었다. 일체의 수면 없이 연이어 이어지는 수련은 정말로 굳은 의지 없이는 힘든 수련이었다.

심상 수련은 지독하기 그지없었다. 정신이 흐트러질 때마다 바로잡아 주는 사신이 없었다면 성공하기 힘든 수련이었다. 그렇게 시작된 일단계 수련의 끝을 본 것은 수련을 시작한 지 열흘도 되지 않았을 때였다.

사신은 수린의 성취에 경악하지 않을 수 없었다. 아무리 철혈무제의 진전을 이었다고 해도 상상조차 할 수 없는 빠른 성취였던 것이다.

수련은 일단계를 마치자 생각만 하면 사신의 형상을 심상 속에 그릴 수 있었다. 그리고 어느덧 자신의 몸속에 자리 잡고 있는 사신의 기운을 심상 속에 집어넣는 데 성공한 것이다.

이단계 수련은 바로 시작되었다. 현무부터 시작해 차례대로 수린이 만들어놓은 형상을 공격하기 시작했다. 어떻게 자신의 마음속으로 들어오는지는 모르겠지만 현무는 수린의 마음속에 아무런 방해를 받지 않고 들어와서는 수린이 만들어놓은 심상을 공격해 왔다. 그것은 다른 사신들도 마찬가지였다.

수린의 심상 속에 들어와 공격을 해대는 사신의 무공은 그야말로 가공 지경이었다. 사신은 신수들을 불러냈다. 그들의 손짓에 따라 청룡(靑龍), 백호(白虎), 주작(朱雀), 그리고 현무(玄武)가 수린을 공격해 들었다.

처음 수린은 당황했었다. 도법을 주로 익혔던 그녀가 신수로 형상화한 강기들을 상대하는 것은 처음이었기 때문이다.

하지만 그것도 얼마뿐이었다. 수린은 자신의 손에 도를 형상화했다. 눈부시게 하얀 도신을 가진 백색의 도를 형상화해 낸 수린은 사신이 뿌리는 신수들을 상대해 나갔던 것이다.

도법의 움직임은 창공을 가르는 청룡이었고, 만산을 억누르는 백호의 포효였다. 또한 극양의 기운을 간직하기도 했고, 빙정보다 차가운 음한지기를 뿌리기도 했다. 그렇게 한 달이 지나는 순간 수린은 한 명 한 명 상대했던 사신을 한꺼번에 상대할 정도까지 성취를 높일 수 있었다.

자신들 모두를 상대로 수린이 동수를 이룰 정도의 실력을 쌓자 사신은 심상 속의 수린을 그치게 했다. 의식 속에서 사신들과의 끊임없는 싸움으로 단련된 수린의 도세는 이미 완전해졌기 때문이었다.

　수린이 한 달 만에 심상 속의 수련을 완성하자 사신은 놀라기를 포기했다. 마치 철혈무제의 환생인 양 모든 것을 자신의 것으로 만들어 버리는 수린의 능력은 이미 인간의 한계를 벗어나 버렸던 것이다.

　사신이 행한 심상 수련은 여러 가지 안배가 깔린 것이었다. 스스로 심상 수련을 해도 되지만 사신이 직접 수린의 의식에 개입한 것은 다른 목적도 있었다.
　사실 철혈무제의 무공인 철혈사신무를 준비하기 위한 것이기도 했지만, 수린에게 철혈무제의 무공을 펼칠 수 있는 가장 중요한 기반을 닦아주려는 의도도 있었던 것이다.
　철혈사신무는 내공을 사용하는 중원의 무공과는 질적으로 다른 무공이다. 내공이 아닌 특유의 사방신기를 바탕으로 펼치는 무공인 것이다.
　심상 수련에 들기 전에 이미 빙정을 복용한 터라 내공은 충만한 상태였다. 하지만 철혈사신무를 펼치기 위한 사방신기는 상당 부분 부족했다.
　해서 사신들은 심상 수련을 하면서 자신들이 지니고 있던 사방신기를 전수해 주었다. 자신들이 지니고 있는 사방신기를 수린에게 나누어 준다는 것은 사신들 스스로 피해를 감수한 것이었다.
　그러나 심상 수련을 끝내 수린이 이루어낸 성취를 보면서 사신들은 자신들의 희생이 결코 헛된 것이 아님을 알았기에 흡족할 수 있었다.

그렇게 심상 수련을 끝내자 사신들은 수린을 철혈무정로 안에 다시 들어가게 했다. 이제는 심상이 아니라 실제 상황에서 사방신기를 쓸 수 있어야 했기 때문이다.

수린은 그때부터 사신들이 전해준 사방신기를 바탕으로 스스로 철혈사신무를 형상화시켜야 했다. 뼈를 깎는 고통스러운 수련 과정이었으나 오빠를 생각하는 그녀의 마음은 모진 수련을 견뎌내게 했다.

그렇게 혼자서 수련을 시작한 수린은 철혈무제가 남긴 철혈무정로의 안배 덕분인지, 아니면 그녀의 끊임없는 노력 덕분인지 사신의 예상보다 빨리 철혈사신무를 완성하고 철혈무전을 나선 것이다.

第六章 죽음으로 향하는 사람들!

九劈雷雲

철혈무전에서 겪은 이야기를 들은 주수명
은 수린에게 기연이 이어졌음을 알 수 있었다.

그리고 철혈무전이 중원에 뿌리를 둔 곳이 아니었다는 사
실은 그를 놀라게 했다.

"으음! 철혈무전이 동이에서 오신 분에 의해 만들어졌다니
놀라운 이야기로구나."

전부는 아니지만 자신이 겪었던 일들을 간추려 이야기해
준 수린은 주수명의 놀라움에 미소로 답했다.

"모두 저분들 덕분입니다. 저 때문에 많이들 약해지셨습니
다."

수린은 안타까운 눈빛으로 사신들이 머물고 있는 방 쪽을 돌아보았다. 자신이 입관했을 때에 비해 사신들은 지금 남아 있는 수명이 반으로 줄어 있었다. 자신들이 지니고 있는 사방 신기의 절반을 수린에게 나누어 주었기 때문이다. 자신을 위해 사신들이 많은 것을 희생했기에 안타까웠던 것이다.

"저분들이 너에게 많은 것을 물려준 모양이로구나. 하지만 지금 상태를 보아도 저분들을 넘볼 만한 자들은 없을 것이다. 그러니 너무 염려하지 마라, 수린아."

주수명이 보기에 사신의 능력은 자신도 가늠할 수 없는 것이었다. 수린의 염려가 사신들의 수명에 관한 것이라 알지 못하기도 했지만 워낙 경지를 달리 하는 사신들이라 그렇게 보였던 것이다.

"알겠습니다. 그나저나 아버님이나 오라버니께서 제게 무슨 할 말이 있으신 것 같은데……."

수린은 자신이 겪었던 일에 대해 이야기를 하면서 주수명이나 천위현이 뭔가 할 말이 있음을 눈치 채고 있었다.

"자금성에서 나오면서 말했듯이 저놈이 이야기해 줄 거다."

수린의 물음에 주수명이 한 발 뒤로 물러났다. 천위현은 주수명을 한 번 본 후 수린을 향해 말문을 열기 시작했다.

"수린아, 내가 말해줄 것은 네 오빠에 대한 소식이다. 결론을 말하자면 네 오빠가 살아 있는 것 같다."

"정말이에요? 천 오라버니!"

가문의 혈겁과 관계된 일이라는 말에 무작정 따라왔던 수린이었다. 뜻밖에도 천위현으로부터 백무에 대한 소식을 듣자 놀라지 않을 수 없었다.

"그래, 네 오빠의 행적이 섬서성에서 나타났다. 그러니까……."

천위현은 섬서성에서 일어났던 일에 대해 수린에게 이야기하기 시작했다. 백무로 보이는 사람이 마교와 정파의 비밀단체인 창천비각으로부터 쫓기고 있다는 소식이었다.

"오라버니, 오빠가 살아 있다는 것이 진짜 사실인가요?"

"그래, 아직은 정확한 내용을 확인해 봐야겠지만 지금까지 알아낸 것으로는 사실인 것 같다."

"오, 오빠가, 사… 살아 있었다니……."

수린의 눈에서 한줄기 눈물이 흐르기 시작했다. 죽었다고 여겼던 백무가 살아 있다는 소식에 그녀는 자신도 모르는 사이에 눈물을 흘렸던 것이다.

"우리가 지금 섬서성으로 가는 것은 여러 가지 이유가 있어서다. 일단 네 오빠의 일과 우리가 쫓고 있는 사건이 많은 부분에서 연관된 것은 사실이다. 그러니까……."

눈물을 흘리는 수린을 향해 주수명은 지금까지 자신이 알아낸 사실들을 모두 이야기해 주었다.

창천비각이라는 단체와 그들을 뒤에서 조종하는 것이 만

력제라는 것, 그리고 혹혈의 겁풍은 전대 황제 때부터 시작되었던 희대의 혈겁이라는 것 등 자신이 알고 있는 모든 것을 이야기해 주었다.

주수명의 말을 들으며 수린은 어느새 눈물을 그치고 있었다. 그녀의 눈에는 눈물 대신 분노의 빛만이 담겨 있었다.

"어떻게 하실 겁니까?"

수린은 주수명에게 단도직입적으로 물었다. 명 황실의 수호를 위해 일생을 바친 사람이 바로 주수명이었다. 자신이 하고자 하는 복수의 대상에 황제가 들어 있다는 사실에 수린으로서는 주수명의 생각을 묻지 않을 수 없었던 것이다.

"백성을 한낱 소모품으로 생각하는 군주는 더 이상 군주의 자격이 없다. 그런 군주는 끌어내려야지."

주수명은 수린이 묻고자 하는 의도를 알고 있었기에 단호한 어조로 생각을 밝혔다.

"으… 음!"

수린은 무척이나 강경한 주수명의 대답에 신음을 삼켰다. 주수명이 어려운 결심을 했다는 것을 느낄 수 있었기 때문이다.

"수린아, 지금은 황제보다 무림에서의 일이 더 심각하다. 그들의 힘은 우리의 상상을 넘어설 수도 있는 일이니 말이다. 우선 십천 중 천무검황이 관련되어 있고, 동북의 하늘이라는 천소궁도 관련이 있다. 그러니 일단 무림의 일부터 해결해야 할 것이다.”

“무슨 말씀이신지 알겠습니다.”

수린은 주수명이 말하고자 하는 바를 알 수 있었다. 만력제의 일도 그렇고, 흑혈의 겁풍을 비롯한 모든 사건들의 배후에는 창천비각이 있을 것이라는 뜻이었다. 수린의 대답을 들은 주수명은 고개를 끄덕였다.

“일단 네 오빠를 찾는 것부터 시작하자. 마교나, 그들이 네 오빠를 노리는 것을 보면 놈들이 꾸미는 음모가 진정 무엇인지 알 수 있는 중요한 열쇠를 가지고 있을 것이니 말이다.”

“알겠습니다. 아버님 말씀대로 그러는 편이 좋을 것 같군요. 일단 오빠의 생사를 아는 것이 우선이니까요.”

“그래, 밤이 늦었으니 그만 자도록 해라. 내일 아침부터는 서둘러 화산으로 가자꾸나.”

주수명은 수린이 방으로 돌아가 쉬도록 했다. 모든 설명을 한 이상 내일부터의 여정은 바빠질 것이기 때문이다.

“알았습니다.”

수린도 주수명의 말뜻을 알기에 자신의 방으로 돌아갔다. 그렇지만 쉽게 잠들 수가 없었다. 백무가 위험에 빠져 있을지도 모른다는 생각에 잠을 이룰 수가 없었던 것이다. 다음날 출발할 때까지 수린은 운기조식으로 밤을 새웠다.

일행은 모두 잠에서 일찍 깼다. 서둘러 길을 가야 했기 때문이었다. 수린은 수린 대로 백무의 생사를 확인해야 했고, 주수명은 장수보의 죽음을 막기 위해서라도 한시바삐 당민을 찾아야 했던 것이다.

"네가 운기조식을 하는 사이 화산에서 소식이 왔다."

식사를 하기 위해 탁자에 앉자 주수명은 자신이 전해 받은 소식이 있음을 이야기했다.

"오빠는 어떤가요?"

"아직은 무사한 것 같다. 여산 인근에 나타났던 것 같으니 화산 쪽보다는 여산 쪽으로 방향을 잡아야겠구나."

"그럼 빨리 가야겠군요."

"그래야겠지."

일행은 식사를 서둘렀다. 사신은 간단하게 요기하는 것이 불만이었으나 수린이나 주수명의 대화를 듣고 수린의 오빠와 관련이 된 일이라는 것을 알았기에 불만을 누르고 식사를 마쳤다.

아침 식사를 마치고 객잔을 빠져나온 수린 일행은 인적이 드문 곳에 이르자 다시금 경공을 펼쳤다. 다들 절정의 경지를 넘긴 고수들이라 일행이 펼치는 경공 속도는 바람을 방불케 했다.

그렇게 일행이 하북성(河北省)을 넘어 산서성(山西省) 양천(陽泉)에 이를 무렵이었다.

"오라버니, 잠깐 멈춰 보세요."

천위현이 앞장서서 달리다 수린의 목소리에 발걸음을 멈추었다.

"무슨 일이냐, 수린아?"

"확인할 것이 있으니 잠시만 기다려 보세요."

수린은 천위현의 물음에 자신들이 지나쳐 온 뒤쪽을 바라보며 잠시 기다리도록 했다. 고운 아미가 점차 찡그려지는 것이 뭔가 안 좋은 일이 있는 것처럼 보였다.

그것은 사신도 마찬가지였다. 처음에는 홍미로운 듯하다가 점차 기분 나쁜 표정으로 변해갔다.

'저분들이 왜 저러시지? 저런 표정을 지을 때면 뭔가 사단이 나곤 했는데……'

천위현은 온몸에 소름이 돋는 것을 느꼈다. 철혈무전에서의 수련 시절 사신이 저런 표정을 지을 때면 천위현은 언제나 사신의 화풀이 대상이 되어야 했다.

동네북처럼 비참하게 얻어터진 것이 한두 번이 아니었다. 가진 성질은 있어 반항을 해보긴 했지만 그때마다 돌아온 것은 더욱 처참한 매질뿐. 그렇기에 사신의 표정을 보면서 지난날의 기억을 떠올리며 몸서리를 친 것이다.

주수명 또한 수린을 비롯한 사신이 미묘한 표정을 지어 보이자 긴장하기 시작했다.

'누군가 우리 뒤를 쫓는 모양이로구나. 황제의 그림자인 모양이로군. 그런데 너무 빠르다.'

황제의 배후에 있는 세력이 움직였다는 판단이 들었다. 무림을 좌지우지하는 비밀 세력 중 하나인 창천비각에 황제의 입김이 스며들었다는 것은 그도 알고 있던 사실이다.

하지만 이토록 빨리 자신들을 추적해 올 줄은 몰랐던 그였다. 철혈무전에 마련된 비밀 통로를 통해 북경을 빠져나왔기에 황제가 자신의 행방을 아는 데는 시간이 걸릴 것이라 생각했던 것이다.

"어떻게 할까요?"

수린은 가까이 있던 청룡에게 물었다.

"뭘 어떻게 하다니요?"

"우리를 쫓는 자들 말이에요."

"그야 뻔하지 않습니까? 아가씨나 우리를 쫓는 놈들은 아닌 것 같으니 분명 저 두 놈… 아니, 그러니까 저 두 사람을 쫓는 것 같으니 천가 아이가 해결하면 될 겁니다."

청룡은 주수명을 놈이라 칭하다가 미간을 찡그리는 수린의 얼굴을 보고는 얼른 말을 평대로 바꾸고는 천위현이 해결하는 것이 좋겠다는 의견을 말했다.

"하지만 놈들이 풍기는 기운을 보면 오라버니도 힘들 것 같아요."

"하하하! 아가씨, 저놈이 저래 보여도 만만치가 않습니다. 지금까지 철혈무전을 나선 놈 중에서 제일 강했으니까요. 비전을 얻지 않고도 저만큼 강해진 놈은 없을 겁니다."

“나도 알아요. 하지만 지금 오는 자들을 살펴보면 그게 문제가 아니에요. 저들은 힘만으로는 상대할 수가 없는 자들 같아요.”

수린은 사신으로부터 지금 쫓아오는 자들과 같은 무공을 사용하는 문파에 대해서 들은 적이 있었다. 먼 옛날 철혈무제와 비견되는 강자들이 존재했다는 문파들에 대해서 기억이 난 것이다.

“아가씨, 그까짓 매자천의 잡술이 뭐 대수라고 그러십니까? 어째서 저들이 중원을 활보하는 것인지는 모르지만 저놈이라면 충분히 상대할 수 있을 겁니다. 지금까지 놀고 있지만 않았다면 말입니다. 위험하면 우리가 조금 도와주면 될 거구요.”

“그래요. 할아범들이 오래전에 사라졌다고 했는데 그들이 나타나다니 의외군요. 하지만 오빠를 만나러 빨리 가야 하니 할아범들이 나서도록 하세요. 우리는 저들과 이곳에서 실랑이할 시간이 없어요.”

누군가 뒤를 따라온다는 것이 싫었다. 그것이 자신이 됐든, 주수명을 따라오든 간에 배무를 만나는 데 방해가 될 것이 분명했다.

수린의 말에 사신의 눈빛이 빛났다. 오랜 세월 철혈무전을 지키며 무공을 수련해 온 네 사람이었다. 상대라고 해봐야 서로 치고 박고 하거나, 철혈무전에 들어오는 자금수호위의 수련생들뿐이었던 것이다.

청룡이 천위현을 지목해 쫓아오는 자들을 상대할 수 있다고 한 것도 자신들이 나서기 위한 포석이었던 것이다. 말은 천위현이 상대할 수 있다고 했지만 쫓아오는 자들은 동북을 지배한 곳이었던 매자천의 절기를 사용하는 자들이었다. 그들을 천위현이 상대한다는 것은 어불성설이었던 것이다.

청룡은 예상한 것과 같이 수린이 자신들로 하여금 쫓아오는 자들을 상대하라고 하자. '나 잘했지' 하는 표정으로 다른 사신들을 쳐다보았다.

주작과 백호, 그리고 현무는 청룡의 표정을 보면서 '오랜만에 한 건했구나' 하는 표정을 지으면서 마음속으로는 기쁨을 감추지 않았다. 자신들로서도 이번 싸움이 첫 번째 실전이나 다름없었기 때문이다.

바람이 불고 있었다. 주변을 감싸는 바람은 수린 일행을 감싸고 있었다. 그저 스쳐 지나가는 바람이려니 할 수도 있지만 주수명은 그 안에 담긴 희미한 살기를 읽을 수 있었다.

'황제가 가지고 있는 세력이 상당하구나. 이런 자들이 있었다니……'

자신들을 포위하고 있는 자들의 수가 얼마인지도 알 수가 없었다. 다만 하늘과 땅을 모두 가둔 살기만이 장내에 가득

차 있다는 사실만 알 뿐이었다.

질식할 듯 사방을 가득 메운 살기에도 사신은 빙그레 웃고 있었다. 조금 있으면 벌어질 격전이 기다려지는 듯 그들은 여유로운 모습으로 사상진을 형성하고 있었다.

포위를 당했음에도 여유로운 사신의 모습에 적들도 당황했는지 압박해 오던 기세가 멈칫했다.

"그렇게 지켜만 보고 있으면 되나?"

자신들을 바라보며 모습을 감춘 이들이 질질 끌자 주작이 한마디 했다.

스스스!

잠시 후, 주작의 말 때문인지는 몰라도 포위하고 있는 자들이 모습을 드러냈다.

"금의위!"

"저들은!"

포위한 자들의 모습이 보이자 주수명과 천위현의 입에서 탄성이 흘러나왔다. 주수명과 천위현은 나타난 자들의 복장을 보고는 그들이 황제의 수호를 담당하는 금이위인을 알아보았다.

'아니다. 저들은… 저들은 금의위가 아니다.'

추밀사의 수장으로서 황제의 측근은 물론 금의위와 동창의 인물 하나하나를 모두 알고 있는 주수명이었다. 그가 금의

위를 못 알아볼 리 없었다. 지금 나타난 자들은 복장만 금의위일 뿐 전혀 본 적이 없는 사람들이었다.

얼굴을 모른다고 할지라도 아무것도 없는 듯한 기운 속에 거력을 감춘 모습으로 서 있는 자들이 금의위일 리는 없었다. 무림에 나선다면 당장에 일류를 상회하는 실력을 보일 수 있는 자들이 결코 금의위에 있을 리가 만무했다.

"제법인 놈들이로군. 자신의 진실한 실력을 감출 줄 아는 놈들을 오랜만에 보는 것 같은데……."

현무가 나타난 자들의 면면을 살피며 한마디 했다. 지금 나타난 자들의 일행을 향해 흘려내고 있는 기운이 그들의 전부가 아니었던 것이다.

"……."

"역시 북방의 전설이라는 매자천인가? 그 옛날 동북을 호령할 때는 이렇듯 움츠리지 않았다고 들었는데 의외로군."

매자천은 암중에 숨어 힘을 기르는 문파이기는 하지만 무공의 기풍이 무척이나 호방했다는 것을 사부로부터 들은 현무였다. 중원을 호령했던 고구려의 숨은 힘답게 전장에 나서는 불굴의 기세로 싸움에 임했다고 들었다.

하지만 포위만 한 채 머뭇거리는 모습은 영 아니었다. 자신이 들었던 것과는 무척이나 다른 매자천이었다. 기회를 노리는 것인지는 모르겠지만 자신들을 포위하고 있는 자들의 기세가 무척이나 실망스러웠다.

"자, 저놈들이 나설 생각을 하지 않는 것 같으니 우리가 나서자고."

현무는 다른 사신들을 둘러보았다. 청룡과 주작, 백호는 현무의 눈빛에 고개를 끄덕였다.

휘리링!

바람이 흐르는 소리일까. 사상진을 형성한 네 사람의 몸에서 각기 네 가지 기운이 흘러나왔다. 청(靑), 백(白), 적(赤), 흑(黑)의 네 가지 색깔을 띤 기운이 네 사람의 몸을 감싸는 순간 사방이 어둠에 잠기기 시작했다.

사상진의 중앙을 제외하고는 검푸르게 변해 버린 장내에는 기의 폭풍이 몰아치기 시작했다. 기의 폭풍이 장내를 휩쓸었던 것이다. 모든 것을 찢어발기는 듯한 기운이 몰아치자 포위한 자들은 신형을 안정시키려 무척이나 애를 쓰는 모습이었다.

하지만 그들이 자신의 신형을 안정시키려고 하는 것은 부질없는 노력이었다. 사신의 몸에서 시작된 기의 폭풍은 이미 정도 이상의 힘을 담고 있었던 것이다.

사방으로 흐르는 기의 폭풍을 따라 언듯언듯 사색의 기운이 넘실거리고 있었다. 강기가 스며들어 사방을 헤집기 시작한 것이다.

피… 피핏!

파파파팟!

"크… 으!"

"윽!"

자신들을 향해 몰아치는 강기들을 호신강기를 이용해 막았지만 충격이 상당한 듯 포위한 자들의 입에서 신음이 흘러나왔다.

"응?"

자신들이 펼치는 폭풍 같은 기의 파편을 견뎌내는 것을 보던 현무는 이채로운 눈빛을 보였다. 지금까지 보여주던 것과는 다른 기운이 포위하던 자들의 몸에서 흘러나왔던 것이다.

"봤냐?"

청룡의 음성이었다. 무척이나 긴장한 듯한 음색이었다.

"봤… 다. 너… 희들이 보기에는 어떠냐?"

청룡의 질문에 대답하며 현무는 주작과 백호의 의견을 물었다. 현무의 목소리도 어쩐 일인지 떨리고 있었다.

"우리도 같은 생각이다. 놈들이 펼쳤던 것은 분명 매자천의 은신술이었다. 하지만 지금 저놈들이 펼치는 호신강기는 분명 천음문의 것이다. 천음문의 절기인 천음무령강기(天陰梻零剛氣)다. 매자천의 절기를 사용하는 것으로 봐서는 어쩌면 매자천이 천음문에 의해 무너졌을지도 모르겠다."

“역시, 그렇군.”

현무는 자신의 생각이 맞았음을 확신할 수 있었다. 음기를 담은 얇은 수막처럼 전신을 감싸는 호신강기는 오직 한 곳밖에는 없었다. 천음무령강기는 천음문을 대표하는 절기였던 것이다.

“하하하하!”

현무의 입에서 내공을 실은 웃음이 흘러나왔다. 그의 웃음소리에는 어쩐 일인지 통쾌함보다는 분노가 깃들어 있었다. 웃음이 그친 현무의 눈빛이 검게 물들었다.

나머지 사신 또한 자신들이 흘리는 기운의 색깔처럼 눈빛이 같은색으로 물들었다.

“천음문을 이끄는 좌우 쌍상(雙相)은 어디 있느냐?”

포위한 자들에게 묻고 있는 현무의 목소리는 지금까지와는 달리 가슴이 시릴 듯한 살기가 묻어나고 있었다.

포위한 자들은 죽음의 칼날처럼 몰아닥치는 기의 폭풍 속에서 자신들을 향해 질문하는 현무의 의도를 알 수가 없었다.

“모르는 모양이군. 하긴, 오랜 세월이었지. 하지만 너희들은 오늘 이 자리에 나타난 것을 원망해야 할 것이다. 지난날 네놈들이 저버린 것에 대한 대가를 지금부터 치를 것이니 말이다.”

천음문은 철혈무제와 깊은 관계가 있었다. 그것도 떼려고 해야 뗄 수 없는 관계였다.

"사신이 강림하니[四神降臨]!"

포위한 자들을 노려보던 현무의 입에서 우렁찬 목소리가 흘러나왔다.

"천지의 조화가 시작되고[天地造化]."

이번에는 현무의 말을 이어받은 청룡이었다. 그리고 연이어 주작과 백호가 청룡의 말을 받았다.

"천하가 풍운에 잠기나니[天下風雲]!"

"철혈의 기운이 근원을 비추노라[鐵血朝元]!"

부우웅!

말이 끝나기 무섭게 사신의 몸에서는 조금 전과는 달리 사색의 기운이 뭉클거리며 뿜어져 나왔다.

"으… 음!"

주수명은 사신의 무공이 자연지기를 이용한다는 것은 알고 있었지만 이토록 극명한 기운을 흘릴 줄은 상상도 하지 못했기에 신음성을 흘렸다.

사신의 몸에서 창천을 향해 뻗어 오르는 사색의 기운은 기둥을 형성하고 있었다. 몸을 휘도는 강렬한 기의 기둥 속에 있는 사신의 몸은 이미 인간이 아닌 듯했다.

팽팽하게 부풀어 오른 장포와 하늘로 솟은 머리카락은 사신이 뿜어내는 기운이 얼마나 가공한지 반증하고 있었다.

우르르릉!

콰— 콰쾅!

대기가 떨어 울리고, 대지는 찢어져 나갔다. 기와 강기가 섞여 폭풍을 이루던 사상진의 외곽에는 이제 강기만이 남아 있었다. 네 가지 색을 띤 강기들이 번개처럼 포위한 자들을 덮쳐 갔다.

천음문의 문도들은 자신을 향해 날아오는 강기의 폭풍을 피할 수 없었다. 사방에서 옥죄는 기운의 폭풍이 그들의 움직임을 방해한 것이다.

"크악!"

맨 앞줄에 서 있던 자의 입에서 비명이 흘러나왔다. 천음무령강기가 사신이 쏟아낸 강기에 갈가리 찢긴 것과 동시에 그의 몸도 찢어발겨지고 있었던 것이다.

비명을 지른 자의 피륙이 사방으로 뿌려졌다. 선혈과 육괴는 강기의 폭풍 속에 바스러졌다. 그리고 강기의 흐름을 따라 다른 자들에게 몰려갔다.

"큭!"

"으윽!"

피하려 했지만 소용이 없었다. 사신이 뿌린 강기는 그들로서는 감당할 수 없는 것이었다. 현경에 거의 다다른 자들이 뿌리는 강기의 폭풍을 그들로서는 견딜 수 없었던 것이다.

주수명의 행방을 쫓아온 천음문의 문도들은 모두 삼십여 명. 그들은 차례차례 강기의 제물이 되어갔다. 강기의 폭풍에 휘말려 산화해 간 것이다.

“으으…….”

“헉! 헉!”

“큭!”

“으… 윽.”

뿜어내던 강기를 거두어들인 사신은 몹시 지친 듯 숨을 헐떡이며 자리에 주저앉았다.

휘이익!

사신이 주저앉자 주수명과 천위현은 앞으로 나서며 혹시나 다른 자들이 있을까 사방을 경계했다.

“할아범들! 괜찮아요?”

내상을 입은 것 같기에 수린은 걱정스러운 표정으로 사신을 돌아보았다.

“걱정 마시오, 아가씨.”

“이래 뵈도 아직 끄떡없습니다.”

사신들은 수린을 향해 걱정하지 말라는 듯 손사래를 쳤다. 사신들은 주저앉은 채 운기조식을 하기 시작했다. 사신이 익힌 것들은 동공(動功)의 일종이라 어떤 자세에서든지 운기가 가능한 것이었지만, 가부좌를 취하고 운기조식을 하는 것을 보면 상당히 많은 기운을 소진한 것이 분명했다.

휘리리리!

사방에 앉아서 운기조식을 취하는 사신을 향해 벽색의 기운이 흘러들었다. 중심에 서 있던 수린이 자신의 기운을 이용해 사신의 운기를 도왔던 것이다.

수린은 자신을 위해 사신기를 반이나 주었던 사신을 위해 아낌없이 기운을 흘려보냈다. 반 각여를 그렇게 사신에게 기운을 흘려보내던 수린이 멈추었다. 사신의 안색이 불그스레하게 돌아오는 것이 어느 정도 내상이 회복되었다고 생각했기 때문이다. 수린은 중앙에 선 채 사신들이 깨어나기를 기다렸다.

'천음문도라는 그자들이 나타나자 왜 그렇게 무리를 한 것인지 물어봐야겠다.'

수린은 궁금한 점이 많았다. 사신이 이리 무리한 것을 보면 천음문과 철혈무제의 사이에는 깊은 관계가 있는 것이 분명하기에 사신이 깨어나면 물어볼 말이 많았다.

그것은 주수명도 마찬가지였다. 황제가 속해 있는 단체는 분명 창천비각이었다. 그런데 사신이 천음문이란 생소한 문파의 이름을 꺼냈던 것이다.

창천비각과 천음문이 어떤 관계가 있는 것인지 반드시 알아야 할 필요성이 있었다. 주수명과 천위현은 호법을 서며 수린과 마찬가지로 사신이 깨어나기를 기다렸다.

사신이 깨어난 것은 반 시진이 훨씬 지나서였다. 운기조식을 마친 사신은 수린이 걱정하고 있는 것을 보자 매우 미안한 듯 계면쩍은 표정을 지었다. 네 사람 모두 이성을 잃고 폭주한 탓에 괜한 걱정을 끼쳤다고 생각한 것이다.

"모두 괜찮으신 겁니까?"

"미안합니다, 아가씨. 괜한 걱정을 끼쳐 드렸군요."

"그건 괜찮아요. 아까 보니 철혈무제님께서 천음문과 관계가 있는 것 같던데……."

수린은 말끝을 흐렸다. 철혈무전 안에서 그에 관해 이야기를 안 해준 것을 보면 사정이 있을 것 같았기 때문이다.

"있습니다, 아가씨. 진작에 말씀을 드려야 하는 건데… 놈들은 무제님을 배신했던 놈들입니다."

"배신이요?"

"예, 천음문 놈들은 원래 철혈무제님을 보필하던 놈들입니다. 그러던 놈들이 무제를 배신하고 반역을 획책했습니다. 덕분에 철혈무전은 피로 얼룩졌지요."

"피로 얼룩지다니요?"

"그러니까 당나라가 세워지고 얼마 안 있어, 당시 천음문에서는 중원으로 매자천의 뿌리를 찾으러 떠난 자들이 있었습니다. 하지만 그들은 돌아오지를 않았습니다. 그리고 얼마 안 있어 천음문도들이 하나둘 사라지기 시작했습니다. 그리고 혈겁이 일어났지요. 당시 철혈무전의 일점혈육만 남기고 거의 대부분이 죽었습니다. 놈들은 숨을 죽이고 있다가 당시 무제께서 돌아가시고 철혈무전의 힘이 약해지자 혈겁을 일으킨 겁니다. 그야말로 가축 한 마리 남지 않고 모두 죽었습니다."

"그런 일이 있었다니 놀라운 일이군요. 하지만 당시에도 사신이 있었을 텐데 어떻게 그런 일이 일어났나요?"

온전한 사신의 능력이라면 거의 현경에 근접한 경지였다. 그런 사람이 네 명이나 있는 문파를 공격했다면 막대한 피해를 감수해야 할 것이 분명했다. 섣불리 공격을 못했을 텐데 거의 멸문을 당했다는 말을 수린은 믿을 수 없었던 것이다. 수린의 질문에 현무는 무엇이 궁금한지 아는 듯 설명을 이어 나갔다.

"아가씨도 아시지만 저희가 익히고 있는 사신기는 영기가 서린 것입니다. 일반적인 무공과는 익히는 방법이 다르지요. 무제께서 돌아가시고, 당시 사신께서는 무제의 후계자와 함께 백두산에 들어가 무예를 수련하고 있었습니다. 그렇기에 혈겁을 당한 것도 수련을 끝내고 나온 뒤에야 알 수 있었지요. 철혈무전이 피로 씻긴 것을 아신 후 당시 사신께서는 통한의 심정으로 철혈무전 앞에서 피를 쏟으셨다고 합니다."

"으… 음, 그랬었군요."

수린은 그때서야 혈겁이 일어난 사정을 알 수 있었다. 조금 전에 보여준 사신의 위력이라면 사신이 철혈무전에 있는 한 자신이라 할지라도 혈겁을 일으키진 않았을 것이다.

하지만 한 가지 의문이 드는 것은 어쩔 수가 없었다. 어째

서 천음문이 본가라고 할 수 있는 철혈무전을 공격했느냐 하
는 것이다.

"그런데 어째서 그들이 철혈무전을 공격한 거지요?"

"사실 고구려와의 싸움에서 이긴 후 철혈무전의 분위기는
매자천에 대해 싸움을 중단한 상태였습니다. 당의 핍박이 계
속되고 있었던 만큼 매자천보다는 당의 힘을 견제해야 한다는
분위기가 철혈무전 내에 팽배했습니다. 하지만 천음문은 그렇
지가 않았습니다. 매자천과의 싸움은 그들에게 있어 사명이나
다름없는 것이었으니까요. 천음문의 존재를 알게 되어 같은
수준의 문파를 만들고자 했던 당나라의 요구도 있었지만, 당
시 무제께서는 천음문의 반발을 막고자 매자천의 뿌리를 제거
해야 한다는 강경파 몇 사람을 중원으로 보냈습니다. 당의 내
실을 파악하고 그들의 힘을 약화시키는 목적도 있었지만, 기
실 그들이 천음문에서 차지하는 힘이 반이 넘는지라 그들을
보내면 괜찮아질 거라 생각한 것이었지요. 하지만 끝내 놈들
은 무제의 바람을 저버렸습니다. 천음문도들을 하나하나 빼내
더니 끝내는 혈겁을 일으킨 거지요. 당시에는 몰랐지만 훗날
알게 된 사실은 그들이 혈겁을 일으킨 이유가 신라까지 복속
하려 했던 당 황제의 사주에 의한 것이었다는 것입니다."

"당 황제의 사주로 그랬었군요."

수린은 어느 정도 그 당시의 일을 추측해 낼 수 있었다. 당
나라에 갔던 그들이 황제의 유혹을 뿌리치지 못하고 철혈무

전을 배신했던 것이다.

　"놈들도 철혈무전이 멸문했다고 생각했을 겁니다. 하지만 한 분이 살아남아 철혈무전을 복구하기 위해 무척이나 노력했습니다. 하지만 혼자만의 힘으로 철혈무전을 다시 일으킨다는 것은 무척이나 어려운 일이었습니다. 남아 있는 것이 없었기 때문입니다. 그렇게 철혈무전의 맥이 온전히 이어지기까지는 오랜 세월이 걸렸습니다. 송대에 와서야 간신히 철혈무전의 무맥을 제대로 이을 수 있었으니까요. 그분이 바로 철혈무제십니다. 사실 철혈무제님께서 중원으로 건너온 것도 당에게 복수하는 것은 물론 놈들을 찾기 위해서죠. 하지만 아무리 찾아도 찾을 수 없자 철혈무제님께서는 찾는 것을 포기하시고 중원을 정벌하셨던 겁니다. 진정한 원흉은 당나라라고 생각하신 거지요. 당시 무제께서는 매자천과의 싸움으로 천음문이 멸문했다고 생각했는데, 지금 보니 아니었던 것 같습니다. 놈들이 그 당시 나타나지 않은 것은 무제께서 중원으로 건너오셨기에 숨을 죽이고 있었던 것 같습니다. 하지만 이제 나타났으니 아가씨께서 당시의 혈채를 받아내셔야 할 것 같습니다."

　현무는 미안한 듯 수린을 바라보았다. 가문의 혈겁도 있는데 철혈무전의 구원을 물려주었기 때문이다.

　"괜찮아요. 어차피 철혈무전의 힘을 이어받고 아무런 도움도 되지 못한다고 생각해 죄송했는데 잘됐어요. 놈들이 나타난 이상 대가는 꼭 받아낼게요."

　수린은 철혈무전의 구원을 물려받았지만 상관하지 않았다. 주수명의 설명대로라면 철혈무전을 배신했던 천음문이 가문의 멸겁과 어떻게든 연관이 있을 것 같았기 때문이다.

　수린의 말에 현무를 비롯한 사신은 두 눈 가득 애정을 담아 수린에게 고마워했다.

　"고맙습니다, 아가씨."

　"이제 가요. 오빠를 찾아야 하니까요. 지금도 피해 다니고 있다면 빨리 오빠를 찾아서 보호해야겠어요."

　수린은 백무를 찾는 길을 서둘러야겠다고 생각했다. 오빠를 쫓고 있는 무리가 천음문일지도 모른다는 생각에 마음이 조급해졌던 것이다.

　자신이야 철혈무제의 유진을 이어받아 극강의 고수가 되었기에 괜찮지만 백무는 그렇지 않다고 생각했던 것이다.

　"그러는 것이 좋겠다. 놈들이 무엇을 노리는지는 모르지만 황제와 연관이 되어 있는 이상 중원 전체의 힘이라고 해도 과언이 아니다. 그러니 빨리 찾는 것이 좋을 것 같다. 네 오빠를 빨리 찾는 것이 이번 일을 해결할 수 있는 열쇠가 될 수도 있을 것 같으니 말이다."

　주수명도 백무를 빨리 찾아야겠다는 생각이 들었다. 수집한 정보에 따르면 창천비각에서 사력을 다해 백무와 당민을 쫓고 있는 것을 보면 무엇인가 중대한 것을 두 사람이 알고 있다는 생각을 하고 있었기 때문이다.

"좋아요, 가요. 오라버니가 앞장을 서세요."

천위현이 앞장을 서고 수린이 그 뒤를 따라 경공을 시전했다. 사신을 비롯해 주수명도 천위현의 뒤를 따라 빠르게 경공을 펼쳤다.

수린 일행은 산서성을 가로질렀다. 중간에 산서성의 성도인 태원(太原)에 들러 추밀사의 사람들을 통해 화산 인근의 소식을 알아본 것을 제외하고는 북경을 떠날 때와 마찬가지로 쉬는 시간을 제외하고, 잠시 쉬다 달리기를 반복하며 끊임없이 경공을 시전했던 것이다.

수린 일행은 먼저 삼문협(三門峽)을 지나 하남성으로 들어선 후 영보(靈寶)로 가 섬서성으로 들어섰다. 이제 여산이 지척에 이른 것이다.

수린 일행이 섬서성에 이를 무렵, 자금성 황제가 머무는 처소에는 때 아닌 긴장감이 감돌고 있었다. 만력제로서도 전혀 예상치 않은 소식이 있었기 때문이다. 바로 주수명을 제거하기 위해 보냈던 자들의 소식이 끊겼기 때문이다.

"전원이 행방불명이라는 말이냐?"

소식을 전해온 자가 만력제의 노성에 몸을 떨었다. 권력의 최정점에 서 있는 자의 기분에 따라 자신의 목숨은 바람 앞의 촛불과도 같았기 때문이다.

하지만 소식을 전하지 않을 수 없었다. 그는 황제의 질문에 떨리는 목소리로 자신이 전한 소식이 사실임을 다시 한 번 확인했다.

"그… 그렇습니다, 폐하!"

"으… 음, 알았다. 자세한 내용을 빨리 파악해 봐라. 반드시 어떻게 된 일인지 알아내야 할 것이다."

"알겠습니다, 폐하!"

부복한 자는 고개를 들지도 못한 채 뒷걸음을 치며 대전을 빠져나갔다.

"으음……."

만력제는 신음을 흘렸다. 주수명이 가지고 있는 힘이 만만치 않다는 것을 느꼈기 때문이다.

주수명을 제거하기 위해 자신이 보낸 자들은 그야말로 천음문의 최정예였다. 열 명이면 자그마한 문파 하나를 쓸어버리는 것은 문제도 아닌 자들이었다. 그런데 그런 그들이 삼십 명이나 일제히 행방불명되었다는 것은 주수명이 가진 힘이 생각했던 것보다 크다는 것을 뜻했던 것이다.

"설마… 주수명이 자금수호위와 관련이 있는 것인가?"

황실에서 그만한 힘을 가진 곳은 홍무제가 만들었다는 자금수호위밖에는 없었다. 유일하게 황제의 권위를 누를 수 있는 그들의 존재가 나타났다고 생각하자 만력제는 인상을 찡그렸다.

"귀찮아졌군. 화산의 일도 골치가 아파 죽겠는데… 그냥 놔두는 것은 곤란하고, 어떻게 해서든지 처리를 해야겠군. 장수보의 일을 해결하기 위해 화산으로 간 것이 분명하니 천무검황께 연락을 드려야겠다.”

만력제는 화산에서의 일을 주관하게 될 천무검황에게 주수명의 일을 맡기는 것이 좋겠다고 생각했다. 그라면 귀찮은 존재들을 쓸어버려 줄 것이라고 생각한 것이다.

“누구 없느냐?”

만력제는 사람을 불렀다. 자신을 수호하고 있는 자들이었다.

“부르셨습니까?”

아무도 없는데 허공에서 목소리가 흘러나왔다.

“화산에 소식을 전해라. 주수명이 그곳으로 갔다고. 그리고 반드시 제거하라고 일러라.”

“알겠습니다, 그럼.”

얼마 안 있어 대전을 떠나는 기척이 느껴졌다. 기척을 내지 않을 수도 있지만 만력제에게 자신이 연락을 하러 간다는 것을 알리기 위해 대전에 숨어 있던 자가 일부러 기척을 흘린 것이었다.

“일단 태후마마를 뵈어야겠군. 그분이라면 이번 사태를 꿰뚫어 보실 테니……."

자성황태후는 만력제의 생모이자 천음문의 전대 문종이었다. 자신이 황위에 오르자 천음문의 문종문주의 직위를 넘기

고 내궁에서 생활하고 있지만, 이번 사태에 대해 모두 보고를
받았을 것이기에 의논을 하려고 가는 것이었다.

"태후 마마를 뵙습니다."

내궁 화원에서 꽃을 감상하는 자성황태후를 보자 만력제
는 인사를 올렸다.

"폐하, 오셨습니까."

화려한 궁의에 아직도 청초함을 간직하고 있는 자성황태
후는 자신을 보러온 만력제를 미소로 맞았다.

"의논을 드릴 것이 있습니다. 너희들은 물러가라."

만력제는 시비와 환관들을 물리쳤다.

"걱정이 많으신가 보군요, 폐하."

시비와 환관들이 떠나자 자성황태후는 만력제의 근심을
이미 알고 있는 듯 미소를 지어 보이며 물었다.

"그렇습니다, 어마마마. 아무래도 주수명이 이끌고 있는
세력이 자금수호위인 것 같습니다."

"자금수호위요?"

"그렇습니다. 주수명을 쫓아갔던 문도들이 모두 행방불명
입니다. 하나도 남김없이 말입니다."

"그럴 리가요?"

자성황태후는 놀란 눈으로 만력제를 바라보았다. 예상치
못한 곳에서 어긋나자 자성황태후는 고운 아미를 찡그렸다.

자신의 아들이 무서울 정도로 신중하다는 것을 잘 알고 있는 자성황태후였기에 주수명을 제거하기 위해 사람을 보냈다면 분명 상당한 자들을 보냈을 것이다.

지금 천음문도들은 매자천의 절기까지 이어받은 상태였다. 아무리 자금수호위에 있는 자들이라도 그들을 모두 제거하려면 양패구상 했을 것이 분명했다.

하지만 그들이 행방불명이 되었다면, 모두 제거하고 흔적까지 지웠을 것이 분명했다. 그것은 자성황태후로서도 예상치 못한 전력이었다.

"폐하, 동창은 지금 어떤가요?"

"제가 한마디 했더니 제독태감 윤충이 분주한 모양입니다."

"매자천의 유진에 관한 거군요. 일이 이렇게 된 이상 그것은 그리 급하지 않으니 그자에게 넌지시 이르세요. 주수명을 제거해도 좋다고 말입니다. 그럼 자금수호위에 대한 것은 그자가 모두 알아서 할 겁니다. 환관들이라지만 그들이 가지고 있는 힘도 무시하지 못하니까요. 그리고 그의 간계라면 분명 주수명을 잡을 수 있을 겁니다."

"알겠습니다, 어마마마."

만력제는 자성황태후의 말뜻을 짐작할 수 있었다. 황제를 위협하는 자들을 비밀리에 암살해 왔던 동창이기에 주수명의 처리를 맡긴다면 제거하지는 못할지라도 주수명의 휘하에 있

을 것으로 보이는 자금수호위에게는 큰 피해를 줄 것이 분명
했기 때문이었다.

"그리고 잠시 황궁 밖으로 출타를 해야겠습니다."

"황궁 밖으로요?"

자성황태후가 궁을 나선다는 것은 본격적으로 이번 일에
뛰어 들겠다는 이야기였기에 만력제가 놀라 물었다.

"심상치가 않습니다. 화산에서의 일이 말이에요. 만약 이
것이 마교나 소림의 음모라면 큰 피해를 입을 수 있는 일입니
다. 해서 직접 나가 살펴보려고 합니다. 제 눈으로 직접 상황
을 살펴야 정확한 판단을 할 수 있을 것이니 말입니다. 폐하
께서는 황궁에 매이신 몸이라, 이번에 제가 밖에 나가서 살펴
보는 것이 좋을 것 같습니다."

이미 출궁하기로 마음을 굳혔다는 것을 만력제는 황태후
의 눈을 통해 알 수 있었다. 황궁 내에서는 아무도 모르나 황
태후는 철혈의 여장부였다. 가녀린 육체 속에 어찌 그런 결단
력을 갖추었는지, 황태후의 품에서 자라오면서도 늘 의문이
었던 만력제였다. 황태후가 나선다면 어느 정도 안심할 수 있
는 일이었기에 만력제로서도 허락하지 않을 수 없었다.

"말려도 어마마마께서 제 말을 들으실 것 같지 않으니 그
렇게 하십시오. 하지만 안전도 있고 하니 제 휘하에 있는 자
들을 데리고 가도록 하십시오."

"아니에요, 폐하. 저 혼자 가는 것이 편해요. 폐하도 알다

시피 당금 중원에서 저를 어찌할 사람은 암천신마밖에는 없어요. 그러니 걱정하지 않으셔도 될 거예요.”

“그렇기는 합니다만…….”

만력제 또한 자신의 어머니인 자성황태후의 능력을 알고 있었다. 오직 자신만이 알고 있는 사실이지만, 천음문 사상 최고의 고수라는 무령문주를 능가하는 무공을 가지고 있는 사람이 바로 자성황태후였기 때문이다.

“화산으로 가서 곧바로 검황과 합류할 것이니 그리 걱정 마시고, 폐하께서는 장수보의 일을 신경 쓰세요. 그자가 죽지 않은 것을 보면 주수명이 손을 쓴 것이 분명한 듯하니 주의를 기울여야 할 것입니다.”

자성황태후는 장수보의 감시를 게을리 하지 말기를 당부했다. 무작정 죽일 수도 있지만 그럴 수도 없었다. 그렇게 되면 정국에 파란을 불러올 수 있을 만큼 관계에 미치는 장수보의 영향력은 무척 컸다.

관리들의 지지를 받고 있는 장수보의 머리는 자신에 필적할 정도였기에 만력제에게 미리 위험을 경고한 것이다.

“알겠습니다, 어마마마.”

“인사를 드리지 않고 떠날 것이니 그리 아시고, 혹여 제 부재를 궁내의 사람들이 알지 못하도록 처리해 주셨으면 합니다. 바쁘실 터이니 이만 돌아가도록 하시고요.”

자성황태후는 아무도 모르게 궁을 떠날 것임을 말했다. 그녀가 떠나겠다고 마음을 먹었다면 그 누구도 잡을 수 없기에 만력제는 알았다는 듯 고개를 끄덕였다.

"알겠습니다, 어마마마. 그럼 이만 가보겠습니다. 무탈하게 다녀오도록 하십시오."

만력제는 자성황태후에게 인사를 하고는 곧바로 내궁을 나섰다. 자성황태후의 부재 기간 동안 그녀가 궁 밖으로 벗어난 것을 들키지 않기 위해 손을 써야 했던 것이다.

『구벽뇌운』 6권에 계속…

저작권 보호!!
장르문학의 성장에 힘이 되어주십시오

저작물의 무단 전재와 복제, 불법 다운로드!
이것은 관심이 아니라 무관심입니다!

작가님들은 창의적 열정과 시간을 투자해 자신의 꿈과 생계를 유지합니다.
한 권의 책을 만들어 많은 사람들은 자신의 인생과 미래를 설계합니다.

저작물 속에는 여러 사람의 노력과 희망이 담겨 있습니다!

저작물의 무단 전재와 복제, 불법 다운로드는 여러 사람들의 꿈과 생계를
위협함으로써 장르문학을 심각한 상황에 빠뜨리고 있습니다.

이제는 무관심이 아니라 관심으로 장르문학의
성장에 힘이 되어주세요.

[도서출판 청어람-블루부크는 항시적인 저작권 보호를 통해 장르
문학과 여러분의 희망을 지키겠습니다.]